聚与散，可恃而不可恃也。
千山茶客

灯花笑
沧波起

灯花笑
上册
沧波起
千山茶客
著
江苏凤凰文艺出版社
JIANGSU PHOENIX LITERATURE AND ART PUBLISHING

「陆大夫聪慧过人，怎么总在这种事上受骗？」

裴云暎瞧着她脸色，有点好笑。

「是盛京人太会做生意了。」

陆瞳只觉面前这人忍笑的模样刺眼极了，

抛下一句，转身就走。

身后传来一声轻笑，裴云暎几步追上，

把那盏蟾蜍灯塞到她手中。

目录

灯花笑

第一章 雪夜

陆瞳回到了医馆。

那位红曼姑娘带着她们从遇仙楼后门离开，待她换好衣裳乘上马车后悄然离去，整个过程没有询问一句。

到了医馆，二人下了马车，银筝关好大门，随陆瞳往院里走，一边惴惴问道："姑娘，那位裴大人会不会怀疑你？"

陆瞳摇头："我来应付。"

她在深夜扮成舞姬上花楼，行为鬼祟，以裴云暎的心机，不可能当作无事发生，说不定现在都在遣人调查了。

不过，一来他没有证据，二来陆瞳如今也没有妨碍到他的地方，最大的可能也只是二人都默契地将此事揭过不提——

毕竟，裴云暎自己与那位红曼姑娘的关系也值得思量。

这世上，谁还没个秘密?

银筝又问："今日姑娘没能接近戚玉台，日后该怎么办呢？"

陆瞳目光沉寂下来。过了片刻，她才道："再另找机会吧。"

接近戚玉台比她想象中难得多，戚玉台的暗卫竟如此敏锐，她不过在三层逗留片刻，戚玉台的人就立刻追查过来。

要么是他身边之人一向机警，要么……就是他心中有鬼，早有提防。

无论哪一种，对陆瞳的复仇计划来说都是阻碍。

银筝见陆瞳神色不定，忙道："罢了，今日太晚。姑娘还是先梳洗上榻休息，免得明日被杜掌柜瞧见端倪。船到桥头自然直，这次不行，咱们下次再想别的法子呗！”

陆曈点头应了，卸下面上残妆，梳洗干净，熄灯上了榻。

窗外雨声渐小，密密打在窗上，下雨的冬夜总是冷清。

小屋里凉得很，比不上遇仙楼暖阁温暖，陆曈躺在榻上，借着窗隙一点微光瞧着帐子四角的流苏，眼中一点睡意也无。

她费尽力气花重金混入花楼，最后只听到了戚玉台的声音，看见了戚玉台的衣角，单是如此，还差点暴露自己。

她是想对付戚玉台的。

望春山乱坟岗前，心中有鬼的刘鲲面对她的逼问，惊慌之下吐出“戚家”之名。

陆曈如今几乎已能确定，戚家就是戚太师戚清府上，陆柔被害于戚家嫡子戚玉台之手。只是太师府中等级地位森严，以她一个小小坐馆大夫的身份，根本接近不了戚玉台。

这样等了许久也没寻到机会，本想在今夜趁戚玉台生辰动手，没料到最后也没能成功。

陆曈心中有些失望。戚玉台身边暗卫如此警惕，这样下去，要再寻机会何其困难?

遇仙楼中，她问裴云暎：“你们这些王孙公子，出门在外一向都有这么多暗卫守着？”

当时裴云暎回答：“他是，我不是。”

戚玉台出门在外都有这么多双眼睛盯着，怎么可能接近得了?

怎么可能接近得了……

不对！不对！

陆曈蓦地一怔，一下子坐起身来。

既然戚玉台身边有这么多暗卫守着，那陆柔当初是怎么进的戚玉台的房间？以他今夜的动作来看，岂不是陆柔还未靠近便被人抓了起来？

陆曈终于明白当时裴云暎说这句话时她心中的异样从何而来。

柯承兴的小厮万福说，陆柔那一日是去丰乐楼给柯承兴送醒酒汤，结果走错了房，才会被戚玉台盯上。

但有暗卫守着的戚玉台房间岂是那么好进的？

还有，戚玉台去丰乐楼做什么？此人性贪奢华，从来都在盛京最繁华的遇仙楼享乐，为何那日偏去了丰乐楼？

偏偏在丰乐楼撞上陆柔……

越来越多的疑点出现，陆曈眼前好像被障上一层迷雾。迷雾层层叠叠，一眼望不到头，她孤身一人置身其中，如渺小孤舟驶入大海，下一刻就要被这些暗流一同吞噬。

窗外夜雨潺潺，陆曈回过神。

她会找出真相的，她一定为陆家讨回公道。

无论是何手段。

无论是戚家，还是别的什么人。

第二日雨停了。

冬日天亮得晚，杜长卿来医馆时，银筝与陆曈已忙碌了许久。

阿城拿扫帚打扫门前落枝，杜长卿把脸转过来，凑近陆曈仔细观察一番后沉吟道：“气色不错，陆大夫，你这看起来弱不禁风，身子骨好得倒挺快。”

他又把算盘搬出来，盘算这个月进项开支，才算到一半，听见门口的阿城叫起来：“大、大人？”

杜长卿抬头一看，就见一位身穿绯色公服的俊美青年走了进来。

今日起得太早，杜长卿此刻脑子还不甚清醒，没等叫出这人的名字，从里铺走出来的陆曈已站在他身后开口：“殿帅。”

殿帅？

杜长卿脸色顿时一变。

说实话，他对这位指挥使印象不好。要知道几月之前，就是裴云暎带着一帮军巡铺屋的王八蛋将医馆翻了个底朝天。如今再见此人，旧恨立刻涌上心头，连带着还有一点紧张，生怕姓裴的再往医馆泼一盆惊天脏水。

杜长卿堆起一个虚假的笑：“不知裴大人贵临寒馆有何要事？”又瞪一眼阿城，“还不快去给大人泡茶！”

裴云暎打量一下四周，就在里铺方几前坐下，熟稔得像是回到自家。

他道：“我来找陆大夫抓药。”

杜长卿疑惑：“抓药？”

“宝珠和姐姐的药快用完了，刚好我今日路过这里，就顺便来找陆大夫抓药。”他回答着杜长卿的话，目光却看向陆曈。

杜长卿恍然。

原来是为了裴云姝。

虽然杜长卿并不愿意陆曈去蹚文郡王府这池浑水，但所谓“艺高人胆大”，陆曈已经接了这个烂摊子，该得罪的人也得罪完了，如今也只有抱紧裴云姝，不，应该说是裴云暎的大腿，借着裴家势力让文郡王府不敢找麻烦。

思及此，杜长卿看对方的眼神便宽宥了几分，往里铺里瞧了一眼：“阿城倒个茶怎么慢成这样？不像话，我去催催！”言罢，掀帘进了小铺，还抓走了银筝。

裴云暎看向陆曈，笑了笑，语气自然极了：“陆大夫。”

陆曈不语。

昨夜在遇仙楼与裴云暎相遇，当时他什么也没问，他们二人对于彼此的秘密心照不宣。

陆曈没想到他会在今日一早来仁心医馆，如此光明正大，不知他又在打什么主意。

顿了顿，她走到桌前，拿过纸和笔，低头写药方，道："这次方子不变，吃完这几副后，改换新药方。"

裴云暎见她动作，思忖一下，起身走到她身后。

白纸上黑字龙飞凤舞，若不仔细辨认，实在难以看出写的是什么，与她美丽端秀的外表截然不同。

他低头看着药方上的墨字："怎么字迹如此潦草？"

陆曈："大夫都如此。"

裴云暎耸了耸肩："昨夜雨大，陆大夫走得匆匆，没着凉？"

陆曈笔尖一顿，一滴墨从笔尖流出，在纸上氤氲出一团暗色。她停笔，抬眸盯着眼前人，目露警告。

"裴大人到底想说什么？"

她不想与裴云暎在医馆谈论此事。

裴云暎不为所动，像是故意激她般开口："不知陆大夫知不知道，范正廉死了。"

他语气随意，仿佛没看见陆曈冷下来的脸色，继续说道："范正廉死前曾有流言传出，他勾结礼部操纵贡举是太师府的意思，之后不久，范正廉就在狱中悬梁自尽。有人怀疑，是太师府灭的口。"

陆曈不怒反笑："大人难道认为，我有这个本事能让狱中囚犯悬梁自尽？"

裴云暎点头："陆大夫当然没那个本事，不过，昨夜是戚太师嫡子戚玉台的生辰，陆大夫扮作舞姬上遇仙楼三层，恰好就是戚玉台所在宿阁。”

“我在想……”他凑近陆瞳，盯着陆瞳的眼睛，“陆大夫不会一开始想要对付的就是太师府吧？”

陆瞳心口一滞。

裴云暎离得很近。和昨夜满楼珠翠红帐中的逢场作戏不同，换上公服的青年好似连朱楼中那一点真实也褪去了，倚着桌柜微微倾身，眼神如犀利刀锋，一寸寸将人心底秘密斩破。

她知道此人的心机，但过于聪明且不掩饰自己聪明，对旁人来说便很容易成为一个威胁。

威胁……就该毫不留情铲去。

正在这时，身后陡然冒出一个声音：“你们在干什么？！”

端着茶水出来的杜长卿一抬眼看见的就是长桌前对视的二人，不由大喝一声。

陆瞳怔了怔，往后退了一点，拉开与裴云暎的距离。

杜长卿却如一个看见自家白菜被猪拱了的老农，三步并作两步窜过来，将手中茶盏往桌上重重一搁，溅起茶水扑了药方纸一面。

他挡在陆瞳身前，看裴云暎的目光充满警惕：“裴大人，我们陆大夫可是有婚约在身的，平时举止还是要注意分寸。”

陆瞳：“……”

“婚约？”裴云暎直起身，笑着问道，“掌柜的见过陆大夫未婚夫？”

杜长卿呵呵一笑，皮笑肉不笑地开口：“那当然了，陆大夫的未婚夫年少有为，家世高贵，陆大夫又与人家有救命之恩，金童玉女，天生一对。我们陆大夫上京，就是为了履行婚约。”

裴云暎道：“怎么没见过他？”

“高门贵府，规矩大，”杜长卿说谎眼都不眨，“又在宫里当差，忙得很。哪能天天跟狗皮膏药似的到处乱晃。”

他故意加重“狗皮膏药”四字。

才说完，门外就有人说话：“谁是狗皮膏药啊？”

宋嫂搀着孙寡妇进来。

银筝笑着迎上前：“孙姑娘和宋嫂怎么来了？”

孙寡妇将颊畔碎发挽至耳后，柔柔开口：“不知怎的，近来夜里有些睡不安稳，来问陆大夫瞧瞧。”

陆曈走到前面，请孙寡妇坐下为她把脉，宋嫂看了看裴云暎，问杜长卿：“杜掌柜，这位俊俏公子是谁？不是咱们西街的吧。”

杜长卿翻了个白眼。

阿城热心回答：“这位是昭宁公世子，殿前司指挥裴大人！”

“啊，”孙寡妇脸一下子红了，偷偷睨一眼裴云暎，小声问，“不知这位小裴大人如今可有婚配？”

杜长卿：“……”

银筝背过身去偷偷地笑。

医馆里多了几人，立刻显得拥挤起来。裴云暎也不在意，提起方才抓好的药，冲陆曈道：“还有差事在身，改日再叙。陆大夫，走了。”言罢，转身出了医馆大门。

孙寡妇和宋嫂跟着转身，一面说着“真是个俊男”，一面依依不舍地看他背影。

杜长卿一帕子甩在桌柜上，道：“看什么看，没看过俊男吗？我这么大一个俊男不够你们看吗？烦不烦！”

孙寡妇没计较他这般无礼举动，只抬头凑近陆曈：“陆大夫，你与这位小裴大人是不是很熟？他以后还会来西街吗？”

宋嫂也道：“下次他要再来，你同我说一声，这么俊的公子，要是能做我家女婿就好了。”

杜长卿忍无可忍，好容易将这二人打发出去，回头看向擦拭药渣的陆曈：“你们刚刚在说什么？”

“抓药。”

“抓药能靠那么近？”杜长卿不信，“东家提醒你，姓裴的可不是什么好人，别看他长得人模人样，心眼子指不定比谁都黑。”

银筝看不过去：“杜掌柜这是妒忌吧？”

“我妒忌？”杜长卿冷笑，随即压低声音，“这城里谁不知道，当年盛京叛军作乱，首领阵前挟持昭宁公夫人——就是姓裴的他娘，本想借此逃脱，谁知道……”

银筝好奇：“昭宁公放人了？”

陆曈也看向杜长卿。

“没有！昭宁公裴棣眉头都不皱一下，继续剿乱，结果昭宁公夫人在众目睽睽之下被乱军斩杀，死得可惨了！”

陆曈眉眼一动。关于裴云暎的消息寥寥无几，昭宁公夫人的事更是不曾听说。

杜长卿继续说：“你们想想，一日夫妻百日恩，昭宁公对枕边人都能如此无情，当爹的这样寡情，当儿子的能好到哪里去？”

银筝想了想：“但你不是说叛军作乱吗？如果昭宁公听从要挟的话，对城里的百姓也不负责吧。”

“话是如此，”杜长卿哼道，“可昭宁公夫人不过丧逝两年，裴棣就另娶新妇，不久又生下儿子。人家因为他‘死’了，他转头另娶他人，民间都要守节三年呢。所以我说嘛，裴家人都不怎么样。”

杜长卿转向陆瞳，语重心长地开口：“男人看男人最准了，听我的，陆大夫，少听裴云暎的花言巧语，男人都靠不住。”

阿城忍不住发笑：“东家，你也是男人啊。”

“对嘛，”杜长卿两手一摊，“我也靠不住，所以别整日想着风花雪月。等再过几年，文郡王府的事没人记起，也就别和姓裴的往来了。”

陆瞳随口应下，掩住眸中一抹深思。

难怪在文郡王府中，他将裴云姝看得那般重，不惜得罪文郡王府也要让裴云姝和离。按理说，高门联姻破裂，对裴家来说也是一件大事，但从头到尾，陆瞳几乎没听到昭宁公裴棣的名字。

也就是说，裴云姝和离一事，十有八九并未通过裴棣的同意，而是裴云暎一手操纵。

如此看来，裴云暎与裴家的关系恐怕也不是表面上那般简单。

这或许能成为他又一个“软肋”。

杜长卿还在喋喋不休：“女人活在世上难道就为了嫁人？格局大些，何不做出一番家业？比如将我们仁心医馆开到城南清河街去赚那些富人的银子，等有了银子，什么样的男人找不着？什么姓裴的，什么未婚夫，通通都让他们滚蛋！”

“不错。”

杜长卿转向她：“你说什么？”

“我说你说得不错。”

杜长卿眼睛一亮：“是吧？你也认同让他们滚蛋？”

陆瞳摇了摇头。

“我说，‘去赚那些富人的银子’这个主意不错。”她道。

***

自打那一日裴云暎来医馆拿药以后，一连许多日，陆曈都没再见到他。

立冬以后，盛京一日比一日冷。银筝看这天气恐是要下雪，叫对面的葛裁缝留了两块厚皮子给陆曈做件斗篷。

某一日，陆曈正坐在柜前翻看医书，门外有人进来，在桌柜前停下，轻声唤了句：“陆大夫。”

陆曈抬头，看清来人后站起身：“董少爷。”

来人是太府寺卿府上的董麟。

自打贡举案过后，董麟便很少再来医馆。一来，他的肺疾好转许多，用药不像从前那般频繁。二来，几月前贡举考场发生的那一幕吓坏了董夫人，她本就对这个儿子爱若珍宝，经此一事，将董麟看得更紧，每次出门都前后一堆护卫，不怎么方便来西街。

今日董麟穿了件崭新的蜜合色绫缎袍子，他肺疾好转后，面色红润许多，也不如从前虚胖，比当初在万恩寺见时精神了不少。见陆曈起身，董麟忙道：“陆大夫，打扰了……我……我今日是来取药的。”

他在陆曈面前一向口舌笨拙。杜长卿意味深长地看了他一眼，颇有眼色地拉着阿城去了里铺。

陆曈请董麟坐下，替他把脉。

她坐得近，从前就生得纤弱，冬日里穿了石青色的窄身袄裙，领边绣了一圈茸茸兔毛，把那张脸衬得只有巴掌大，明眸越发动人。

董麟心跳如鼓，只觉被佳人指尖搭着的手腕也变得灼热起来，忙低下头，不敢多看。

陆曈收回手：“董少爷脉象无事，之后若无征象，就不必继续服药了。我开一些温养的补方，平日注意饮食就是。”

“多谢陆大夫。”董麟感激，“难为陆大夫一面坐馆，一面还要上心我的病情……”

董麟是接到消息后才来的医馆。

他身边小厮说，仁心医馆的丫鬟来了一趟董府，说董麟已有一段日子没去医馆看诊，若得了空，还请来医馆坐坐，好瞧瞧他病情如何。

当时董麟心中便浮起一丝隐秘的窃喜。

陆大夫性情清冷，几次来到太府寺卿却没有攀附之举，甚至比起旁人还要更疏离一些。也正是因为如此，陆曈越疏离，董麟对她的爱慕敬重就越多一分。

得不到的总是最想要的。

不过，情况却好像不似他想的那般毫无希望。

陆大夫每日忙着医馆的事，却还有心思惦念他的身体，这说明……她心里也是有他的吧?

董麟收起心中遐思，正色道：“我这病能好成这样，全拜陆大夫所赐。说起来，真不知如何感谢您才好，今后陆大夫若有需要的，尽可告诉在下，若我能帮得上忙，一定不遗余力。”

这本是一句客套说辞，未承想听完他的话，陆曈目光动了动，眉头渐渐皱了起来，仿佛十分为难。

董麟一怔，试探地问：“陆大夫……可是遇到了什么难处？”

“也不是难处。”佳人微微一叹，眼眉间哀愁如细丝，“我有一件事情想做，却找不到别人帮忙。”又看一眼董麟，默默垂眸，“罢了。”

这一句“罢了”直教董麟的心都悬了起来，忙急切问道：“陆大夫若信得过我，不妨直说，我绝不会告诉旁人。”

陆曈面露难色。

董麟神色殷切。

许久，陆曈叹了口气，才看向他，轻声道：“董少爷可知道太医局的春试？”

“春试？”董麟一愣。

身为太府寺卿的儿子，他自然知道春试。

太医局是培养医官的学院。凡梁朝太医局学生，学完大方脉、小方脉、风科、眼科、疮肿科、口齿咽喉科、针灸科、金镞兼书禁科这九科后，只要通过三年一期的春试，就能进入翰林医官院任职。

董麟迟疑看向陆曈：“陆大夫这是……”

“我想参加今年太医局春试。”

董麟呆了呆。

太医局春试顾名思义，参加校考的全都是太医局的学生。能在太医局进学的学生，也大多家中有人脉，不说全是高门世家，至少也是小官之后。

诚然，以示公平，每年太医局春试，梁朝医行也会推举一些并非太医局学生的平民大夫，这些大夫大多资历老年纪长，医术在盛京广受信赖，翰林医官院便破格给这些大夫参加春试的机会，许他们进入翰林医官院的可能。

不过……陆曈要参加春试？

董麟迷惑地开口：“陆大夫莫非是想进翰林医官院？”

陆曈点了点头。

董麟更不明白了。翰林医官院不是没有女医官，但陆曈在仁心医馆做得好好的，要真进了翰林医官院，表面上是光鲜了一些，却不如在外头自由。况且翰林医官院那些医官多是太医局学生，一向看不起外头医行进来的“野大夫”，外人进去，不知要被他们如何欺负。

更何况……

董麟看向陆曈，他不认为陆曈能通过太医局春试。

虽然陆曈救过自己，前些日子还救了文郡王妃母女，先前的春水生和纤纤在盛京卖得也是风生水起。但太医局的那些先生全都是翰林医官院本来的医官，陆曈连正经的医科都没仔细学过，如何能通过九科春试？至少这些年，医行推举的那些参加春试的平民老大夫，能通过春试的屈指可数。

“陆大夫何故如此？”董麟好心劝慰，“做医官也不过是比在这里多一点银子，宫里规矩比外头多得多。要是陆大夫缺银子，我可以……”

“董少爷，”陆曈打断他的话，冲他笑了笑，“当初我来盛京，就是秉持师父遗志，进入翰林医官院……”

董麟被佳人这一笑晃得头晕眼花，心口灼热，再听她说“师父遗志”什么的，顿生佩服与怜惜，一腔阻拦之言再也说不出口，只小心翼翼问：“这件事，不知我能帮上什么忙？”

“我想，董大人是太府寺卿，同医行关系应当挺好，若与医行那边提一句，今年推举应试的大夫中加一个我……”

闻言，董麟心中暗暗松了口气。

他还以为陆曈是要他帮忙在春试结果上做文章。要知几月前因为贡举案一事，梁朝所有校考都比往年严格，谁也不敢在这个关头冒险行事。若陆曈真提出这个要求，他还不好答应，没料到只是要一个参试名额。

“这有何难？”董麟笑道，“每年医行推举的大夫连名字都占不满，区区小事，只管包在我身上。”

陆曈神色微松，感激道：“如此，多谢董少爷相助。”

在心仪佳人面前做了一回救美的英雄，董麟自觉快意，连声音都变得意气风发起来，又与陆曈说了几句话。直到有病人来医馆求诊，陆曈开始忙碌，董麟才起身告辞，依依不舍地离去。

躲在毡帘后面嗑瓜子儿的杜长卿望着董麟走远的背影，往布兜里吐了片瓜子皮，小声嘀咕："也不知说什么说这么久，脸都笑烂了，还太府寺卿少爷呢，瞧这不值钱的模样。"

银筝端着一簸箕白棘进来，见状好奇地看了一眼杜长卿，道："杜掌柜，你有点奇怪啊。"

"哪里奇怪？"

"同样都是对姑娘有所图谋，你对裴殿帅严防死守，怎么不见你拦着董少爷？"

杜长卿隔几日就要在陆瞳面前说几句裴云暎的坏话，这个董麟眼珠子都要黏到陆瞳身上了，偏杜长卿一句多余的话都没有。

"那能一样吗？"杜长卿翻了个白眼，"裴云暎长成那样，董麟长成这样，年轻小姑娘都爱长得俏的。陆大夫极有可能被姓裴的一张脸迷住，那姓董的？她看不上，我瞎操什么心？"

银筝想了想："你担心姑娘被小裴大人迷住才如此反应，杜掌柜，你这是心仪我家姑娘，吃醋了？"

咳咳咳——

杜长卿险些被瓜子皮呛住，好容易才吐出来，怒道："怎么可能？"

"那你为何每次提到小裴大人都没好脸色？"

"不拦着他，等他花言巧语把陆大夫拐进他裴家大门？"杜长卿没好气道，"这女人一旦嫁了人，就不自由了。尤其是他们这样的官家大门。"

"陆大夫要真跟了姓裴的，姓裴的日后还能放她出来给我坐馆？我这医馆好容易有了起色，再干几年都能去城南买铺子了，姓裴的想勾引陆大夫，就是刮我的银子。断人钱财如杀人父母，我见我杀父仇人，我能给好脸色吗？"

银筝倒没料到杜长卿想法居然如此清奇，噎了片刻才开口：“原来如此，是我小看了杜掌柜。”

杜长卿把瓜子往兜里一揣：“早跟你说了少看那些情情爱爱的。”

他把毡帘一掀，叹道：“陆大夫这只金凤凰，可不能被什么乱七八糟的玩意儿拐跑，还是就留在我们这破鸡窝，好好给这破鸡窝上层金吧！”

银筝：“……”

他往外头去了，背影狂傲不羁。银筝扁了扁嘴，看他的目光带了一丝同情，小声道：“那可未必。”

杜长卿还想着将陆瞳这只金凤凰长久地留在仁心医馆做镇馆之宝，那一头，得了陆瞳请求的董少爷当日下午就去了一趟医行。

医行的医使这几日正躺在榻上拟今年太医局春试推举的平民大夫名册，见太府寺卿家的小公子突然前来，立刻抛下手中暖炉，光着脚出门相迎。

董麟被一群人簇拥着进了医行大门，待关上门，将自己来意一说，做主的医使便爽快拍了拍胸：“这点小事，何需董少爷亲自跑一趟，差人来说一句就是。”又凑近各医馆送来的名册，疑惑开口，“董少爷说的那人是……是……”

“是仁心医馆的陆瞳陆大夫。”

医使闻言，恍然大悟，看向董麟的目光顿时变了：“原来是那位陆大夫！”

仁心医馆这半年来在盛京医行颇为出名，不过并非因为那个名不见经传的外地医女做出两味新成药这回事，而是因为之前熟药所的娄四收银子想给仁心医馆吃点苦头，当日就被赶来撑腰的董家护卫给折腾得一身狼狈这件事。

这件事不久就在医行里传开了。小小的仁心医馆背后，竟有太府寺卿撑腰。

医行对此流言本来也是将信将疑，不过今日董家公子亲自来为这位陆大夫求托人情，看来传言果然不假。

医使心中对西街那家小医馆又默默添了一笔，嘴上却应承道："董少爷放心，医行这边年年推举的春试大夫都凑不齐人，您这一说，反倒解了小的们燃眉之急，回头把名册拟上去，一定不会耽误陆大夫今年春试。"

董麟含笑道过一回谢，又听了医使一番恭维之词，这才离去。

待他走后，医使身边的药童问道："大人，那位陆大夫究竟什么来头，竟让董少爷亲自为她求人？"

纵然为董麟施过诊，但她本质也只是一介普通百姓，太府寺卿的公子犯不着替她如此奔走。董麟如此作为，明显是对此事十分上心。

医使哼了一声："谁知道呢？"他将手揣在衣袖中，"回头找个机会将此事说与董夫人。"

"咦？怎么还要说给董夫人？"

"傻小子，咱可不白帮忙。"医使敲一下药童脑袋，摇头走了。

门外，小厮扶董麟上了马车，寒风冽冽，冻得人手脚冰凉，董麟打了个喷嚏，小厮忙将手炉递上。

马车拐了个弯，渐渐驶离长街，小厮忍不住开口："少爷，您真要帮陆大夫进宫？"

为一介春试亲自来求人帮忙，自家少爷何曾吃过这种苦？

董麟面带笑意地捂着手炉，微烫的暖意从掌心传来，让他想起在医馆时被陆曈手指搭过的那一小块皮肤，也是如此灼热。

他心不在焉道：“只是让她参加春试，她又不一定能通过校考。”

这些年，春试除了太医局学生，医行推举的那些老大夫能通过的有几个？诚然那些老大夫医术并不平庸，但校考和行医，有时候本就是两回事，何况陆曈还这样年轻。

董麟心中清楚，就算让陆曈参加春试，最后结果也多半不尽如人意。

但这样的举动却能让他博取佳人好感。

其实一直以来，比起母亲的反对，他更在意的是陆曈对他的疏远。但今日不一样，她主动关心他的病情，他又替她解难奔走。董麟自认能看出陆曈对他态度的变化，或许，对于自己，陆大夫并不是全无情意。

小厮问：“如果陆大夫没通过春试怎么办？”

“那更好了。”

小厮一愣。

车轮轧过乱石，马车颠簸了一下，董麟低头握紧险些滚落的暖炉，眼中闪过一丝笑意。

“那我就直接登门求许，纳她进我董家大门。”

没过几日，果如银筝所料，盛京开始下起小雪。

医馆门外的李子树一夜间挂满冰凌，石板路覆上一层薄雪，人走在路上，冷气顺着鞋袜窜进心里。

堂厅里，丫鬟倒上茶来，董夫人正与户部左曹侍郎府上的金夫人说话。

自打范正廉府上出事以后，董夫人便明令禁止身边人再提起范家。好容易贡举案尘埃落定，陛下这把迁怒的火也没再烧到太府寺卿府上，董夫人松了口气的同时，心中又犯起了新的难题。

和太师府的那条线，断了。

她本就想借着范家的关系搭上太师府，才会特意交好赵飞燕，谁知范家一朝东窗事发，高官变死囚，还差点连累自家。如今范正廉已死，整个盛京，她一时间还真找不到新的桥梁。

思量许久，董夫人盯上了金夫人。

金夫人的夫君金显荣是户部左曹侍郎，戚玉台在户部挂了个闲职，金侍郎多加照应，应当与太师府关系不错。她与金夫人多走动走动，对日后自家老爷的仕途，甚至儿子的仕途都有益无害。

好在金夫人是个笑眯眯的随和性子，又有些心大，比赵飞燕好打交道得多。不过半日，董夫人就哄得金夫人拉住她手一口一个“妹妹”叫得亲热。

外头渐渐起了风，丫鬟把窗关紧，董夫人端起面前茶盅抿了一口，笑吟吟道：“说起来，我听闻如今太师府的那位少爷也在户部了，他家少爷与我家麟儿同岁，看看人家，再看看我家这个……”她佯叹一声，“真是愁人！”

“妹妹可别这么说，令郎一表人才，风度翩翩，是个好孩子，我瞧着今后绝不比戚少爷差。”金夫人说着，想到什么，“真要提前途无量，那还得是昭宁公府上那位公子。”

“昭宁公府上公子……殿前司的裴殿帅？”

“可不是嘛？”

董夫人被勾起好奇心，遂问：“姐姐是不是听到什么风声？”

金夫人快人快语，没什么心思，闻言凑近董夫人小声道：“我听我家老爷说，宫里传出风声，陛下有意要为昭宁公世子指婚了。”

指婚？

董夫人心中一动，凑近问：“姐姐知道陛下要指婚的人是谁？”

金夫人神秘笑笑，将声音压得更低：“听说是太师府的那位小姐。”

董夫人呆了呆。太师府的小姐，不就是戚家那位掌上明珠吗?

金夫人还在继续絮叨：“谁都知道戚太师爱女如命，裴殿帅本就深得圣宠，要真娶了戚家小姐，日后那还了得?咱们这些人，说不准都要看他脸色！”

董夫人搁下手中茶盏：“姐姐说的可是真的?”

“我也是听我家老爷说的，八字没一撇的事，你可别告诉旁人，免得坏了人家小姐声誉。”

董夫人点头：“那是自然。”心中却有些凝重。

没头没脑的事自然不会空穴来风，金侍郎这般说，一定是听到了什么消息。

不过，裴云暎娶戚家那位小姐，那陆曈呢?

董夫人心乱如麻。

要知道，她一直以为陆曈与裴云暎间关系匪浅，所以一再帮衬陆曈，甚至在文郡王府宴会上将陆曈引荐给其他夫人。后来陆曈阴差阳错救下裴云姝，董夫人还暗自庆幸，从某种方面说来，她还促成了裴云暎与陆曈更深的羁绊。

陆曈与裴云暎越是情深，她与陆曈越亲近，也算间接卖裴云暎一个人情。

谁知眼下一个晴天霹雳，皇上有意指婚裴云暎与戚家小姐?

一个是太师府如珠似宝的千金，一个是破烂医馆里坐馆行医的大夫，傻子都知道怎么选。

要是日后裴云暎与戚家真成了姻亲，事后戚家计较起来，万一将这笔账算在她头上怎么办?甚至无须日后，成亲前，以戚太师的手段，未必查不出裴云暎与陆曈间的首尾，而她与陆曈关系亲近，只怕要被那位戚家千金迁怒。

这可如何是好！

董夫人头大如斗，直等出了金府大门，坐上马车还想着此事。身侧婢女瞧出她心情不佳，坐在一边噤若寒蝉。

董夫人心中犹如堵了一块巨石般发闷，干脆撩开马车帘一角，好透透风。

马车驶过街巷，董夫人抬眼望向远处。

雪后的早晨间冷，人流不如往常热闹。街畔一家油饼店前站着位穿紫藤色长锦衣的少年，正同卖油饼的货郎说话。

董夫人目光一顿。

这不是那个跟在裴云暎身边的少年？

先前在万恩寺，麟儿发病时，她与那位陆大夫拉扯时，裴云暎出面，身边跟着的就是这个少年，长着一副讨喜模样，叫段……段什么来着？

董夫人心中一动，忙叫马车停住。不顾婢女搀扶，匆匆下了马车。

小铺前，段小宴同货郎买了两个油饼包好，高高兴兴揣在怀里正要离开，忽听得身后有人叫他："段……段……"

段小宴回头，就见一婢女拥着一丽服妇人走到自己身前。

"夫人认识我？"他有些狐疑。这妇人看上去有几分面熟，不过他值守每日要见不少人，一时也想不起在何处见过。

妇人笑了笑，语气很和气："当初万恩寺，我儿突发急症，多亏你家大人相助。"

她这么一说，段小宴一下子记起来，道："原来是董夫人！"

不过那一次她对自己的态度可不像眼下这般友好，和她那个倨傲跋扈的高大护卫一路眼高于顶，恨不得全天下人都为他们全家让路。

妇人点头，又笑着打量他周围："怎么今日不见你们大人？"

“大人宫中值守。”段小宴问，“夫人有事找他？”

“没事。”董夫人笑笑，“只是忽然想到这些日子去仁心医馆，都没瞧见裴殿帅影子。看来小裴大人近来公务很是冗杂。”

段小宴有些困惑：“大人去仁心医馆？”

董夫人目光动了动：“怎么，你家大人近来没去找陆大夫？”

“找陆大夫？”闻言，段小宴一下子警觉起来。

望春山一事过后，裴云暎提醒他没事别去招惹陆曈。段小宴思考良久，认为以陆曈的手段心性，自己的确不是她对手，指不定哪一日又被她挖坑算计了。因此，一听董夫人提起陆曈，他下意识就想撇开干系，免得像上次荷包事件般被人不明不白当了替罪羊。

“董夫人说笑。”段小宴正色道：“陆大夫行医坐馆，我家大人在宫里当差，过去本就没什么交情，何来找人一说？再者，我们大人与陆大夫间清清白白，这样传出去对陆大夫闺誉有损。”

他郑重其事对董夫人抱一抱拳：“此话还请夫人日后勿要对他人提及。”

董夫人没说话，只是看着他，像在辨认他的话是真是假。

段小宴努力瞪大眼睛，使自己看起来万分真诚。

片刻后，董夫人点了点头，道：“知道了，多谢段侍卫提醒。”

她像是陡然失了兴致，心不在焉与他道别，提裙重新上了马车。

段小宴在原地站了片刻，像是才反应过来，学她说话：“段侍卫？”

寒风袭来，他打了个喷嚏，嘟哝一句：“真难听。”摇摇脑袋走了。

……

董夫人回到府中，任由婢子将外裳脱掉，拢着手炉歪在软榻上，脸色难看至极。

陆曈与裴云暎果然一拍两散了！

那个姓段的侍卫话里话外都是要和陆曈划清干系的意思。他是裴云暎身边人，说的话必然代表裴云暎心意。

明明不久前陆曈才救了裴云姝母女，就是要断情也不至于这般干净。但姓段的话里话外分明在暗示，裴云暎是要否认和陆曈的这段过去，一心去做戚家的乘龙快婿了。

也是，男人都一个德行，翻起脸来比脱裤子还快。董夫人一面骂裴云暎负心薄幸，一面想着自己之后的应对之策。

裴云暎如此薄情，转头就拿陆曈做了弃子，她这个外人自然也该明哲保身，早些表明立场。否则事后算起账来，戚家千金或许舍不得怪责新婚夫婿，但一定会怪责自己这个暗中撮合的红娘。

人总要找个出气筒，她懂。

“你去同胜权说一声，日后仁心医馆不要去了。”董夫人吩咐婢子，“陆曈再上门，就给她点银子打发了，别让她进董家的门。”

她可不能平白无故做了冤大头，反正现在麟儿的病也好得差不多，之后隔段时间请翰林医官院的医官来看也是一样。不能耽误了她董家的前程才是要紧事。

身侧丫鬟应了，又有一小厮从门外进来，垂首递来一封帖子：“夫人，医行那边的人先前来过一趟，说之前吩咐春试的事已办好，请夫人过目。”

董夫人正头疼地按着两颞，闻言一愣：“医行的人过来？什么春试？”

小厮嗫嚅一下，小声道：“是少爷的吩咐……”

“少爷吩咐？少爷吩咐什么？”董夫人狐疑地接过帖子。

扑通一声，小厮想也没想便跪了下来。

“回夫人，是少爷请医行的医使在今年春试推举的应试名册中，添了陆大夫的名字！”

妇人脸色骤然一变：“你说什么？”

屋中，董麟正看着满榻华冠锦服犯难。

床榻之上，靓蓝色杭绸袍子、玄色阔袖锦衣、象牙白貂皮袄……各式各样绣服满满铺了一榻。董麟拿一件最上头的宝蓝色鼠灰袄比画在身前，对着镜子细细打量片刻，又摇头：“不行，太亮了。”

他打算下午去一趟仁心医馆。俗话说“女为悦己者容”，男子也一样，见心上人前，总希望自己穿得更英俊挺拔一些。

许是人逢喜事精神爽，董麟这几日觉得自己连走路也是心情飞扬。春试的事，医行已经打点好，接下来就是如何向陆瞳说亲，让她嫁给自己才好。

他之前听母亲说陆瞳是苏南人，父母早逝，家中并无兄姊亲眷。就算他去请媒人说项，都找不到人，倒不如自己当面与陆瞳说，也方便表达诚意。

董麟攥着那件鼠灰袄，对着镜中自己清了清嗓子。

“陆姑娘，”他鼓起勇气开口，“其实之前万恩寺一见，我就早已心悦于你。这些日子以来，见你替我的病奔走费心，我心中也感激万分。咱们相识的日子虽然不算长久，我却与姑娘一见如故，我心中爱慕姑娘，我想、我想……”

他说着说着，自己先有些羞涩起来，仿佛对面坐着医馆那位美丽大夫，连眼神也不敢朝镜子里瞟，只低头道出自己心中默念过千万遍的说辞。

“我想纳姑娘为妾，日日与姑娘朝夕相对，举案齐眉，可好？”

下一刻，一道声音打断他的遐思。

“不好。”

董麟面色一变，猛地回头，见董夫人不知何时站在门口，正冷冷看着他。

“母、母亲……”董麟一怔，随即脸色涨得通红，“您怎么来了？”

“我怎么来了？”董夫人冷笑一声，往前走了两步，将手中名帖摔在董麟面前，“看你做的好事！”

董麟低头一瞥，帖子上医行的名字格外显眼。

他心中一紧，母亲知道自己去医行的事了。

果然，没等董麟说话，董夫人率先开口：“要不是医行的人送来帖子，我还不知道我这个儿子这般古道心肠，替一个坐馆医女四处奔走。董麟，你真是长本事了！”

董夫人盯着董麟，面色难掩愠怒。

她今日前脚才决定要与陆曈划清干系，后脚就听说儿子替陆曈向医行求了个春试名额，心中如何不恼怒。

陆曈生得漂亮，性子又沉静，董夫人早就察觉董麟每次见她时直勾勾的目光。不过好在陆曈识趣，每次并不与董麟多接近，又有裴云暎这层关系，董夫人便也没太在意。

毕竟陆曈是裴云暎的人。

但眼下不一样了。如今陆曈已被裴云暎抛弃，一个外地孤女，在盛京无依无靠，自然会想着再为自己寻一门靠山。

原本董夫人还对陆曈有几分同情，得知董麟暗中帮陆曈收买医行时，那点同情便不翼而飞。自家儿子一向乖巧懂事，不懂人情世故，怎么会主动想到求人帮忙，定是被人撺掇。

不用想，肯定是陆曈指点。

陆曈见与裴云暎再无可能，便转头试图勾引董麟。

董夫人攥紧掌心，她早该想到，能让裴云暎倾心的女子，怎会是寻常医女？自家儿子那般傻乎乎的，怕是早已被陆曈拿捏在掌心。

是她小看了陆曈！

董麟看着母亲咄咄逼人的目光，后退一步，有些心虚：“母亲，陆大夫想参加春试，我也只是顺口和医使提了一提……她救了我的命，做人当感恩。”

“感恩？”董夫人不怒反笑，“我缺她诊银了？她是大夫，你是病人，收银子治病天经地义，需要你哪门子感恩？我看，她想参加春试是假，借机接近你，起歪心思才是真！”

董麟闻言，心中一急：“这与陆大夫无关，是我主动提出要帮陆大夫忙的！”

竟还在为陆曈包揽？

董夫人越发心堵，认定董麟已被陆曈迷得晕头转向，发怒道：“我看你是被这狐狸精骗得分不清东南西北了！我告诉你，你娘我已经回了医行，将她从春试名册里除去。这个忙我董家不帮，你也休想再和她有任何瓜葛！”

“母亲！”董麟眼眶一热，“你怎么蛮不讲理？”

“我蛮不讲理？”董夫人勃然大怒。

自家儿子一向乖巧，这些年对她说的话从不反驳，如今却为一个普通医女与她争吵。如此反常，定是受人撺掇无疑。

妇人往前走了两步，目光瞥见床榻之上一片花花绿绿的衣裳，越发觉得刺眼，冷笑道：“早在万恩寺之后我就看出来，你对那小狐狸精心猿意马。我本以为时日久了，你就会断了心思，没想到你一味糊涂到底。”

“那狐狸精费尽心机接近你，不就是为了进我董家大门？休想！”

“母亲！”董麟跺脚，“陆大夫对我从未有过逾矩之举，一切都是我一厢情愿。”

“你还在替她说话！”

“母亲！”

董夫人面如寒冰。董麟越是辩解，她心中怒意越盛：“你是董家少爷，她不过一破烂医馆的小医女，成日在外抛头露面，半点规矩都没有。你如今还未婚配，难道想成为满京城的笑柄，难道你想纳那个身份低贱的狐狸精做妾？”

这番话着实刻薄，董麟脑子一热，想也没想脱口而出：“做妾又怎么样，我不仅想纳她做妾，我还要娶她为妻呢！”

啪——

屋中静寂无声。

董夫人捂着心口，气得浑身上下都在发抖，一旁丫鬟忙扶住她，生怕她就此栽倒，气出个好歹来。

董麟倔强站在原地，面上掌印迅速泛红。

董夫人狠狠盯着他，良久，别过头去，语气仍然强硬，仿佛发泄似地快步往外走。

“关门！”

“从今日起，把少爷给我拘在府中，一步大门也不许出！”

西街。

下过一场雪，长街满地霜雪，阿城把医馆门口的积雪扫在一起，堆了个雪狮子。

雪狮子堆得粗糙，囫囵四肢，一个大脑袋，塞了两粒黑枣当眼珠，张牙舞爪趴在医馆门口。

胡员外眼睛不好，进门时没瞧清楚，结结实实摔了个大马趴，唬得杜长卿忙将他扶到医馆里坐下，唯恐老头摔出个好歹。

银筝端着果盘从里铺出来，递给胡员外一个冻梨，笑问：“胡老先生怎么来了？”

银筝夜里把梨子放在冰桶里冻着，第二日一早就能结上一层冰壳，再拿出来放四五个时辰，又冻一回，反复几日，梨皮变成乌黑时就可以吃了。冻过的梨尝起来冰凉鲜甜，汁水充沛，阿城一次能吃好几个。

胡员外掏出手帕，擦擦冻梨表皮，吮了一口，凉得打了个哆嗦，半晌才道：“没什么大事，就是来看看你。”

仁心医馆如今已大不相同，每月进项不低，他这个老主顾也不必像从前一般隔三岔五来照顾老友遗子的生意，虽有淡淡失落，更多的却是欣慰。

杜长卿也算是能自食其力了。

胡员外吃了几口梨，想起了什么，对杜长卿道：“对了，有才如今不在西街，住城外那家主人府上。鲜鱼行那间屋子托我转租他人，你离鱼行近，平时得空就去瞧瞧，别让人把有才屋子弄得乱七八糟。”

吴有才自中秋后那一面后，没再出现在西街。陆曈抱着药罐出来，正好听见这胡员外这一句，遂问：“他如今可还好？”

胡员外擦拭一下胡须上的梨汁：“好得很。请他去做西席那户人家大方，银子给得多，待他也厚道。我上月见过他一次，瞧着精神了不少。”

陆曈点头：“那就好。”

听起来，吴有才过得不错。

正说着，外头有马车声传来。

西街狭窄，多是平民百姓店铺，除了胡员外这般腿脚不方便必须坐马车的外，平日罕有马车前来。

这马车在李子树前停下，下来几个婆子，朝着医馆走来。

为首的婆子一身鲜亮绵绸长夹袄，梳个妇人头，手脚利落，瞧上去有几分厉害，走到医馆门口就停下来，在外头唤了一声“陆大夫”。

陆瞳抬眼一看：“王妈妈？”

来人是太府寺卿府上的王妈妈。陆瞳先前几次去董府，董夫人都让王妈妈送她回西街。王妈妈精明能干，是董夫人的左膀右臂，陆瞳与她打过几次交道，王妈妈每次都是客客气气的。

今日却好像有什么地方不一样。

王妈妈站在门口，身后跟着好几个膀大腰圆的婆子，一副兴师问罪模样，这阵仗不小，太府寺卿的马车又过于显眼，一时间，西街附近的摊主们都精神一振，目光灼灼地朝这头看来。

陆瞳走到王妈妈跟前，轻声道：“王妈妈怎么来了？”

王婆子打量着面前人。

大雪过后，长街如玉，陆瞳站在深红朱檐下，一身深蓝素面小袄，下着乳白绒裙，鬓边一朵霜白绢花，粉黛未施，越发衬得乌发如云，眉眼秀艳。在这冰天雪地里，如一株独自盛开的冷艳梅花，格外动人。

王婆子心中暗忖，难怪先前能入裴云暎的眼，后来又迷得自家少爷晕头转向，单言美貌，陆瞳在盛京一众贵女中确实出挑。

可惜心比天高命比纸薄，一个坐馆医女，也想飞上枝头做凤凰。

收起心中鄙夷，王婆子看向陆瞳，皮笑肉不笑道：“老奴今日是奉夫人之命，来给陆大夫带句话。”

“王妈妈请讲。”

王婆子顿了顿，故意扬高声音：“陆大夫先前托我家少爷向医行推举参加今年春试这件事，恐怕不成了。”

陆瞳一怔。

杜长卿一头雾水："春试？什么春试？"

附近店主们也伸长脖子。

王婆子笑了笑，像是怕周围看热闹的人听不懂似的，慢条斯理地解释："陆大夫托我家少爷向医行求个恩典，准允参加今年春试。我家少爷心思单纯，又最是良善，一口应承下来。夫人知道后，说此事不妥。少爷不懂这些，医行每年推举自有人选，咱们太府寺卿贸然插手，要是传到外头去，可不就要说我们滥用官权。"

"陆大夫，"王婆子叹了口气，语气十分为难，"您也知道今年贡举场上的事，这个关头，谁还敢私下替人帮忙呢？所以夫人让老奴过来与陆大夫解释一句，免得陆大夫白期待一场。"

她说得诚恳，又格外仔细，周围人渐渐听明白过来。

胡员外疑惑地看向陆瞳："陆大夫，你要参加太医局春试？"

每年太医局春试，太医局的学生就罢了，寻常医行推举出来的老大夫，能通过春试当上医官的寥寥无几。

陆瞳站在医馆门口，目光扫过门前一地狼藉。

这群婆子来得气势汹汹，将本就潦草的雪狮子踩得乱七八糟，只剩两颗黑黝黝的枣子陷在积雪里，分不清原来形状。

陆瞳抬眼，淡淡开口："原来如此，我明白了。"

她之所以一开始没让董夫人帮忙而是找上董麟，就是因为董夫人为人精明，她莫名提出想去春试，以董夫人的谨慎性子，说不定会横生枝节。

未承想董麟被董夫人发现了。

陆瞳不是没想过，得知此事后董夫人的不悦，但她没料到董夫人会如此泼辣，竟指使王妈妈来医馆门前闹事。

就算看在裴云暎的面子上也不应该……

毕竟董夫人一直以为她与裴云暎之间早已暗度陈仓，如今这般撕破脸皮，也不知是为了什么。

陆曈兀自沉思着，这副冷淡神情落在王妈妈眼中，便成了无谓的挑衅。

王妈妈脸色有些不大好看。

昨日董夫人与董麟争吵过后，被这个一向乖顺的儿子的叛逆之举气得险些晕倒，之后就卧床不起。偏陆曈还能这般冷静，不就是认定自家少爷一定会为了她与家中闹翻吗?

王妈妈牵起嘴角，语气不无嘲讽。

“说起来，陆大夫志向高远是好事，不过人哪，有时候莫要抬头看天，也得低头看脚。那春试能通过的都是太医局学生，陆大夫何苦去凑这个热闹？”

陆曈还没说话，一边的杜长卿眉头一皱：“你什么意思？”

王妈妈皮笑肉不笑道：“我的意思是，什么人做什么样的事，得认清自己身份。”

杜长卿本就忍耐许久，此刻如同火上浇油，立刻冲上前骂道：“你让谁认清自己身份？”便被银筝一把拦了下来。

王妈妈没理会气得跳脚的杜长卿，只看向陆曈，笑道：“说起来，也别怪老婆子多嘴一句，陆姑娘日后最好不要再私下找我家少爷说话了。陆姑娘双亲早逝，有些规矩还是短了些，男女有别，这传出去，对姑娘闺誉也不好。”

此话一出，银筝脸色一变。

这话里话外的意思分明是陆曈没有爹娘教养，又不知廉耻地往董麟身上扑。要知道今日医馆门前这么多人，世人对女子要求本就苛刻，陆曈又在外头行医坐馆，这一盆脏水泼上去，日后西街邻坊和外头的人怎么看陆曈?

王妈妈这是故意坏她名声!

陆曈冷冷看向面前人。

什么闺誉、名声，她其实并不在意，偏偏提及她爹娘……

她上前一步，正欲反击，忽听得人群里传来一个声音——

“董少爷？那是谁啊？我见过吗？”

孙寡妇攥着一把瓜子，挤在人群里嗑得正欢。

宋嫂热心回答：“太府寺卿府上的公子，上回来医馆我给你指过的，个不高，稍微胖点，脾气蛮好的那个。”

孙寡妇思量一下，眼睛一亮：“原来是那位！”又疑惑地看向陆曈，“那位长得又不俊，陆大夫找他做什么？”

俏丽孤孀一身水绿衣裙鲜亮，金饰华美，说话声柔柔的，一时间许多人都朝她看来。

孙寡妇见众人朝她看来，无辜开口：“怎么了？我哪点说错了，陆大夫在医馆什么美男子没见过，那董少爷长得还没我家三郎英俊呢，更别提那位小裴大人，再不济，杜掌柜也不错啊。”

杜长卿：“……”

“陆大夫长得漂亮，医术又好，怎么可能看得上那位董少爷？骗人的吧。”

王妈妈怒道：“你！”

孙寡妇若无其事地抚了抚鬓发，假装没瞧见面前婆子吃人的目光。

她看人一向看脸，那位董少爷比起小裴大人来差得远了，她一个寡妇都瞧不上，何况是年轻的陆大夫?

再者，她虽丈夫死得早，却也不是个傻的，这婆子一大早跑到医馆门前唱这么一出，摆明就是要毁陆曈名声。同为街坊，陆曈先前一味纤纤帮戴三郎摇身一变成“猪肉潘安”，后又有裴云暎这样俊俏的年轻人朋友，就算是为了自己的眼睛好，她也得帮陆瞳一把不是?

孙寡妇叹了口气：“身份贵重有什么了不起? 女子选夫婿，当然得先选俊的，日后生个同样俊的一儿半女，瞧着心里也舒坦。”

“要是生了个丑的嘛，哎哟，那可是坏了后代一生！”

“对对对，”宋嫂适时接过话头，“做汉子的个儿不高可不行……”

听着面前一群妇人七嘴八舌，王妈妈脸色铁青。

她本只是想在医馆门前臊一臊陆瞳的面子，好替自家夫人出口气，谁知西街一群人竟如此不识好歹。自家少爷是什么身份，在这群疯女人嘴里倒成了被嫌弃的一方。她有心想再说几句，却又担心与这些长舌妇争吵，传出去有失太府寺卿府上身份。

今日这些话要是被夫人知道了，只怕要气得更病重一层。

王妈妈恶狠狠地瞪一眼这群人，按捺住心中怒气，看向陆瞳。

“陆姑娘人缘好，替您说话的人多，老奴争不过。该带的话都已带到，姑娘好自为之。”她不忘嘲讽一句，“至于春试一事，姑娘还请另请高明，以您的手段，通过春试是迟早的事。”

“老奴，就提前对姑娘道一声恭喜了。”言罢，她冷冰冰一转身，招呼身后一干婆子上马车，“走！”

杜长卿在背后骂道：“这群王八蛋……”

马车轧着积雪离开，在雪地印上一层长长辙印。

门外看热闹的人还未全然散去。

孙寡妇和宋嫂挤上前来，宋嫂拍拍陆瞳肩膀：“不就是个太府寺卿，凭什么狗眼看人低。陆大夫莫怕，你年轻姑娘脸皮薄，我这老婆子好说话。”

“是的呀，”孙寡妇也宽慰道，“这种人我见得多了，仗着有些家底，就以为自家儿子全天下人抢着要，也不瞧瞧咱们西街是缺俊男还是怎的。太府寺卿的少爷又怎么？被亲娘压成这样，一看就废了，还不及三郎英武！”

杜长卿没好气地往门口一站，将人往外推：“都说够了没有？这是医馆不是茶馆，走走走，别耽误我们生意！”

胡员外看着门口渐渐散去的人群，问陆瞳：“陆大夫真想春试？

陆瞳点了点头。

老儒想了想：“我倒是有认识的人在医行……”

陆瞳：“胡老先生有办法？”

胡员外摆了摆手，道：“话不敢说满，不过陆大夫要真想参加，老夫可以尽力帮忙，不过……”他瞥向陆瞳身后，轻咳一声，“等陆大夫想好再说吧。天色不早，拙荆还在家中等我，老夫也该回去了。”

说完，对陆瞳拱一拱手，逃也似的离开医馆。

胡员外走了，陆瞳站在门口，一转身，对上的就是杜长卿质问的目光。

银筝和阿城站在墙角，大气也不敢出。

顿了顿，陆瞳绕过杜长卿往里铺走。

杜长卿跟在她身后不依不饶：“说吧，你什么时候背着我找董麟的？”

陆瞳没答话。

他又拔高声音，大声质问：“你为什么要偷偷找人参加今年春试？”

“因为我想进翰林医官院。”陆瞳道。

杜长卿一愣。

陆瞳回过身，对着他平静开口：“不是你说的吗，格局大些，去赚那些富人的银子。我想了想，一直在西街坐馆，很难出人头地。待我进了翰林医官院，做了医官，服侍的都是达官贵人，若能救上一两个，或许就能飞黄腾达。”

这话说得很有几分薄情与冷酷。

“你唬鬼呢。”杜长卿轻蔑一笑，“为了出人头地进翰林医官院，你当我会信？”

他紧紧盯着陆瞳：“你到底为什么非要进翰林医官院？”

陆瞳沉默。

银筝笑着过来打圆场：“杜掌柜也知道，我家姑娘上京是要来找未婚夫的。”她胡乱编造几句，“我家姑娘的未婚夫就在宫里当差，只有进宫才有机会嘛！”

杜长卿没理会她，仍盯着陆瞳。陆瞳平静与他对视，过了一会儿，她道：“我……”

“算了！”杜长卿突然开口，打断她的话，眉眼间满是烦躁，“你我也就是掌柜和坐馆大夫的关系，你要找未婚夫还是飞黄腾达和本少爷有什么关系，我不想听！”

他一甩袖子，转身往外走：“一大早晦气得很，走了！”

阿城见他出了医馆门，忙跟在背后追了上去，喊道：“东家等等我——”

银筝走到陆瞳身边，望着二人远去的背影，眸中闪过一丝担忧：“姑娘，杜掌柜这是生气了。”

陆瞳半垂下眼，没作声。

她年初开春来到盛京，刚到盛京就认识杜长卿，之后一直在西街坐馆，亲眼瞧着仁心医馆从一个潦倒破败的小医馆到如今已能维持各项开支。

人对共苦之人总添几分寻常没有的情谊。何况杜长卿一直待她有几分雏鸟情结。

她若真通过春试，仁心医馆没了坐馆大夫，对杜长卿来说，一时间又没了着落。就算找新的坐馆大夫来接替她的位置，但在杜长卿眼中，她此举与背叛无异。

所以他生气。

银筝问：“姑娘是铁了心想参加春试？”

良久，陆曈轻轻嗯了一声。

太师府难以接近，密如铁桶，西街的小医馆不足以提供能让她接近那些权贵的阶梯。

翰林医官院却不一样。那些医官给朝中各官家施诊，户部、兵部、枢密院……总有轮到她接近对方的时候。只要能接近对方，她就能找到机会动手。

这是最直接的办法。

陆曈抬手，指尖缓缓拂过心口，在那里，似乎有隐隐的遗痛从其中蔓延开来。

不能一直被动等下去。

她没有太多时间可以浪费。

杜长卿一整日都没有回医馆。

王妈妈带来的这个消息似乎令他这回动了真怒，都不让阿城回医馆带话了。

陆曈和银筝忙完一日，将医馆关门后，夜里开始下起雪。

小院中积雪渐厚，鞋踩在地上窸窣作响。檐下灯笼将雪地照成微红，银筝将做好的橘灯摆在窗沿上。

做好的橘灯齐齐摆作一排，橘皮圆润，壳里添上膏油点上，在雪夜里玉荷吐焰，金粒含晶，总算给冷寂冬夜添了几分生动。

陆曈站在窗前，抬眼看向远处。

院中飞雪绵绵，朔风锋利，白絮从空中打着旋儿落下，一两片飘到屋中，还未落及指尖便化成露水一丛，烟消云散了。

陆曈收回掌心。

银筝从门外进来，抖了抖身上雪粒，笑道："京城雪真大，咱们苏南一年到头可难得见下次雪。记得上回苏南下雪，还是好多年前了。"

陆曈也笑笑。

苏南地处南地，确实不怎么下雪。不过，落梅峰上不一样。山上地势高，一到冬日，漫山玉白，一夜过去，晨起推门只见白茫茫一片。

"不知道明日一早杜掌柜还来不来医馆。"银筝叹了口气，"希望他别赌气太久，过两日可是发月银的日子。"

陆曈的笑容淡了下来。

其实她一开始找到仁心医馆坐馆，就没想过要长久留在这里。不过是复仇路上一架桥梁，可以是仁心医馆，也可以是杏林堂，只要能达到目的，哪一架桥并无区别。却没想到不知不觉中，她已在西街待了太久，久到如今她乍然离开，杜长卿会赌气，阿城会惋惜。

人与人间缘分总是奇妙，不过有时候，羁绊是累赘。

而她不需要累赘。

银筝将窗户关上，陆曈端起桌上油灯，准备去榻边，才一动身，忽闻外头有声音传来。

砰砰！

有人在敲医馆大门。

银筝一愣，与陆曈对视一眼，神情逐渐紧张："这么晚了，谁会过来？"

自打上回孟惜颜派人刺杀陆曈以后，银筝总是心有余悸。毕竟两个女子独住，虽有铺兵巡守街市，到底势单力薄。

“会不会是杜掌柜？”银筝揣测。

杜长卿白日一气之下跑了，莫不是这会儿想通，又或者是怎么也想不通，所以大半夜上医馆发疯?

陆曈伸手，拿起梳妆台上一支花簪，朝门口走去：“我去看看。”

银筝下意识拽住她衣角，陆曈对她摇头：“没事。”

二人小心走到医馆门前，敲门声陡然停住。

银筝扬高声音，向着门外问：“谁啊？”

无人应声。

陆曈顿了顿，一手攥紧掌心花簪，另一手将门拉开一条缝。

刹那间，寒风携卷雪粒扑了进来。

朔风飞舞，雪满长街。朱色房檐下一排彤色灯笼被风雪吹得晃晃悠悠，那点微弱的暖色几乎也要被冻住。

门外无人，只有北风吹折树枝的轻响。

银筝往外看了一眼，疑惑道：“嗯，怎么没人？”

陆曈眉头一蹙，反手将门重新关上。

外面没人，但方才敲门声不是错觉……

她正想着，忽觉肩头被拍了一拍。身侧银筝惊叫出声，陆曈心中一沉，想也没想，手中花簪毫不犹豫朝身后刺去!

嘶的一声。

下一刻，手被人攥住，有人自背后按住她手臂，令她动弹不得。

“嘘。”熟悉的声音自耳边响起。

“别动，是我。”

第二章

灯花

风雪残留的寒意还未从身上褪去，油灯跳动的火光里，来人的五官被清晰照亮。

银筝惊讶开口：“裴大人？”

陆曈一顿，紧绷的身子渐渐放松下来，身后人松开挟制她的手，陆曈转过身，看向来人。

竟然是裴云暎。

狭窄的医馆里铺，他穿了一身乌色箭衣，几乎要与黑暗融为一体，神情大方，泰然自若，仿佛做出夜闯民宅这种事的是别人。

有一丝极轻的血腥气自面前人身上传来。

裴云暎瞥一眼陆曈手中花簪，目光动了动，玩笑道：“还好我动作快，这上面不会有毒吧？”

陆曈将花簪收回袖中，平静开口：“殿帅这是做什么？”

大半夜的跑来医馆敲门，又这么一身装束，实在很难不让人多想。

“有点麻烦。”裴云暎叹了口气，“想借你这里暂避一下。”

他语气过于自然，仿佛与陆曈是相交多年的好友，提出此等要求也没有半点踟蹰，惊得银筝微微睁大眼睛。

“不好。”陆曈淡淡开口，“我与殿帅非亲非故，帮了殿帅就要得罪别人，盛京那些疯狗很难缠，我从来不自找麻烦。”

裴云暎目光稍怔。

这熟悉的话语，不正是之前在遇仙楼里，戚玉台上门，陆曈请他帮忙解围时他自己的说辞吗?

陆曈现在将原话奉还了。

裴云暎低头笑了笑：“陆大夫真是睚眦必报。”

“多谢夸奖。”

他点了点头：“你说得很有道理，不过，我要是在这里被发现，连累了你也不好吧。”

陆曈抬眸。

他笑得灿烂，面上并无半分面临危险的自觉，悠悠开口：“万一别人以为你我是一伙的，这样一来，陆大夫也要被牵扯。”

“我是无所谓，”他无谓地耸了耸肩，“但陆大夫要是被追究，查着查着，查出什么秘密来……耽误了你要做之事，岂不是很麻烦?”

陆曈冷冷看着他。

这人不知是要做什么，也不知得罪了什么人，但眼下她想进医官院，要是裴云暎真在这里被发现，连累了她，先前的筹谋只得功亏一篑。

裴云暎就是算准了这般才会有恃无恐。

灯油渐浅，油灯里烛芯晃了晃，将屋中各人神情照得模糊。

半晌，陆曈转过身，冷声开口：“跟我来。”

……

外头风雪更大了些，小院覆上一层银白。

陆曈从小厨房一出来，医馆外就响起了剧烈拍门声。

银筝端着油灯站在院子里，紧张地看向陆曈。

陆曈拿过油灯，掀开毡帘朝医馆门口走去。

砰砰砰——

拍门声急促，在漆黑冬夜里分外刺耳。陆曈一推开门，明晃晃的火把一下子将门前长街全照亮了。

医馆门口站着群军巡铺屋的铺兵，气势汹汹一推门，全涌进医馆。

银筝哎了一声，还未说话，一群铺兵们恶狼般冲进医馆，四处翻找搜寻起来。

“谁啊？”银筝唤了一声。

为首的铺兵头子往里迈了一步，就着昏暗灯色看清陆瞳的脸，愣了一下，随即叫道：“陆大夫？”

陆瞳看向这人，微微颔首：“申大人。”

这人居然是军巡铺屋的申奉应。

申奉应像是才反应过来，后退两步看了看医馆门上的牌匾，方才一拍大腿：“都没瞧见到你这儿来了！”他转身招呼身后人，“都轻点，别砸坏了人东西！”又看向陆瞳，“对不住陆大夫，又要叨扰你一回。”

“无妨。”陆瞳问，“不过，申大人这是做什么？不会又接到了有关仁心医馆杀人埋尸的举告？”

闻言，似是想起先前的误会，申奉应面上显出几分尴尬。

申奉应轻咳一声：“那倒没有，今夜宫里有刺客逃逸，满城都在搜人。我们巡铺屋也被叫起来。”

他举着火把往医馆里面走，问陆瞳：“陆大夫在这没见着什么可疑人？”

“没有。”

“那就怪了。”申奉应沉吟，“刚刚我们人马追着刺客过来，好像瞧见有人在你们医馆门口。”

银筝目光颤了颤。

陆瞳淡道：“是吗？我没见着什么人，医馆门口有阿城堆的雪人，或许大人们是将雪人看岔了。”

中奉应点头：“也许吧。”

话虽这么说，招呼铺兵搜查的动作却一点儿也没放松，申奉应自己也提刀进了里铺，四处逡巡。

院子里很冷，梅树枝头挂了红纱灯笼，照得满地雪光微红。

银筝绞着手中帕子，有些不安地朝小厨房那头瞟了一眼。

这目光立刻被申奉应捕捉到了。

他警觉开口：“那边是什么？”

陆曈回答：“是厨房。”

申奉应看了陆曈一眼，一扬手，招呼身后几个铺兵：“仔细搜搜厨房！”

银筝面色一变。

铺兵们得令，一窝蜂涌进厨房，将还算宽敞的厨房顿时挤得狭窄起来。申奉应快步走了进去。

这厨房朴素得甚至称得上寒酸，灰泥夯墙，土锅土灶，石台上摆了些剩菜瓜果，灶台下草筐里放着鸡蛋红薯。炉火已经灭了，只剩些炉灰撒在地上。

申奉应谨慎往里走了几步，没见着什么可疑之处，正要离开，目光忽然定住。

厨房的角落里，摞着一捆厚厚的干草垛。

平民为省柴料，家中堆放干草垛是常有的事。然而仁心医馆中并未畜养家畜，若说用来烧火煮饭，将干草垛堆在厨房容易走火，院里明明很空。

而且，这草垛实在太大了，厚厚一层摞在角落，像座小山。若有贼人潜入，藏在此处应当很难被察觉。

申奉应眼中波澜一闪，走到干草垛前，忽地拔刀一挥!

刹那间，哗啦啦的一声。

干草垛像是被劈碎的土山，顷刻间崩塌瓦解，缓缓滑下的草渣中，渐渐露出里头漆黑的一角。

“这是……”申奉应脸色一变。

宛如深埋于地的宝藏被拨开厚重泥土，露出重见天日的秘密。

那些厚厚的草垛下，竟藏着几只半人高的漆黑瓷缸。

瓷缸极大，完全可以容纳一人躲进去，如几只突兀耸起的黑色土丘，怪异而反常。

申奉应记得清楚，他上回来仁心医馆搜查时，厨房里并没有这几只大黑瓷缸。

他咽了口唾沫，语气冷下来：“陆大夫，这是什么？”

“是一些平日制药用的药材。”陆曈回答。

话音刚落，从黑色瓷缸里陡然传出一声轻响。这动静不算响亮，但在寂静夜里，清晰地传至每一个人耳中。

离得最近的铺兵面色一变：“大人！里头有东西。”

申奉应眯了眯眼，下意识看向陆曈。

陆曈站在厨房门口，是一个不远不近的位置，手中油灯被寒风吹得像是下一刻就要熄灭，于是那目光也显得模糊了。

申奉应脸色渐渐凝重，拔出腰间佩刀，示意周围铺兵退后，自己走到瓷缸跟前，火把光照耀着他，也照耀清楚了他从额上滚落下来的汗珠。

四周鸦雀无声。

申奉应慢慢靠近瓷缸，一手握住瓷缸盖子，另一只手持刀横于面前，猛地一掀——

咝咝——

瓷缸里传来窸窣声，伴随着周围铺兵的惊叫，中奉应愣愣看着瓷缸里的东西，良久，有些惊魂未定地转向陆瞳：“这、这是……蛇？”

这瓷缸里，竟然装着数十条黑漆漆的长蛇！

长蛇鳞片乌黑泛着潮湿冷泽，交缠一团发出摩擦轻响，申奉应只看了一眼就赶紧将盖子盖上。

“陆大夫，你怎么在这缸里放蛇？”

这些毒物阴森恐怖，全交缠盘在一起，窸窸窣窣，听着怪瘆人。

陆瞳端着油灯走近，语气平淡：“医馆制药有时需用到新鲜蛇蜕与蛇血，这是花银子从捕蛇人手里收来的，是制药的药材。”

申奉应指向另几只瓷缸：“这些也是？”

陆瞳把油灯递给银筝，自己走到另外几只瓷缸面前，将盖子掀开，请申奉应近前看。

另外几只瓷缸里依次是蝎子、蜈蚣以及蟾蜍。

申奉应一言难尽地盯着陆瞳，许久，才开口：“陆大夫，你这是要炼蛊？”

他一个男人看了这些东西都觉心慌气短，陆瞳一个弱女子神情却毫无波澜。若非对西街比较熟悉，申奉应简直要怀疑自己是进了阴间的医馆。

“申大人不知，药有七情，独行者，相须者，相使者，相恶者，相反者，相杀者。相杀者制约彼此毒性，这些毒物放得好，也是救命之良方。”

申奉应听得云里雾里，再看一眼厨房，除了几只瓷缸再无可疑之处，便招呼身后铺兵先退出去。

铺兵们随申奉应离开厨房，走到小院，外头朔风正盛，片片飞雪飘絮般落到人身上。

申奉应路过小院梅树前，想到上回来也是这般，气势汹汹将医馆翻了个底朝天，最终一无所获，没来由生出几分心虚，还有一丁点惭愧来。

按理说，他对陆曈其实并无什么恶感。

上回这位陆大夫和殿前司指挥使裴云暎合伙在军巡铺屋门前上演一出好戏，为的是将文郡王府拖下水。后来的事，申奉应也知道了，裴云暎的姐姐——文郡王妃顺利和离，搬离文郡王府，而那位雇凶杀人的侧妃，连带着宫里的娘娘一同倒了大霉。

申奉应清楚自己被裴云暎当靶子使了，也做好得罪文郡王，迟早滚出军巡铺屋的准备。谁知此事过后，自己的上司却亲自寻他说话，对他嘘寒问暖了一番，还通情达理表示此事他左右为难，但处理得极好，日后免不得升迁。

这饼画得能否充饥暂且不知，但至少让申奉应一颗心暂时放了下来。

他也明白，定然是裴云暎同军巡铺屋这边打过招呼，免得他事后被文郡王刁难。他当时对裴云暎恶感便消散了不少。

今夜若不是城守备那头下令，他也不会大半夜的来找陆曈麻烦。

正想着，走在前面的陆曈顿了顿，蓦地咳嗽了两声。

申奉应一个激灵，朝她看去。

因开门出来得匆忙，陆曈只披了一件单薄外裳，里头穿了件素白中衣，簪花已经卸下，乌色长发垂至胸前。她生得很瘦弱，神情无辜又懵懂，站在风雪下的灯色中，像一枝迎风绽开的雪白玉兰，弱不胜冬寒。

佳人病弱，立刻叫申奉应生出一丝怜惜与自责，赶紧开口："今夜贸然打扰陆大夫，实在是申某不是。"

"这头没什么事了，对不住啊，陆大夫赶紧回屋休息。"他一扬手，招呼手下，“走了！”

这群铺兵们又如来时一般，风风火火地离去，在小院雪地上留下乱七八糟的足迹。

陆曈紧了紧身上外裳，持灯目送最后一个铺兵离开医馆，又在医馆门口等了许久，直到外头再无动静，这才端着油灯回到小院。

银筝站在寝屋门口，朝里望了望，又忧心忡忡看向陆曈：“姑娘……”

“没事，你到里铺守着，小心有人过来。”

犹豫一下，到底担心外面人折返，银筝提着灯笼离开了。

寝屋门口花窗窗隙里，橙色灯火微亮。

风雪与炭炉，寒冷与温暖，一门之隔，宛如两个世界。

陆曈在门口站了片刻，推门走了进去。

一进屋，一股暖风扑面而来。屋中角落里生了暖炉，花窗半开未合，嶙峋梅枝恰好框在窗景里，在寒风中岿然不动。

闺房里，裴云暎背对陆曈，正站在小佛橱前。

陆曈进屋关上门，看着他的背影道：“裴大人，人已经走了。”

裴云暎转过身。

小佛橱前点了香烛，屋中烛色摇曳，他一身黑衣，眉眼俊美，像是在风雪夜中陡然出现于观音座前的精怪，不请自来，放肆又危险。

见陆曈看来，他便笑着开口，语气有几分调侃。

“这么容易就被你骗过去，难怪盛京治安越来越不好了。”

陆曈把油灯放到桌上，平静道：“人还没走远，需要我将他们叫回来？”

他不置可否地一笑，瞥了小佛橱前白玉观音一眼，意有所指道：“你都是这么骗人的，人前菩萨，人后罗刹？”

陆曈回敬：“人前天子近卫，人后宫中逃犯，裴大人与我也不过半斤八两而已。”

她可没忘记，刚才申奉应说的是宫中有刺客逃出来了。

陆曈闻得见裴云暎身上极淡的血腥气，有些事情不难猜出端倪。

裴云暎怔了怔，随即笑了，走到窗下桌前坐下，叹道：“早知道陆大夫这么厉害，先前就不得罪你了。”

陆曈没说话。

申奉应来搜查医馆时，因裴云暎出来得匆忙，她没办法，只能让裴云暎藏进寝屋里堆满了衣服的黄梨木柜子后。

为了遮掩裴云暎身上那丝血腥气，她故意与银筝把几只大瓷缸推出来吸引申奉应注意。瓷缸里的毒物吓了申奉应一跳，一惊一乍间，申奉应认定自己多想之下，反倒不会再继续怀疑仁心医馆。

诚然，能顺利蒙混过关，也有裴云暎自己藏得隐蔽的关系。

他见桌上有茶与干净空杯，便自己伸手提壶斟茶，不过动作比起之前些微迟滞，陆曈立刻察觉到了。

陆曈抬眼看他：“你受伤了？”

裴云暎并未否认：“有药吗？”

陆曈转身就走：“卖完了。”

她对当活菩萨没什么兴趣，尤其是对面前这个深夜不请自来的刺客。今夜实在凶险，一个不小心，她就要被裴云暎连累，日后筹谋毁于一旦。

实在很难不迁怒。

“陆大夫。”裴云暎坐在桌前，笑着唤她，“你不是说，治病救人的时候，你就只是个大夫。”

“现在这个时辰，你应该还是大夫吧？”

陆曈脚步一顿。

这是在文郡王府时，她替裴云姝接生时说过的话。

那时裴云姝的挣扎与期望令她想到了陆柔，于是难得心软了几分，这心软也连带上了裴云暎，为抚平他的焦躁，她才说出这么一句。

没想到会在这时被裴云暎提起。

沉默片刻，陆曈走到柜子前，找出医箱，从里取出一只药瓶，走到裴云暎跟前往桌上一顿。

“五十两银子。”

裴云暎：“……”

他抬头：“你这是坐地起价啊。”

“求医问药，明码标价。”

“我以为你要向我讨个人情。”裴云暎摇头笑笑，好脾气地从怀中掏出一张银票放在桌上。

陆曈接过银票，一百两银子的银票，这人倒是很大方。

她从匣子里取来铜称，称了把散碎银两，凑齐五十两还给裴云暎，语气平淡无波：“殿帅的人情不太值钱，不如银子实在。”

裴云暎望着桌上那把碎银，沉默一刻，评点：“陆大夫很是务实。”

陆曈站在桌前，蹙眉看着他，再次提醒：“外面人已经走了，殿帅什么时候离开？”

裴云暎嘶了一声，认真开口：“眼下你我在他们眼里是同伙，出去撞上人，陆大夫也逃不了，还是再等等。”

他语气随意，丝毫不见外，却让陆曈心中登时腾起一层薄怒。

因自己所行之事隐蔽，陆曈一向不欲与人过分牵连，当初夏蓉蓉住进小院，她都想法子让夏蓉蓉搬离出去。偏裴云暎如今进了她寝屋，还不知要逗留到几时。

这人明明心机深沉，却总能找到最无辜的理由，义正词严的模样看着就让人生气。

陆瞳按捺住心中冷意，走到另一边椅子上坐下。

院中风雪寒冷，屋中如春温暖，北风携卷大雪从窗前经过，隐隐可见漫天碎玉飞琼，屋中人却在花窗上投下剪烛斟茶的暖色暗影。

静谧而温柔。

陆瞳看向他。

他坐在窗前，低头喝茶，不笑时有些拒人于千里之外的冷漠，一身漆黑箭衣干净利落，在灯火下隐隐露出些濡湿痕迹。

察觉到陆瞳的目光，他转过头，微微一笑，于是刚刚的漠然倏尔散去，仿佛只是错觉。

他问："怎么这样看着我？"

陆瞳静了片刻，漠然提醒："不上药吗？"

裴云暎一身黑衣，无法看清身上伤痕。但陆瞳能闻见他身上的血腥气越来越浓烈，这意味着他身上的伤口在不断往外渗出血迹。

她没有在屋子里熏香的习惯，如果申奉应突然带领铺兵们杀个回马枪，都不必搜捕，这屋中的血腥之气就会出卖裴云暎的行踪。

裴云暎要是死在这里，她还得负责处理尸体，很是麻烦。

最好别死，死也别死在这里。

裴云暎不知陆瞳心中思虑，只拿起桌上药瓶，药瓶不大，瓶身精致，他拔掉塞子，犹豫一下，洒在肩上。

陆瞳："……"

她蹙眉："你上药隔着衣服？"

裴云暎动作一顿，道："你屋子太小。"

"那又如何？殿帅上药还要跑着上不成？"

裴云暎噎了一噎。

半晌，他望向陆曈，提醒：“我在你寝屋脱衣上药，陆大夫不怕有损闺誉？”

“别忘了，你还有个未婚夫。”

他故意咬重“未婚夫”三字。

陆曈皱眉看着他。她没想到裴云暎想得这般琐碎，忽而又忆起在遇仙楼时，为避戚玉台怀疑她主动抱紧裴云暎，裴云暎刻意拉开的距离。

思及此，陆曈的语气里就带了一丝讽刺：“裴大人多虑。在我眼里，你和当初埋在树下的半块猪肉没有任何区别。”

裴云暎：“……”

他平静地朝陆曈看去，陆曈神情冷淡，以至于让人难以分辨她这话是认真还是玩笑。

昏暗灯色下，二人对视良久。

过了一会儿，裴云暎低头，看着面前茶盏，淡淡开口：“你说话真难听。”

陆曈心中冷笑。

这位昭宁公世子大半夜被满城追查，以此人手段，未必找不到脱身办法，偏偏闯进仁心医馆躲避追兵，很难让人不怀疑他是故意的。

裴云暎就是故意拉她一道下水，或许是出自他某种恶劣的趣味。既然他们已看穿彼此的虚伪与假象，就没必要在表面上装作客气与礼貌。她现在是不能将裴云暎怎么样，可能让这人心里不痛快一点，也好过什么都不做。

陆曈懒得掩饰自己的冷漠与不耐。

许是因为陆曈那句拿他与猪肉相比的讽刺，再迟疑下去反坐实了他忸怩，裴云暎不再踟蹰，伸手撕开肩头被利器划开的衣料。

衣料撕开的瞬间，裴云暎皱了下眉。

陆曈抬眸看去。

目光所及处，这人右肩至小半个背部鲜血淋漓，像是箭伤，翻起的皮肉看着就触目惊心。

陆曈心中暗忖，带着这样的伤口，此人还能谈笑风生，裴云暎的忍性倒是比想象中更强。

他拿起桌上的药瓶，就要撒上去，忽又觉得似乎太潦草了些，遂问陆曈："有水和帕子吗？"

陆曈点头："有。"

没料到她这次这样好说话，裴云暎愣了愣，随即笑道："多谢……"

下一刻，陆曈打断了他的道谢。

"加银子就行。"

裴云暎："……"

陆曈起身，拿起银水壶，找到花架上的木盆，往里倒了些热水。又找了方干净的帕子浸在其中，端着热水走到裴云暎跟前，把木盆放到桌上。

裴云暎看了看眼前的热水，想了想，把刚才陆曈还给他的五十两碎银往陆曈面前一推。

"够吗？"

陆曈把银子收起来，重新放回匣子里装好，道："勉强。"

他摇头笑笑，没计较陆曈坐地起价，伸手拿起手帕，拧去多余的水。

手帕是女子款式，浅蓝的帕子，上面绣了木槿花枝，女子贴身手帕常撒香粉，或是熏香，这帕子却只带淡淡药草味，与陆曈身上的清苦药香如出一辙。

裴云暎握住手帕，反手擦拭肩上的伤痕。

血迹被一点点拭净，露出狰狞伤痕。陆曈看得清楚，箭伤从斜后方向上，他应当是背后中了箭。

裴云暎擦完伤口，放下手帕，拿起药瓶往肩上撒药粉。他一只手不太方便，药粉一半撒到伤口上，还有一半撒到了地上。

陆曈倚着桌沿，冷眼瞧着他动作，突然开口："暴殄天物。"

裴云暎："……"

他又好气又好笑："陆大夫，你我虽算不上朋友，至少也是熟人。这样对一个受伤的人，不太好吧。"

窗外风雪渐浓，朔风将窗户吹得更开了一些，檐瓦上渐渐积起一层白霜。透过灯笼微弱的暗光，可见满院大雪飞舞。

一朵雪花顺着窗隙飘进里屋，落在人束起的发梢上，很快消失不见。

陆曈起身，走到裴云暎身后，夺过他手中药瓶。

裴云暎一怔。

陆曈平静道："伤药很贵，你再浪费，就只能另付五十两再买一瓶。"

她一向见不得旁人糟蹋药物。

裴云暎闻言，这回倒没说什么，只转过头笑笑："有劳陆大夫。"

陆曈站在裴云暎身后，他肩很宽，箭衣穿在身上，勾勒足够漂亮的身形。目光所及处肌肤并不似那些白瘦文弱的公子，许是因常年练武的关系，肌理匀称，蕴藏力量。

陆曈一只手扶上他肩头。

下一刻，陆曈一扬手，撕拉一声，本就撕开的黑衣被扯了大块下来，连带着被血粘在一起的皮肉。

裴云暎倒吸一口凉气。

"一点小伤。"陆曈拿起药瓶，均匀撒在他伤口处，"殿帅何苦大惊小怪。"

裴云暎回头，拧眉望着陆瞳："陆大夫这是公报私仇？"

"怎么会？"陆瞳塞好瓶塞，将药瓶放到裴云暎掌心，微微笑道，"上药总会有痛感，裴大人切勿讳疾忌医。"

裴云暎定定盯着她半晌，过了一会儿，自嘲般点头："好吧，陆大夫说了算。"

陆瞳眸色微动。

她故意下重手让裴云暎吃痛，这人却还能和颜悦色与她说话，养气功夫倒是一流。

上过伤药还得包扎，陆瞳从医箱里剪了包扎用的白帛，走到裴云暎身后替他包扎。

裴云暎似乎不喜与人过分亲密，有意无意拉开距离，倒是陆瞳并无此担忧，伸手绕过裴云暎肩臂，从身后替他熟练包裹。

说起来，裴云暎肩头伤口不算太深，然而肩头往下另有一道狰狞刀痕，应当是旧伤。新伤旧伤添在一起，应当很难忍耐，但今夜自始至终，裴云暎都没露出一丝半点痛楚之色。

或许是因为这点伤对他来说不算什么，又或许，只是他能忍罢了。

陆瞳剪去包扎好的白帛边缘，顺口问："这里曾有旧伤？"

裴云暎顿了顿，道："是啊。"

陆瞳瞥一眼那道陈旧刀痕，刀痕极深，不知被什么人缝过伤口，然而缝得乱七八糟，简直像是她幼时的女红，东一榔头西一棒子，歪歪斜斜，烙印在裴云暎背后，像一道滑稽墨痕。

她道："像仇人为你缝的。"

能将人伤口缝成如此模样，简直像是故意的。

裴云暎闻言，像是想起了什么，唇角梨涡越发明显："算是吧。大夫是个小姑娘，刚从医不久，医术是不如你，不过报复心倒是和你一样强。”

桌上油灯快要燃尽，陆曈起身从柜子里取出另一盏，一面倒进灯油，一面开口：“你做了什么，她要报复你？”

裴云暎想了想：“也没什么，几年前我在苏南被人追杀受伤，躲进刑场后的死人堆里。在那里，遇到一个偷尸体的小贼，她救了我，给我治伤，不过不太情愿。”

陆曈一怔，手上灯油倒尽，却忘记用火石点燃。

往事冲破重重雪幕扑面而来，有遥远画面自面前浮起，将纷纷雪色映亮。

裴云暎并无所觉，抬眸看向窗外。

盛京风雪夜，窗前一点微弱灯火照得外头飞雪绵绵，檐上地下粉妆银砌，天地一片茫茫，竟生孤寂空凉之感。

他的声音也如雪一般轻寂。

“说起来，遇见她那天，也下了一场雪。”

像是为了映衬他说得那般，院中簌簌雪粒顺着窗隙飞到桌前，白霜落进花灯，荡出一点泛着冷气的涟漪。

他转向陆曈，笑着开口。

“那可是苏南十年难遇的大雪。”

陆曈猝然抬眼。

刹那间，雪花覆住灯芯，最后一点微光晃了晃。

烛光熄灭了。

大寒日，天地一白，片片鹅毛纷纷而下。

永昌三十五年，苏南迎来十年难遇的大雪。

大雪迅速覆盖城中大小长街，家家户户家门紧闭，透过两街亮着灯的窗隙，偶尔飘出些腊八粥的香气。

刑场后的乱坟岗中，冰雪洗去地场中黏稠血腥气，一具具死尸叠在一起，被冰雪凝结看不出原来面目，月光下泛着青白色晶莹。

在这一片静雪中，有暗色人影在其中穿梭，如在夜里出动的小鼠，动作迅捷而谨慎。

十二岁的陆曈走在刑场后的坟岗中。

前几日芸娘研制新毒，让她下山去寻新鲜人心。她从落梅峰上下来，在苏南城中待了三日，一直等到今日行刑结束，看热闹的人群散去，官差将死囚尸体丢进乱坟岗后，才从栖身的破庙中出来。

大雪静而密，雪花落在女孩子包裹严实的面衣上，被寒夜朔风一吹，冰凉刺骨。

陆曈恍若未觉，只低着头，借着月光仔细挑选尸堆中的死尸。

苏南城的死囚行刑后，有家人的，会花银子将尸体带回。没家人的，死囚尸体便随意堆在刑场后坟岗草草掩埋。

乱坟岗中从不缺尸体，有的新鲜，有的腐败多时。陆曈小心翼翼在尸堆中走着，冷不防脚下绊倒一个圆圆的东西，险些摔倒，她稳住身子，定睛一看，是颗自脖颈以下被齐齐斩断的脑袋，蓬乱长发如黑草，肤色惨白如蜡，唯有一双眼睛圆瞪，掩不住的凶恶。

陆曈忙低头，双手合十，对着面前头颅小声拜了拜，才绕开这头颅，继续往前去了。

即使常见过各色各样的死尸，每一次遇到时，陆曈仍无法做到全然的泰然自若。

芸娘总是要做新毒，新毒则需要各种各样的材料。有些是草药、甘露、动物身体，有些却是人心、人肝、人的身体。

当然，活人的身体最好，但芸娘无法为了制毒直接杀人，只能退而求其次去寻最新鲜的尸体。

有时候，芸娘会找到家中新丧的穷人家，与其家人商量好价钱，买走尸体。有时候，芸娘会打听到有命不久矣的病者，谈好银子，在一边等人落气，好立刻取走最新鲜的药引。

陆瞳就曾见过一次，贫寒人家的小女儿病重不治，芸娘与其父谈好价钱，就在跟前等着小姑娘落气。

如秃鹫守着最后一口气的活人，令人悚然。

但这样的人家也不常有，所以更多的时候，芸娘会让陆瞳去乱坟岗找新鲜死尸。落梅峰上的死尸不够新鲜，若要寻初死不久的，还得来苏南城中刑场后的乱坟岗。

这些没有家人的死囚，生前罪大恶极，死后也无人在意骸骨，官差不会特意去管。就算被发现了，递一点银子也就过去了。

陆瞳不是第一次来刑场找尸体，一开始她总是很害怕，时日久了，也能镇定一点，有时候甚至觉得，比起在病床前等着人落气，与死人打交道反而更让人安心。

毕竟有时候，活人比死人可怕得多。

大雪从苍穹洋洋洒洒飘下，这是一年中最寒冷的时候。苏南城中十年不曾下雪，城里的小河都冻住了。

陆瞳紧了紧身上单薄冬衣。

若是往年在常武县，这个时节，大寒迎年，该为新年做准备了。食糯、纵饮、做牙、扫尘、糊窗、腊味、赶婚、趁墟、洗浴、贴年红，母亲蒸的糯米饭又咸又香，她和陆谦总是为争夺祭灶的灶糖和油饼打架。

只是今年这个大寒，没有糯米饭和灶糖，也没有父母兄姊，有的只是阴天大雪，冻云垂地。

陆瞳停下脚步。

坟岗最外头平平摆着几具尸体。

许是因为今日大雪天太冷，天黑得又早，刑场的人甚至没将这些新尸蒙上尸布，任由白雪一层又一层覆上去，将人体冻成一具具坚硬冰雕。

女孩子蹲下身，搓了搓手，就着昏暗月色，双手在这些尸体上熟练摸索着。

摸索了片刻，陆曈找到了一具还算满意的尸体。是具身材魁梧的无头男尸，一众尸体中，这具尸体显得更为精壮，应当能满足芸娘的需求。

陆曈拂掉尸体上的冰雪，打开医箱，从里掏出罐子和小刀，用力划开尸体胸腔，忍住不适，从其中摸索自己要寻的东西。

大雪呼啸着落在人身上，空旷刑场中，只有风声呜咽。

陆曈将最后一块血物放入盛满冰雪的罐子中，将罐子盖好，收入医箱，又伸手抓了把地上雪水洗去手中血迹。

雪水浸过指尖，冷得刺骨，像方才挖出的人心。

人死了就没有温度了，再如何滚烫的血，在生命流逝干净后，就变成一汪冷沉的深泉。

陆曈把尸体搬好，又在四处找了许久，总算找到了尸体的头颅。她隐约听围观行刑的平民提起，此人劫掠过路人，杀人抛尸，是因此才获罪入狱。

她把头颅摆在尸体颈上，后退两步，跪在地上冲这具死尸磕了几个头。

“这位大叔，我只是从你身上取了些东西，已经替你找到了你的头，也算扯平。”陆曈虔诚开口，“不是我杀的你，是你杀了人才会被处刑。冤有头债有主，不是我害的你，你要是心中不平，别找到我头上。等来年清明，我会为你烧些纸钱，千万莫怪，千万莫怪。”

以前曾听人说过，处斩的死囚生前穷凶极恶，死后也会化作厉鬼。挖尸体心肝这种事，总归做得丧阴德，心虚之下，陆瞳只能这样冲淡心中愧意。

她刚念完，还未起身，忽然听到身旁传来嗤的一声轻笑。

“谁？！”

下一刻，一道冰冷尖锐之物抵住颈肩，有人贴在自己身后，声音从耳畔传来，清朗的、尚带几分含混的沙哑。

“哪里来的小贼，死人的东西也敢偷？”

陆瞳浑身冰凉，一瞬间，头皮发麻。

她在刑场里待了这样久，竟未察觉这里何时多了一个人，这人是什么时候来的？自己方才刨尸挖心，他看去了多少？

定了定神，陆瞳故作镇定地开口：“你是谁？”

话音刚落，她突然闻到一股浓重的血腥气。

这血腥气和方才死人身上腐臭难闻的血腥气不同，鲜活而浓重，是从身后这个人身上传来的。他在身后挟制着陆瞳，颈间是冰凉刀尖，陆瞳无法回头，也无法看清对方的样貌。

那人顿了顿，刀尖微微往上一提，陆瞳感到脖颈之上压迫感更强，伴随着对方含笑的声音。

“我迷路了，这里很冷，带我去能休息的地方。不然，”他微微压低声音，“我就杀了你。”

陆瞳僵在原地。

这人好像受伤了，藏在此地，说不定是什么亡命之徒。他的刀还横在自己脖颈上，这时候与他起争执太危险。

僵持良久，她妥协了，慢慢地说道：“我知道这附近有一间破庙可以避寒……我带你去。”

对方短促地笑了一声，不知是不是在欣慰她的识相，紧接着，一只手臂绕过陆瞳身后，搭在她肩上。

远远看去，像喝醉的人将她揽在怀里。

如果能忽略他对准她脖颈的匕首的话。

陆瞳任由这人揽着，深一脚浅一脚地往刑场外走去。

对方半个身子靠着她，陆瞳不得已承担他小半个重量，他个头又高，陆瞳搀着他，能闻见从他身上传来的浓重血腥气。

他受伤了，陆瞳心中笃定。但她不敢在这时候逃走，那把压在她喉尖的刀太锋利，而这人身子太紧绷，好似蓄势待发的兽，随时能咬断猎物的喉咙。

她不敢冒险。

走了约半炷香，风雪中远远出现一间摇摇欲坠的破庙。庙门半开，没有灯，只有一点夜色余晖照着粗破横梁。

陆瞳感觉脖颈上的刀锋又逼近一点，连忙出声：“这里没人。”

这里没人。

苏南城中的乞丐游僧常住破庙中，刑场附近的破庙却无人问津。因时人常说，此地挨近刑场，死人冤魂不散，或成厉鬼，常在这附近游荡。就连破庙里原本供奉的泥菩萨也在某个雨天被雨淋坏了。后来，就再没人敢在这里过夜。

陆瞳常在这里过夜，因为这里离刑场很近，以便她夜里去摸尸。况且与那些乞丐游僧居于一处，未必就比独自一人在刑场过夜安全。

毕竟死人不会害人。

陆瞳领着那人来到破庙前，伸手将门一推。

吱呀——

庙门被完全打开了。

那人堵在门口，放下手上刀，问：“有火吗？”

陆曈小声回答：“有。”

言罢走到庙堂最中间，泥菩萨的供桌下趴下身，摸索许久，从里面摸出一盏油灯和火折子点燃。

这是她之前就藏在这里的东西。

油灯一被点燃，四周便亮了起来。

供桌前供奉着一尊一人来高的泥塑菩萨，先前一场连日大雨，破庙漏水，将泥菩萨身上彩塑冲毁了一半，连面目也辨不清楚。

木盘里空空如也，没有半块供果，这里长久无人踏足，墙角结了一层又一层细密蛛网。角落里摞着些破败木板，许是从前塌掉的横梁。

而在供桌底下，几张破烂蒲团拼在一起，依稀凑成张床的模样。那是陆曈做成的“榻”，夜里她就躺在这上头休息。

那人的目光在蒲团草席上稍稍一掠，若有所思问道：“你住这里？”

陆曈霍然回身。

刑场天阴，自己又背对着此人，无法看清对方面目。而此刻庙中灯火澄净，她就在这里看清了对方的模样。

是个高个子男人，穿着一身漆黑箭衣，面覆黑巾，看不出面容，只露出一双极黑极亮的眼睛，在灯火下泛着一点寒漪。

他声音很年轻，虽然有些沙哑，却挡不住少年特有的清朗明亮，陆曈猜他只有十六七岁，或许更小。

他见陆曈看过来，将手中短刀重新插入刀鞘，漫不经心地走到庙堂中间，开始打量四周。

他没堵在门口，陆曈心中一动，慢慢朝门前踱去。

就在她快要靠近那扇破门时，身后传来人冷漠的声音：“去哪儿？”

陆曈脚步一顿。

她僵硬地转过身，看着对方的背影慢慢开口：“我已经将你带到了，这里没人会来……”

他打断陆曈的话：“你这是打算去告官？”

陆曈一愣。

不等陆曈回答，面前人转过身，看着她慢条斯理道：“告官的话，我可是会说我们是一伙的。”

“你！”

他看了看陆曈身上的医箱：“还有，你偷尸体的事要怎么解释？”

其实偷尸体的事不难解释，那些官差并不会真的将她怎样，但若与眼前人稀里糊涂扯到一起……

谁知道他是什么来路。

陆曈平复了一下心情，轻声道：“我不会告官，你放心，今日我就当没见过你。”

他有些意外地看陆曈一眼，又看一眼窗外，忽而哂道：“外面这么冷，你去哪儿，这是你的地盘，没有客人将主人赶走的道理。”

言毕，指尖轻弹一下手中刀鞘。

“坐下吧，一起住。”

陆曈紧紧盯着他的刀。对方神态轻松，语气甚至称得上友善，不动声色的威胁却令人心悸。

她半垂下眸，目光极快朝门外掠了一眼。

这里地处刑场周围，除了此间破庙，并无人居住。她若夺门而出，外面没有可蔽身之所，只有一片大雪。他虽受伤，但眼下看来气息平稳，一个男子想追上一个小女孩，总是轻而易举。

他可以很轻易地杀死她，并将她埋在雪地中，无人知晓。

黑衣人又道：“外面雪大，关门吧。”

对方这是不打算放她走了。实力悬殊之下，硬碰硬总不是个好办法，陆曈暗暗攥紧医箱束带，磨磨蹭蹭走到门边，将那扇破得快要掉下来的门推了过去。

风雪顿时被掩盖了大半。

他在蒲团上坐下来，脊背笔直，目光扫过墙角那堆破败木板，吩咐陆曈：“小贼，屋里有木头，你去生火。”

陆曈暗暗咬牙。

这人要杀要剐，不如给个痛快，偏这样磨磨蹭蹭。

陆曈疑心他是受伤太重，没什么体力做事，所以将她当佣人指使。但她没这个胆量和此人交手，且不提他手中刀，年幼的女孩子与年轻的男子，体力总是悬殊。

若她也能拥有像芸娘一样精妙的毒术就好了，至少能一抹毒灰毒瞎面前人眼睛，好过这样任人宰割。

陆曈沉默地走到庙中墙角处，挑选几根稍短些的破木头抱到供桌旁，又借着油灯的火一点点烧燃。

时日久了，木头微微泛些潮湿，陆曈折腾许久，总算有了些热气。

几根短木头全偎在一起，一簇小小的火堆升起，风雪夜似乎也没那么阴冷了。

她抹了把汗额上汗，一抬头，对上的就是对方看来的目光。

这人眼睛生得很是明亮，在微弱烛火下像颗清澈宝石，目光却似盯着猎物，侵略性很强。

陆曈怔了一下。

此人虽面覆黑巾，形迹可疑，但身形举止不凡，并无半分逃犯畏缩狼狈之相，反而从容自在。若非陆曈被他一路要挟至此，单看外表，还以为这人是什么身份神秘，不可为外人道的少侠。

着实出色。

不过蒙着面也不好说，说不定面巾底下是张麻子脸。陆曈恶劣地想。

黑衣人不知陆曈暗地腹诽，瞥了一眼陆曈后就移开眼。

冲糊了脸的泥菩萨脚下，供桌空空如也，只摆了只生锈铜灯。油灯亮亮的，烛火在风雪夜里成了唯一暖色，一朵朵细小灯花从灯芯中爆开，在供桌上落成隐约花色。

“灯花笑……”黑衣人微微扬眉，“看来你我运气不错。”

陆曈不明白他的意思，只顺着他的目光看去，油灯四处爆开的灯花落在铺满灰尘的供桌上，划出丝丝缕缕细微而纤巧的油迹。

像是瞧出了她的困惑，黑衣人歪了歪头：“你不知道吗？”

他笑道：“昔日有言，灯花爆而百事喜。古有占灯花法，灯花连连逐出爆者，主大喜。”顿了顿，又没什么诚意地开口，“恭喜你啊。”

陆曈蹙眉。

她从未听过什么灯花占卜之术，疑心这人是胡诌哄骗她。何况她日日待在落梅峰试药，哪来的喜事？真幸运的话，也不会遇见眼前这人，还被他一路要挟了。

思及此，陆曈就忍不住反驳：“行合道义，不卜自吉；行悖道义，纵卜亦凶。人当自卜，不必问卜。”

做好事的人不占卜也会吉星高照，像他这种坏事做尽之人，就算灯花爆上一百遍，走在路上也难免遭雷劈。

这话里的讽刺应当是被听明白了，黑衣人有些意外地看向陆曈：“你读过书？”

陆曈没说话。

他打量陆曈一眼：“既然读过书，怎么还做贼？”

陆曈：“……”

她忍无可忍："我不是贼！"

她很讨厌此人一口一个"小贼"，那种轻慢的态度和揶揄的语气，无不透露出此人深藏于心的傲慢。

"偷死人东西，不是贼是什么？"

陆曈深吸口气："我是大夫，取那些东西是为了做药引。"

她也不明白自己为何要与这人说这些，许是眼前人语气令人忍不住想要反驳。

对方似乎来了点兴趣，看向她："大夫？"他声带笑意，像是不以为意，"用死人尸体做药引，你是什么大夫，不会是凶手吧，凶手大夫？"

陆曈："……"

她决定闭嘴。与一个陌生人争论这些事没有任何意义，至少目前看来，他没想要她性命，那么等到明日一早，大雪停下，她与此人各走各道，再无瓜葛，也算圆满。

风雪从破庙门口经过，呼号风声里，油灯静静燃烧。

在这一片静谧的暗影里，黑衣人突然开口："小贼。"

陆曈警惕地望向他。

他看着脚下燃烧的柴火，问："你说自己是大夫，会不会缝伤口？"

"不会。"

陆曈答得爽快。多说多错，还是不说为好。

"是吗？可是你刚才你挖人心肝时，箱子里好像有金针。"他抬抬下巴，示意陆曈的医箱。

陆曈下意识抱住怀中医箱，随即反应过来。

他刚刚就看到针了，还说她是贼？

这人就是故意的！

陆瞳忍着气：“平日里遇见的病人少，没机会缝伤口。”顿了顿，又故意道：“所以找死人尸体练手。”

庙中静寂。

过了一会儿，黑衣人笑了，他说：“这样啊。”

他朝陆瞳勾勾手指：“这儿有个现成的，算给你赔礼，活人总比死人有用。”

陆瞳还未明白他这句话意思，黑衣人便一手按住自己右肩，撕拉一下撕开衣帛，露出血淋淋的肩背。

一刹那，浓重血腥气扑鼻而来。

陆瞳瞳孔一缩。

这人的伤口从肩部蔓延至背部，像是有箭伤混合刀伤，皮肉狰狞得不成模样。她虽一开始已猜到对方身上有伤，却也没料到伤得如此之重。

实在是因为他看起来神情举止都与寻常人并无两样。

“缝吧。”他侧首，示意陆瞳上前。

伤口血肉模糊成一团，陆瞳心底有些发虚。她虽在落梅峰翻看芸娘屋中医书，但从未真正与人治过病，于是下意识就要起身避开：“不行，我不会……”

手突然被攥住。

黑衣人坐在原地，一手抓着她手腕将她扯回来，语气平静：“不要紧，死不了就行。”

陆瞳：“……”

人在屋檐下不得不低头，这人受伤极重，居然还能走能跳，喜怒不形于色，甚至拿着把刀吓唬人，一瞧就是狠角色。眼下她好像是没有拒绝的权利。

陆瞳按捺下心中复杂情绪，看向他：“我试试？”

他松开手，笑笑：“这就对了，医者父母心嘛。”

陆瞳重新在柴堆前坐下，打开面前医箱。医箱里有两只罐子，一只陶罐盛满心肝，陆瞳取出另一只铁罐，拔掉铁罐塞子。

黑衣人目光动了动，问：“这是什么？”

“腊雪。”陆瞳答道。

冬至后第三个戊日为腊，腊前雪宜于菜麦生长，又可以冻死蝗虫卵。将腊雪封至瓶中，或能解各种毒。

苏南城十年难遇大雪，落梅峰的雪和城中雪又不一样，她本来是想将这罐雪带回山上的，没想到会用在这里。

陆瞳把罐子放在火堆上，那一罐晶莹剔透的腊雪渐渐变成清澈透明的水，又慢慢冒出热气，喧嚣沸腾，像是山涧凝固的云沾染了人间风尘，变得鲜活起来。

陆瞳又从怀中掏出一方手帕，浸在煮沸的腊雪中沾湿。

黑衣人静静看着陆瞳做这一切。末了，陆瞳拿着浸湿的帕子，向着他走过去。

他坐得笔直，陆瞳绕到他身后，轻轻将他已经撕开的衣帛再往下揭了揭，呼吸不由一滞。

离得近了，她才看得清楚，这人的伤口狰狞得可怕。

陆瞳深吸一口气，拿帕子一点点擦拭干净血污，刀伤与箭伤皆是从背后斜刺而来，他应该是被人从身后捅了一刀，且离得很近。

她忍不住看了对方一眼。

黑衣人低着头，背影笼在雪夜灯花的暖意里，看不太出来情绪。

姿态倒是如常轻松。

陆瞳便不再多想，从绒布里取出金针。

金针是芸娘不要的。芸娘有很多针，有时候那些针用得久了，芸娘不觉如意，就会换掉一批。陆曈把那些针捡回来，挑出能用的，藏在自己箱子里，芸娘见了也并不会多说什么。她有时候会用那些针来缝药包，但还从没用过这针来缝伤口。

手下这片肌肤鲜活温热，而过去这几年里，她摸得最多的是乱坟岗里、刑场死人堆里冷冰冰的尸体。

她并不熟悉活人的身体。

黑衣人道：“做什么，占我便宜？”

陆曈：“……”

她收起方才对活人身体的敬畏与谨慎，一针扎了进去。

黑衣人闷哼一声。

陆曈淡淡道：“抱歉，第一次缝伤，不太熟练。”

黑衣人没说话。

陆曈便低头缝合起来。

线是桑白皮线，芸娘有很多桑白皮线，陆曈偷偷藏了一小卷，没料到如今会在这里用上。

原本这样缝伤，还应以封口药涂敷，散血膏敷贴，但眼下她箱子里什么都没有。不过以此人目前还能活蹦乱跳的情势来看，就算没有这些药，他应当也能扛下来。

陆曈缝得很仔细。一开始还有些紧张，动作不甚熟练，毕竟是她第一次给人缝伤口。不过后来渐渐放松起来，眼前人很是配合，一声不吭，不曾溢出半丝痛楚。

大寒日，荒原中，大雪纷纷扬扬，将破庙中那团静寂灯火围拢成唯一光明。

就这样磕磕巴巴不知缝合了多久，陆曈扯断最后一根桑白皮线，将金针收回绒布之上，又拿湿手帕擦净血污。

一道蜈蚣似的伤口出现在她面前。

还是条奇丑无比的蜈蚣。

陆曈：“……”

黑衣人微微侧首，也不知看清了肩上的缝伤没有，沉默一下才道：“你绣工真差。”

陆曈莫名有几分心虚。

从前在常武县时，她年纪小又坐不住，从来最不爱做这些针啊线的，陆谦的绣工都比她出色。后来在落梅峰，她勉强缝个药包还行，给这人缝的确实不大能拿得出手。要知道他的身形很漂亮，肩背线条比她见过的任何一具死尸都要流畅利落，如今被这么歪七扭八一缝，好似有人在精致绢帛之上乱涂乱画。

实在惨不忍睹。

“多谢。”黑衣人没计较她的绣工，轻飘飘感谢了一下。

陆曈有些意外。

她没料到他会这么好说话，事实上，此人除了一开始在刑场上威胁她带路外，一直表现得还算有礼。陆曈缝伤口期间，有意无意拉扯过他的伤口，他也没说什么。

陆曈没在他身上感到危险。

他确实没想要她的命。

她正想着，忽然听到黑衣人问她：“看来真是大夫，不过，既然是大夫，怎么还戴着面衣？”

陆曈一愣，下意识伸手摸了摸脸上面衣。

面衣不过是块长形白帛，四面前后盖住面庞，只露出一双眼睛，垂下的白帛披搭于肩背。

毕竟是来偷死人东西的，其实这人叫她“小贼”也没说错，她不想大摇大摆在死人堆中行走，戴着面衣也是怀着侥幸之心——就算这些刑场的死人化作厉鬼，没瞧见她的脸，应当也无法准确无误地找到她身上来吧。

她是这样安慰自己的。

陆瞳道：“我丑，不想吓人。”

他点了点头，仿佛很同意：“丑的话，是不该出来吓人。”

陆瞳：“……”

明明已经落到这般田地，他居然还能说话这么难听。陆瞳看向他的脸，不知怎的，脑子一热，一时恶向胆边生，猛地一蹿，抬手朝他脸上的黑巾抓去——

“这么说来，你长得很好看了？”

油灯中的火光被她窜起的衣风带得猛地一晃，连带着那人影也摇了一摇。

陆瞳只觉手腕一痛。

他动作快得出奇，没等陆瞳摸到他的面巾，已握住她手腕，将她狠狠往后一扯。

陆瞳一惊，脊背就要撞上供桌，又在下一刻，有人伸手臂垫在她身后。她撞在对方臂弯中，对方抓着她手腕将她回扯，避免了她接下来要吃的苦头。

陆瞳惊魂未定抓住他衣襟，下意识仰头看他。

灯火就在头顶的供桌上，他半跪在地，微微俯身，乍一眼看去像是好心关切的模样。那张黑巾仍旧严严实实覆在他脸上，许是离得很近，能看清漂亮的轮廓，以及那双在灯色下格外明澈的宝石一般的眼和长长的睫毛。

蓦地，陆曈生出一股奇怪的错觉。

他确实年纪不大，或许是位皮囊还不错的少年。

黑衣人蹙眉，定定看着她，陆曈咽了口唾沫，就见面前人突然弯了弯眼睛，语气不咸不淡：“你翻脸真快。”

言罢，一手朝她脸上面衣探来。

陆曈忍不住闭上眼。

如果可以，她真不愿自己的脸暴露于人前，像是落梅峰上那个她与常武县那个她，全凭这薄薄一层面衣来分离。

陆曈感到那只手已经探到面衣一角，只要稍稍一用力，她的脸就会暴露在这灯火之下。

风声从门外隐隐传来，陆曈等了许久，迟迟没等到其他动作。

她睁开眼。

那双明亮的眼在她面前，瞳眸中清晰地倒映她自己，又像在忍笑，他捏着陆曈面衣一角，叹了口气。

“小贼，出来时没人教过你，做坏事的时候面巾要绑紧一点。”他轻轻拉了拉陆曈的面衣，有些嫌弃似的，“这个，一扯就掉了。”

陆曈愣住。

黑衣人已经松开手，重新在垫子上坐下来。

燃着的火色重新平静下来，投注在地上的长影也不再摇晃。

陆曈默默从地上爬起来，走到柴火堆前坐下，决定不再头脑一热做一些贻笑大方之事。

黑衣人看陆曈一眼，叫她：“哎。”

陆曈不说话。

他像是在逗她：“我是大户人家的少爷，你帮了我，日后我定送上酬劳相报。”

大户人家的少爷?

仿佛终于有了个把柄落在她手中，陆瞳立刻讥讽：“在死人堆里威胁别人，东躲西藏的少爷？你是什么少爷，刺客少爷？”

黑衣人：“……”

他感叹：“你真是记仇啊。”

陆瞳心中哼了一声，没说话。

她胆子越发大了起来，说话便也越发肆无忌惮。陆谦曾说过，陆瞳是最会看人眼色行事的，待她宽容的人面前，她就骄纵，待她严苛的人面前，她就讨好卖乖。

自从跟芸娘来到落梅峰之后，她见得最多的人是芸娘，打交道最多的是尸体。沉闷、冷漠、麻木，将她变成另一个人。

但今日有些不一样。

或许是因为苏南城今夜十年难遇的雪与常武县陆家门前的雪格外相似，于是她又变回了陆家那个口舌不肯吃亏的陆三姑娘，又或许是因为眼前这个眼神明亮的黑衣人虽言语威胁，但从头至尾也没真正伤害过她，反有种懒得计较的纵容。

他们在大寒日的夜于古庙中躲避风雪，如两只萍水相逢的兽，警惕而互相取暖，各有各的隐忍，各有各的伤寒。

也有种不去探听彼此秘密的默契。

陆瞳提醒：“你是少爷，应当不会欠我诊金吧？”

黑衣人一愣：“诊金？”

“是啊。”陆瞳点头，“缝伤的针线都很贵。”

他怔了片刻，嗤地一笑，问：“要多少？”

“二两银子。”陆瞳狮子大开口。

“这么贵？”他一面说，一面顺手摸向怀中。

陆曈好整以暇地等着。

黑衣人往怀中掏了半天，直到动作渐渐僵硬，虽蒙着面巾，陆曈却仿佛从他脸上窥见一丝尴尬。

他没有掏出银两来。

陆曈安静看着他：“你不是少爷吗？”

自诩为少爷，浑身上下却一个子儿都没有？

果然在说谎。

他轻哼一声，低下头，目光落在指间，从手上褪下一枚银戒。

黑衣人摸了摸银戒，下一刻，将银戒扔到陆曈怀里：“这个给你。”

陆曈低头一看。

那是一枚很旧很旧的银戒，上头刻着的花纹因摩挲太多已经模糊，溅了血污，像是有些发锈。

陆曈嫌弃地拎起银戒看了看，道：“不值钱。”

他没在意陆曈的嫌弃，笑了笑：“这是个信物，今后你要是去盛京，拿这个来找我，我就知道是你来了。”

陆曈一愣：“你是盛京人？”

盛京离苏南远隔千里，他竟是盛京人？

“不是告诉过你，我是大户人家的少爷。”他不以为意地开口，“你拿这个到盛京城南清河街的遇仙楼来找我，我请你吃遇仙楼的糖葫芦。”

陆曈把那枚银戒握在掌心里，低声道：“等你能活着回到盛京再说吧。”

她不知道这人是谁，也不知道他为何会出现在这里。然而满身是伤躲在刑场死人堆中，本身就昭示了他处境的危险。他能在苏南雪夜的破庙中度过一夜，不代表能度过第二夜，有的人活在这世上，本就已经是一种艰难。

黑衣人没说话，看向窗外。

荒原寒雪纷飞，北风重压林梢，漫漫碎琼里，禽兽奔蹄迹灭。

唯有破庙孤灯零乱。

良久，他收回目光，抬手拨弄了一下油灯里的灯芯。

银灯荧荧，于空寂破庙中开花结蕊，吐焰生光，像一团小小的燃着的花团。

他道："我不是说了吗，灯花笑而百事喜，你我将来运气不错。"

陆瞳怔了怔。

他转头，看着陆瞳笑起来。

"不然，今夜也就不会在这里遇见你了。"

第三章

旧梦

飞雪绵绵，如乱花剪玉，飘朵不匀。

窗前橘灯全被北风吹灭，小院中，积雪寸寸堆满梅树枝头。

一片沉寂漆黑里，一只手从旁伸过，火折子点燃新的灯盏。

有人点燃了灯，照亮了多年后的夜。

银灯里暖色光焰顷刻明亮起来，将方才团团浓重夜雾驱逐，坐在对面的年轻人被灯色吸引，凝眸看来，那一点暖色落在他身上，分明寒冬腊月，却因银台灿灿，竟生出几分春意。

陆曈怔怔看着裴云暎。

他在那里。他就坐在自己面前，眉眼含笑，自在轻松，一瞬间，与多年前苏南破庙中那个拨弄灯花、风雪中于刑场中陡然出现的影子，慢慢重叠了。

他是……那个人。

陆曈一瞬间明白过来。

他是自己在那场大雪中遇到的那个黑衣人。

刚点燃的灯芯明明暗暗，裴云暎低头饮了口面前茶，并未察觉到陆曈神情的异样。

陆曈却觉得恍惚。

她记得苏南城的那场大雪。

那一日，她被迫救了一个身份成谜的陌生人，第一次作为“大夫”，第一次给人缝伤。那天是大寒日，苏南城很冷很冷，后来她睡着了，醒来时已是清晨。

破庙中没了黑衣人的影子，供桌上的灯油已燃尽，她起身，发现自己身上盖着条破毯子，手里还紧紧攥着那枚陈旧银戒。

她从地上爬起来，抱着医箱走出去，推开庙门，门外艳阳高照，大雪已经停了。

她没再见过黑衣人。

像苏南城那场转瞬即逝的大雪，梦醒之后，杳无痕迹。若非那枚银戒，她会以为一切不过是当初自己在破庙中泥塑神像下做了一场奇丽惊险的旧梦。一切恍恍惚惚，浑浑噩噩，偏偏在今日，在同样这样一个冷寂雪夜，旧梦重新驻足。

绵绵飞雪如飘飞春花，含情掠过窗影，旧的灯花冷烬成灰，新的银釭长吐红焰。过去与现在，时光奇异缠绵，将多年前与多年后都揉进那一抹灼灼灯影。

其实，也不是多年，只是四五年罢了。

陆瞳盯着对面的人。

为什么没能认出来呢？他的声音，他调笑的语气，明亮漆黑的眼神，其实仔细看去，和当年十分相似。

但好似又有微妙不同，他的银刀，隐藏在温和外表下的凶戾，眸中偶尔掠过的凛冽，似乎和当年破庙中又有差别。

何况，他也没认出她来。

当年一场不算愉悦的萍水相逢并未被她放在心上，偶然在同一个屋檐下躲避风雪的过客，不过短暂停留就要各自上路。

如果不是为了复仇，她根本不会来盛京，多年前那场相遇早已被她抛之脑后。人海茫茫，谁能想到会在这时重逢。

裴云暎抬眸，正对上陆曈的目光。

他怔住，低头审视了一下自己，有些莫名地开口：“怎么这样看着我？”

“我只是在想，”陆曈移开目光，“她这样报复你，你居然没生气。”

“只是个小姑娘，又是我救命恩人，不至于此。”裴云暎单手托腮，望着面前茶盏，“同是天涯沦落人嘛。”

同是天涯沦落人？

陆曈微顿。

她不知道那时候裴云暎在苏南经历了什么，但在当时那种情况下，倒也没对黑衣人生出太大恶感。大概是觉得，一个会付给大夫诊金的刺客，再坏也坏不到哪里去。

裴云暎抬眸，看了陆曈一眼，沉吟道：“说起来，你和她还真有点像。”

陆曈心中一跳，下意识望向他。

年轻人笑了笑：“她还是个小孩子，当年也不过十一二岁，个头才到这里。”他伸手比画了一下，“想来初出茅庐，医术不及你，不过，”裴云暎顿了顿，“你比她凶得多。”

陆曈：“……”

当年她在苏南遇到裴云暎时尚且年幼，还未真正学会制毒，性情也尚未大变，没有全然褪去团子相，犹带稚气，在当时的裴云暎眼中，大约就是个举止古怪的小孩。

他没有认出自己，也很寻常。

裴云暎侧头看了肩上伤口一眼，不知想到了什么，啧了一声，嫌弃开口：“绣工真够糟的。”

陆曈：“……”

顺着裴云暎肩头看去，那条伤疤经过时日沉淀，没有往日狰狞，然而依旧改不了粗糙的事实。他的新伤旧伤都经由了她的手，像同一幅画，在不同时日被人描摹，从拙劣到精细，历历记载。

莫名地，陆曈突然想起之前在文郡王府宝珠的洗儿会时，裴云姝对她说过的话来。

裴云姝问：“陆大夫是苏南人，阿暎几年前也去过苏南，你们是在苏南认识的？”

她那时下意识地否认，竟没想到，命运兜兜转转，曾在中途共避风寒的过路人，有朝一日竟会在他处重逢。

银灯结花葳蕤，如灿灿红粟。陆曈望着桌上孤灯出神。

一只手在她面前晃了晃。

陆曈抬眼。

裴云暎收回手，笑道：“陆大夫好像有很多心事。”

陆曈收回思绪：“裴大人如果能少不请自来几次，我的心事会少很多。”

她说这话时，虽是讽刺之言，神态却比方才轻松了许多，仿佛面对相识已久的故人，有种随意的自在。

这自在被裴云暎捕捉到了，神情变得奇怪。

片刻后，裴云暎目光闪了闪，沉吟道：“不知为什么，总觉得这画面有些似曾相识。”

陆曈抿了抿唇。

当年庙中的黑衣人自始至终都没有探听过陆曈的私事，就算一开始调侃了几句她偷死人东西，后来也没再多问了。

他忽略了她奇怪的举止，最后也没扯下她的面衣，仿佛她只是一个再寻常不过的女童，无意间走到破庙与他相遇罢了。

也许正因如此，如今陆瞳再看裴云暎时，难免就带了几分故人眼色。

虽然他们也只有一面之缘而已。

大雪无声落地，绵绵的雪落在窗沿上，很快融化成一片透明水渍。

“雪快停了。”他看向窗外。

月亮完全隐没在云层之后，漆黑雪夜里，有一丝细微鸟鸣自远处长空响起。

裴云暎神色微动。

须臾，他将茶一饮而尽，系好衣领，站起身来。

“陆大夫，”他低眉看向陆瞳，笑容在昏暗烛火下显得十分温和，“多谢今夜出手相助。”

“不客气，”陆瞳淡淡开口，“大人付过诊银的。”

裴云暎挑了挑眉，唇角梨涡灿然：“那我下次再来登门致谢。”言罢，提刀就要离开。

“裴大人。”陆瞳叫住他。

他回头。

陆瞳把装着伤药的药瓶递给他：“五十两，别忘了。”

他一怔，随即笑了，接过来道：“多谢。”

吱呀——

医馆的门轻响过后，一切又重归寂静。木窗被北风推得更开了一些，顺着木窗往外看去，满园潇潇风雪。

银筝提着灯笼过来，小心翼翼看了看外面：“他……他走了？”

“走了。”

银筝心有余悸地拍着胸口：“方才吓死我了，姑娘，他没对你怎么样吧？”

陆曈摇了摇头。

那声鸟鸣在雪夜里来得突兀……接应他的人应当已经来了。

不知是不是寒雪日总让人放下防备，知晓了过去那一层，如今她看裴云暎的目光又与先前不同。算不上朋友，未来甚至可能兵戎相见，但这一刻，竟然有乍遇故人的唏嘘。

陆曈走到里间矮桌前，打开医箱。

医箱中放着些琐碎药瓶，一只银罐，金针和几本泛黄旧医籍。陆曈伸手按住最边缘，咔嗒一声，最里格的盖子打开了。

这格子不大，只有手指长，方方正正，原本是用来放桑白皮线的，里头却端端正正摆着一块白玉佩，以及一只发黑的银戒。

陆曈拿起那只银戒来。

时日已过得太久，银戒不如先前温润，生满锈迹，看不清其中纹样，握在手中能感到冰凉的纹路。

银筝跟着瞧过来，惊讶开口："这是什么？"

"一件信物。"

当年裴云暎将这枚银戒当作诊银抵押给她，要她今后拿银戒去盛京找他换糖葫芦。陆曈并未在意，但从某种方面来说，这是她收到的第一份诊银，因此也悉心保留多年。

未承想多年后真的上京来了。

只是当初玩笑之语究竟做不做得真尚不好说，或许裴云暎自己都已忘记这件陈年旧事。这枚银戒到底能换到什么，银子，地位，或是更高的东西，谁也说不准。

信物这种东西，于重诺之人重逾千斤，于轻诺之人草芥不如。而如今的裴云暎，看起来并不像个君子。

身侧响起银筝恍然的声音："莫非……这就是那位'未婚夫'所

留信物？”

仿佛窥见冰山一角，银筝目露激动。

当初杜长卿问陆曈为何来京，陆曈说是为了寻一位情郎，情郎曾蒙陆曈路上搭救以信物相赠。

当时银筝以为这不过是陆曈敷衍杜长卿的话语，然而如今看这暗层中的玉佩与银戒，怎么都觉得微妙。

陆曈望着手中银戒，微微失神。

现在不到相认之时，在此之前，这充其量也不过是件死物。

见她迟迟不言，银筝越发笃定自己心中猜测，瞪大眼睛望着陆曈：“原来，您真的有一位在盛京的情郎啊！”

陆曈怔了怔。

情郎？

路遇搭救，遗留信物，多年之后阴差阳错的重逢，若在某些风月戏折中，听起来确实很像命定情缘。只是……

只是莫说是情郎，以她今后所行之事，不与裴云暎斗个你死我活都算好的，这东西会不会成为裴云暎的遗物都不好说。

罢了，还是收起来为好。

她把银戒收回格子中，关上医箱，轻轻摇头。

“说不准是仇人。”

冬寒潋滟，城中十万人家闭户拥红炉，三更雪未停。

雪夜里，有黑衣人正行走于暗巷。

风雪一层层覆上来，雪花落于男子肩头，很快融化，留下一小片冰冷水渍。

寂静暗巷尽头，有人影悄无声息出现在覆满长雪的墙下。

“主子。”赤箭低声道，“萧副使刚刚传信，宫中大乱，全城戒严，陛下诏殿前司诸班营入宫随驾。”

裴云暎点头：“知道了。”

“您这是……”

“今日不该我值守宫中，当然是换衣服回宫应诏了。”

赤箭沉默，看向眼前人。青年一身漆黑箭衣，神色如常，肩头衣料被划破的地方，白帛层层包裹。

“您的伤……”

“无碍，”裴云暎道，“已经处理过了，走吧。”

赤箭没动身。

裴云暎脚步一顿，转过头来，看向身侧高大侍卫：“还有何事？”

赤箭犹豫片刻，终于还是鼓足勇气开口：“主子今夜留足仁心医馆，那位陆医女看到您的伤势，多半已猜到事实。此时事关重大，若她暗中举告泄露出去，恐怕会给主子招来麻烦……”他握紧腰刀，眼中有杀意一闪而过：“要不要……”

对于仁心医馆的陆曈，赤箭很难不生出警惕。无论是之前的贡举一案，还是之后望春山尸体陷害一事，都能窥见陆曈的心机手段胜于常人。审刑院详断官范家倒台与她脱不了干系，甚至有关太师府的那些流言也未必没有她在其中推波助澜。

一个查不到过去的神秘女人，敌友难辨，她敢将刀捅向别人，自然也敢将刀捅向裴云暎。

“不必。”裴云暎打断赤箭的话。

赤箭一怔。

裴云暎回头，朝远处街巷的亮光遥遥望了一眼。

远处飞花万点无声，西街宁谧，孤灯照飞雪，似乎能透过门前伶仃的李子树瞧见被风雪遮掩的医馆牌匾，以及檐下那盏泛着暖意的红锦灯笼。

他道：“她不会说出去。”

赤箭不解：“为何？”

陆曈看起来实在不像是什么好心肠的人，值得人这般笃定信任。

裴云暎收回目光，低头笑了一笑。

“因为，我付过诊银。”

盛京的这场雪到五更停了。

一夜过去，满城覆白。

昨夜宫里不知发生何事，一大早，全城戒严，西街前后都有城守备的人巡逻来去。

胡员外令小厮给陆曈捎了句话，说是太医局春试一事名额已托人去办了，正在想法子通融，不日就有消息传回，请陆曈耐心等待。

陆曈包了几副补养身子的药茶让小厮带回去给胡员外，阿城见了，犹疑问道：“陆大夫，您真的打定主意了吗？”

小伙计满眼不舍，陆曈还没说话，银筝先揉了揉阿城的脑袋，宽慰道：“人往高处走嘛。”

阿城低下头，闷闷开口：“你们这一走，医馆里又只剩我和东家两个人了。”

陆曈与银筝来仁心医馆大半年，众人都早已习惯她二人存在。真要离开，想想也觉得冷清。

银筝看了看门口，岔开话头：“不过，东家什么时候才来医馆？”

自打得知陆曈要参加春试以后，杜长卿就没再来过医馆，只派阿城来守店，众人连他影子都瞧不见。

阿城惴惴看了一眼正翻开医籍的陆曈，低声解释：“东家生气得很，昨儿骂到半夜才歇，这几日应当不会来了。”

银筝一怔，撇撇嘴，小声道：“气性还挺大。”

雅斋书肆位于西街靠鸣磐路尽头的一处暗巷。

书肆修缮得并不如名字清雅，一眼望去像间饭堂。四周并无书画装饰，大堆书籍随意堆在屋前地上，书肆主人洛大嘴披着件大袄，跷着腿坐在门口啃鸭骨头。

正是清晨，时辰还早，洛大嘴脚下生盘炭火，一面啃卤鸭骨，一面用铁钎串着烤红薯。

铁钎串得粗糙，囫囵往柴火上一塞，焦糊焦糊的香气并着黑烟一道从巷子深处窜了出来。

呸呸呸——

有人刚走到巷口就被黑烟熏了一脸，骂道：“什么东西糊了？”

洛大嘴一抬眼皮，见一穿樱色夹袄长衫的年轻人捂着鼻子走过来，在雪地里如只鲜亮膨胀的黄鹂鸟，顿了顿，没什么热情地招呼：“杜掌柜啊——”

来人是杜长卿。

杜长卿走到雅斋书肆跟前，一眼瞧见炭火里焦黑的红薯，问：“烤牛粪呢？”

洛大嘴白他一眼：“咋，想吃？”

“还是留着你自己吃吧。”杜长卿摆摆手，抬脚往书肆里走，“书肆里生炭盆，你也不怕一把火把自己点着了。”

洛大嘴扭头，见杜长卿迈过脚下堆积的书卷，站在书肆中间，遂放下手中铁钎，站起身随他往里走，边提点：“小心点，别给我踩坏了。”

杜长卿嗯嗯了两声，在书肆里转了两圈，回头问洛大嘴：“你这医书放哪里？”

洛大嘴皱起眉，狐疑横他一眼：“你要买书？”

雅斋书肆在西街开了多少年了，杜长卿除了幼时被杜老爷子拎过来买几本字帖外，从不踏足此地。用他的话说，此地纸霉味儿太大，一进来熏得人头晕。

杜长卿摸着下巴道：“来年不是要太医局春试了？你这书肆里有没有什么春试学生买来温习的医籍药理，拿出来我瞧瞧。”

西街做生意的商贩多，如胡员外那般吟风弄月的雅客稀少，洛大嘴这间书肆之所以能撑到现在，大多是靠着那些贡举下场的考生。

那些考生总要来买些为贡举准备的考卷书册，到后来，雅斋书肆就不怎么摆诗集辞赋，多摆些策论书目，专为贡举做准备。

杜长卿也是来这里碰碰运气。

啃鸭骨的动作一顿，洛大嘴上下打量他一眼：“太阳真打西边出来了，什么时候你也要发奋读书了？”

杜长卿没好气道：“我什么时候说是我要看了？我朋友看！”

“你还有这样上进的朋友？”

杜长卿怒道：“到底有没有？”

洛大嘴把手上鸭油抹了抹，往书肆里头一指：“都在那儿。”

杜长卿走近书架。

书架不大，比起策论书目来少得出奇，稀稀拉拉甚至摆不满一排。

杜长卿拿起一本，医书看起来很旧，像是许久没被人翻阅过。

吹了口封皮上的灰，杜长卿问：“怎么就这点？”

洛大嘴耸耸肩：“城里好多医书都收在太医局书苑，流出的不多。这够齐全了。”

梁朝医术医理，除了太医局的那些学生有专门的先生讲授，大多民间的大夫全靠一代一代老医者亲自相传经验，这也是如今平民中那些医术超群的神医大夫多是白发苍苍耄耋老者的原因。

经验总要时日累积。普通大夫没有太医局先生们总结好的医理，全靠师父和自己慢慢摸索。一本好医籍是很珍贵的，很难流传到市面上。

雅斋书肆这书架上的几本医理，其实也只是一些基本医理，算不得多精妙。

杜长卿皱眉看了半晌，终是无奈，把书架上仅剩的几本医籍全都揽下，往桌柜上一拍："多少银子？"

洛大嘴扫了一眼："给二两吧。"

"二两？"杜长卿一蹦三尺高，"你怎么不去抢！"

"嫌贵别买。"洛大嘴拿起书，慢条斯理往书柜上一本一本回放，"读书人的东西，哪有便宜货？"

杜长卿见状，一把夺回医籍，一面从怀里掏出个碎银子扔桌上，骂道："谁说我不买了？就这么几本破书卖二两，你心肠忒黑，不行，你得送本少爷点搭头！"

洛大嘴面露鄙夷。

杜长卿软磨硬泡。

终是耐不住杜长卿在书肆里跟前跟后影响生意，无奈之下，洛大嘴起身走到屋里，从角落堆在一起的杂书里翻翻找找，找出一叠蓬乱卷册。

杜长卿狐疑："这是什么？"

"你不是要搭头吗？"洛大嘴把卷册往杜长卿怀里一按，连同方才的医籍一起，边把杜长卿往门外推，"这是'盛京太医局春试历年卷题精解'。有了这个，你今年春试势必独占鳌头！"

"真的？"杜长卿尤不信，"谁写的？你是不是糊弄本少爷？"

门外积雪深深，洛大嘴站在书肆门前，冲他挤眉弄眼一笑：“是啊。”

紧接着，砰的一声，把门关上了。

杜长卿：“晦气！”

盛京的雪在西街积了半尺，在豪门贵邸，就成了锦上添花的装饰。

太师府中，假山处梅枝覆上深雪，花枝经不住积攒的沉雪，簌簌落进池塘。

有老者站于亭中，抬头远望。

盛京雪后茫茫，东边是皇城方向。朱墙在灰淡云色下显出一点鲜亮影子，又很快被更深的银白覆住。

老者垂首，低低咳嗽两声。

昨夜有刺客夜闯宫门，欲行刺东宫，在禁卫眼皮子底下逃走了。今日城内戒严，天子震怒，朝中人仰马翻。太师戚清却在几日前因感风寒告假，堪堪避开此桩风波。

管家自身后上前，替戚太师披上氅衣，垂手道：“老爷，宫中传出消息，太子殿下昨夜受惊，卧床不起，陛下急召殿前司各营禁卫入宫。”

“陛下当年行事到底孤绝，而今自然心虚后怕。”老者收回目光，叹息一声，“多事之秋啊。”

管家道：“奴才已按老爷吩咐交代下去，近几日勿让少爷和小姐出府。”

戚太师点头：“城中不太平，小心为上。”

许是提到戚玉台，令管家想起了什么，顿了顿，低声道：“还有一件事，老爷，先前托人打听的柯家良妇一事，有眉目了。”

此话一出，戚清身影微动。

“如何？”良久，他问。

管家将腰弯得更低，温声答道：“柯家良妇名叫陆柔，并非盛京本地人，家住常武县。打听的人回禀说，陆柔爹娘都已过世，弟弟陆谦在一年前入京时因窃人财物、凌辱妇女被打入地牢，处以极刑。除此之外，陆家这些年并无其他亲眷走动。”

“哦？都已死了？”

“是的。不过老爷，小的还打听到一件事……”

“说。”

“八年前，常武县生了场时疫，整个县的人几乎都没逃过，这陆家却不知走了什么好运道，一家四口都活得好好的。”

管家道：“此事古怪，陆家家资贫寒，整个常武县活下来的人寥寥无几，偏偏陆家无一人折损。然而当年常武县时疫凶猛，有关陆家过去的知情人都已不在，据新搬来的县邻所言，听不出问题。”

知晓陆家过去的人都已死绝，自然掏不出有用消息。

戚清沉吟片刻，问：“陆家没有其他亲眷？”

管家摇了摇头，又看向戚太师：“老爷是怀疑……”

“陆家一门已死绝，如果有人想用陆家做刀，必然要找陆家在世亲眷。况且……古有孝子为父报仇，若陆家后人仍活于世，定不会善罢甘休。”

戚清转过身，满头银发与身后长雪融为一体。

“说不定，还有漏网之鱼。”他道。

盛京的雪未停。

一连七八日，杜长卿都没来仁心医馆。

冬日本就萧瑟，没了东家时不时插科打诨，医馆显得更冷清了。

银筝把阿城带来的月银装进匣子里，一回头，瞧见陆曈坐在桌柜后看书。

明年二月便是春试，留给陆曈的时日不多。她没有师父，也不像太医局学生有九科先生亲自教导，能做的也只是翻翻医书而已。

医籍是阿城拿回来的，他说："陆大夫，这是我特意给你寻的医籍……是用我自己月银买的，东家不知道！"

银筝当时就扑哧一下笑出声来，同陆曈嘀咕："杜掌柜全身上下，也就嘴巴最硬了。"

既是杜长卿一片好意，断然也没有浪费的道理。坐馆的闲时，陆曈就翻翻这些医籍，当年落梅峰上那些医籍最后被一把火烧没了，而在盛京，医书很贵，杜长卿能寻到这几本已是不易。

统共没几本，陆曈看得很快，这些医经医理和芸娘所行之道有所不同，以至于让陆曈对接下来的春试也感到几分担忧。

银筝正用打湿的帕子擦拭药架，见陆曈读得认真，忍不住多问了一句："姑娘昨日看到半夜才睡，今日又不停，当心伤了眼睛，不如歇歇？"

陆曈摇头。

银筝有些奇怪。

陆曈记忆出色，先前几本医书也是坐馆无事时翻阅，但从昨日起，却像是着了魔般，读至夜深，若非银筝催促，说不准要读到天明。

桌柜后，陆曈看完卷册最后一页，将书页合上，指尖摹过封皮上几个龙飞凤舞的大字——

盛京太医局春试历年卷题精解。

这名字荒诞得近乎好笑。须知太医局每年春试考卷绝不会外传，一个外人却敢这样大刺刺地"卷题精解"，难怪会卖不出去，沉积多年，以至于被当废纸搭头白送他人。

不过……

陆瞳盯着面前卷册，目光动了动。

昨日她看这份“精解”至半夜，短短几页纸，远比连读几本厚厚医籍受益更多。此卷册上所书乍一看天马行空，不着边际，仔细看去却又暗藏玄机，似与市面上寻常医籍不同。

她又低头，看向卷册末的落款。

一位不愿透露名姓的高手。

陆瞳：“……”

这看起来更像是闹着玩儿的了。

“阿城。”陆瞳开口唤小伙计。

正在编蚂蚱的阿城忙不迭回过头：“怎么了，陆大夫？”

陆瞳举起书册：“谢谢你送我的医籍，我想再买几册，所以……”

“所以？”

“书肆在什么地方？”

阿城：“啊？”

几日未归，殿前司院中雪积了三尺有余。

黑犬被脚步声惊醒，撒着欢儿扑向来人。

“栀子！停，别舔——”段小宴被黑犬舔了一脸口水，狼狈躲避。

几日前东宫遇刺，陛下急召殿前司各营入宫戒严，忙碌这些日，今日各班营才得空回司。

裴云暎也才得了空闲。

屋中，沐浴过后的裴云暎换了身月白中衣，靠坐椅子上，一手拉开肩头衣裳，正往肩头上药。

萧逐风刚进门瞧见的就是如此画面，走到桌前，拿起用了一半的药瓶看了看，有些意外地开口：“不是宫里的药？”

殿前司的外伤药都是由御药院分发下来，而手中药瓶瓶身普通，一看就不是宫里货。

裴云暎看他一眼，一把夺回药瓶，哼笑一声：“五十两银子，不用浪费。”

“五十两？”萧逐风皱眉，“你被坑了？”

裴云暎懒得和他说。

萧逐风没在意，看裴云暎重新拿干净布帛缠住伤口，评点：“缝得不怎么样。”

裴云暎侧首，肩头处新伤结痂，露出覆盖下陈年旧伤，像条长长蜈蚣攀附于肌肤之上，粗糙得可怕。

裴云暎目光渐渐悠远。

当年他路过苏南被人追杀，躲至刑场，在死人堆里遇到一个奇怪的女童。她自称大夫，却捡拾死人躯体，末了，还要自欺欺人对着尸体拜上一拜，请求冤有头债有主千万不要找上她。

他那时才被自己人捅了一刀，警惕如困兽，也忍不住被她这荒谬之举逗笑了。后来他逼着对方救了自己，为他缝伤，依稀记得对方不情不愿的模样，以至于故意，或许也不是故意地在他肩背留下那么一条丑陋瘢痕。

其实很多细节，裴云暎自己也记不大清，只记得那是苏南城十年难遇的大雪，残庙孤灯荧荧。她问自己要诊银，而他浑身上下只剩一枚银戒。对方勉强收下银戒，还要逼着他在庙中墙上写下一张“债条”。

他不太记得债条的内容，无非就是欠她诊银多少云云，最后落款是“十七”。

十七，一听就不是真名。看上去不过十一二岁的小姑娘，竟也有隐藏身份的苦衷，可见世道不易。

他没多问，正如对方没有细究自己来处，萍水相逢的过路人，不必知晓彼此过去未来。

身侧有人说话，打断了他思绪。

萧逐风问："宫中出事那晚，是陆瞳帮了你？"

裴云暎嗯了一声。

"太冒险了，"萧逐风并不赞同，"如果她现在向官府举告你，你就死定了。"

裴云暎笑笑："她尚且自顾不暇，不会在这时引火烧身。"

他想起陆瞳放在小厨房中的两大缸毒物，以及她面对申奉应时熟练的应付，神情渐渐冷冽。

这位陆大夫似乎有不少秘密，杀过人，面不改色诬陷，纵然那一夜他不请自来，逼迫她与自己"同流合污"，只在初始的意外过后，她便自然而然接受了。

好似沉浸在自己世界，对周围一切漠不关心。

独独沉浸在自己世界里的人，是因为自己有事可做。

她究竟想做什么?

萧逐风看他一眼："不过，我刚刚听到一个消息。"

"何事?"

"前几日，太府寺卿的下人前去西街闹事，说仁心医馆的坐馆医女勾引董家少爷。"

裴云暎嗤地一笑，提起桌上茶壶倒茶："董家可真会给自己脸上贴金。"

自己这样的在陆瞳眼里与"埋在树下的半块猪肉"没有任何区别，

恐怕董麟在这位陆大夫眼里，连猪肉都不如。

“闹得很大，西街很多人都听见了。说是那位陆医女利用董麟买通医行中人，好参加今年太医局春试。”

此话一出，裴云暎倒茶动作一顿，抬头望向萧逐风：“春试？”

萧逐风耸了耸肩：“看来，这就是那位医女的目的了。”

参加春试，无非是为了能入翰林医官院做医官。做医官听着光鲜，实际并不如在西街坐馆来得自由。看上去，陆瞳也不是在意名利之人。

萧逐风道：“之前你猜她是三皇子的人，如今可以排除。要是三皇子，不必大费周折送她入皇城。”

三皇子想要在皇城里安排一个人，何须这样麻烦，不过是一句话的事。

他看向裴云暎，沉默一下，才道：“会不会是别的皇子？”

裴云暎摇头。

盛京水深，官场人情错综复杂，但有一点，无论是三皇子还是其他皇子，都不会让一介平民女子做他们的重要棋子。

这是上位者的傲慢。

见好友神色冷凝，萧逐风道：“不必多想，或许是障眼法也说不定。这些年春试，除了太医局学生，民间医工通过者寥寥无几，也许那位陆大夫势造得轰轰烈烈，到最后名落孙山，榜上无名，徒惹人笑话一场。”

这话倒是事实。陆瞳一个民间医女，又无医官教导，落榜的可能性很大。想来正因如此，那位董夫人才会任由流言传得满天飞——因为笃定陆瞳会成为这场风月传闻中最大的输家。

桌上茶水温热，瓷盅上描摹的墨画深深浅浅，在热雾里影影绰绰。

青年低眉看着，道：“那可未必。”

仁心医馆的医女不知天高地厚，要参加来年春试，还差人去西街书肆大量收购医籍药理，此事一夜间便传遍整个医行。

杜长卿不知从哪得知消息，一早匆匆赶来，陆曈才把医馆门打开，迎面就撞上杜长卿那张如丧考妣的脸。

“不是我说的！”杜长卿梗着脖子，“一定是姓洛的那张大嘴说出去的！”

去书肆买医籍这种事传出去，虽不至于贻笑大方，但总归让看热闹的人更多了。有时候戏台子搭得太高，不想唱也得唱下去。

“我就是去买了几本书，没跟他多说两句，谁知道这王八蛋嘴上没把门？”

银筝笑嘻嘻凑过来：“哎？可是阿城不是说，那些医籍是他买的，和杜掌柜您没有一分关系吗？”她恍然，“怎么又成您买的了？”

杜长卿一噎。

银筝扑哧笑出声来。

支吾片刻，杜长卿破罐子破摔道：“是我买的怎么了？”

他一甩袖子，冷冷笑道：“陆大夫一心想春试考进翰林医官院大门，那太好了，我这铺子每月少发二两月银，恰好省钱。再者，西街出个翰林医官，医馆也连带沾光，这么好的事情，我当然要合力促成。”

阿城瞅他一眼：“可是，东家不是舍不得陆大夫吗？”

“谁舍不得她了？”杜长卿大怒，“人家有人家的事，我有我的日子！大家各走各道，谁离开谁还不能过了？”

屋中众人：“……”

陆曈放下手中药棰：“杜掌柜。”

“干什么！”

“多谢你送我的医籍，对我来说，很有用。”

银筝忙帮腔道：“是呀，姑娘看了好几日，夜里都睡得晚，绝没有辜负杜掌柜的心意。”

杜长卿看陆瞳一眼，见她神色平静，反倒衬得自己如跳梁小丑般。然而一想到陆瞳不日就要离开此地，未免又觉心塞，干脆阴阳怪气道：“那很好嘛，人都说情场失意赌场得意，董家那矮子翻脸不认人，说不准陆大夫就能在春试一鸣惊人，咱们西街也能出个翰林医官。我这辈子，还没见过活的翰林医官嘞！”

银筝：“……”

陆瞳低头笑笑。

这笑越发让杜长卿心烦，没等他说话，就听陆瞳先开口：“还有一件事，想请杜掌柜帮忙。”

“什么忙？怎么不找你那裴殿帅、董少爷的帮？说吧！”

陆瞳拿起桌上卷册：“我想知道，这卷册杜掌柜从何处买得？”

杜长卿没好气转头，一瞥眼看清陆瞳手中卷册。卷册很薄，只有薄薄几张，看上去像废纸。

杜长卿愣了愣，狐疑开口：“这不是搭头吗？”

“搭头？”

“二两银子三本医籍，附送几张搭头。”他看一眼陆瞳，“怎么，还想再送几张？”

陆瞳和杜长卿来到雅斋书肆时，洛大嘴正在门口吃饭。

瞧见杜长卿面色不善地跑来，还以为他是要打架，待听明二人来意，洛大嘴才把撸起的袖子放了下去。

陆瞳道：“洛老板可知那位写书的主人是谁？什么时候会再来书肆送书？”

对着陆瞳，洛大嘴的态度就比对杜长卿时好了许多，和气道：“这个人，腿脚不好，不常来我书肆。原先写过一些医题卷册，喏，就是那些废纸。姑娘也知道，西街都是小本生意，那些废纸卖不出去，我就不收了，他也就走了。”

“洛老板可知他家住何处？在哪里能找到他？”

洛大嘴想了想：“我听说他家里穷，但字写得不错，后来给人抄书赚点银子过活。原先住西街胭脂巷米铺旁那间屋，不知现在搬走了没有，姑娘不妨去碰碰运气。”

陆瞳点头，谢过洛大嘴，就要和杜长卿一道离开。

倒是洛大嘴琢磨着，一把拉住杜长卿，低声问：“老杜，那人什么来头，怎么还特意找他呢？”

杜长卿白他一眼：“人家上头不是写了吗？无名高手！也就你这不识货。”言罢，拍拍衣袖，随着陆瞳一道出了门。

此刻时候还早，陆瞳决意与杜长卿先去洛大嘴说的地方找人。好在胭脂巷离雅斋书肆不远，走了约一炷香的工夫，二人就瞧见洛大嘴说的米铺。

正是晌午，日头落在人头顶，把盛京的冬照出几分暖色。米铺不大，店主在墙上开了方小窗，上头插着面蓝底黄字旗帜，引人注目。

杜长卿站定，望着米铺前十几步开外的地方，喃喃开口：“这也太破了……”

陆瞳顺着他的目光看去。就在米铺十几步开外的空地上，突兀地站着方破旧茅屋。

西街虽多是平民小贩，但各家店铺住处无论大小都打扫得干净整洁，眼前的草屋，就有些破旧得过分了。

门口野草生长茂盛，约有半人来高，几乎要将那扇破了一半的木门淹没。今日天晴，日头正好，纵然如此，太阳在照到门口一小半时就戛然而止，只剩间漆黑阴森的房，仿佛能隔着门嗅见里头的霉气。

杜长卿有些嫌弃：“看起来不像有人住，说不定早搬走了。”

陆曈没说什么，往前走去。

杜长卿只得跟上。

待到了门口，陆曈屈指叩了两声屋门。门里无人应声，倒是那扇破烂木门禁不住轻叩，发出一声陈旧闷响，缓缓开出一条缝来。

“有人吗？”杜长卿喊了两声。

无人回答。

顿了顿，陆曈伸手一推，自顾走了进去。

屋里很黑，不知有没有窗，一进屋，一股浓重酒气扑面而来。

杜长卿跟进来，立刻捂住鼻子。

陆曈才走一步，脚下被什么东西一绊，低头才发现是几只空酒坛。

借着点微薄日光，能看清桌上、地下东倒西歪着许多空酒坛，酒气伴随屋中发霉的陈腐气，熏得人头晕。

正当陆曈看向那扇紧闭的小窗时，屋中陡然响起一个沙哑的声音：“谁？”

杜长卿吓了一跳。

紧接着，窸窸窣窣声响起，深处床榻上隐隐坐起一个人影。人影动了动，又问了一遍：“谁啊？”

杜长卿蹭到窗户边，将窗户用力打开，更多的光涌了进来，一半洒到屋中榻上，将榻上人照得清晰了几分。

床榻很旧，底下垫了干稻草，上头胡乱堆了几床脏被褥，一个穿破单衣的中年男子拥着被褥坐在榻上。这人约莫四五十出头，发丝掺了灰白色，凌乱堆在头上，像是几日没净脸，胡子拉碴，听见动静，男人抬起眼皮子，露出两只微微发红的眼睛，醺然开口：“找谁？”

像是酒还没醒。

陆瞳往前走了两步，开口：“请问，可是苗先生？”

雅斋书肆的洛大嘴说，此人素日里独来独往，嗜酒如命，旁人与他都不熟，只知他姓苗。

听见“苗先生”三字，男人目光清醒了几分，盯着陆瞳看了半晌，才道：“找我干什么？”

杜长卿脸色有些不好看。

这人看上去潦倒窘迫，屋中到处都是酒坛，青天白日也一身酒气，不像是正经人。

陆瞳从袖中摸出几张卷册：“我从雅斋书肆无意买到几册书卷，店主说，是先生所书。”

她把纸卷展开，封皮上“盛京太医局春试历年卷题精解”格外醒目。

男人看了看卷册，又看了看陆瞳，似不明白陆瞳此举何意。

“我想再买一些先生的书作。”陆瞳道。

她话一落地，男人愣了一下，那张蓬乱脏发下的眼睛中似乎有什么飞快掠过。

然而很快，他就嗤地笑起来，抓了抓头发道：“开什么玩笑，这东西我照别人家抄的。”他两手一摊，“就这几张，没了。”

杜长卿轻咳两声，用眼神暗示陆瞳可以离开。虽然不明白陆瞳为何非要执着找到这人，但看起来这人不像是懂得药理医经之人。哪个大夫会白日将自己喝得烂醉，连毯子破了脏了也不知道洗一洗？

陆瞳站在屋里，看着榻上人扔下拥着的被褥，低头寻床下的鞋，沉默片刻，道：“我想请先生教我医理，通过来年太医局春试。”

此话一出，屋中骤然一静。

男人找鞋的动作僵住，许久，缓缓抬头看向陆瞳。

陆瞳静静望着他。

一点日光从外面照进来，照亮窗前地面。那张粗糙的、生了皱纹的脸和屋里地面一样，泛着点湿冷的污垢，是张看起来颓然潦倒、平庸到近乎油腻的中年男人的脸，满脸写着黯淡憔悴。

有一瞬间，陆瞳觉得那双醉醺醺的眼睛亮了一下。

但很快，那点光芒就熄灭了。

男人弯下腰，找到两只被踢到一边的鞋穿上，扶着床跳下地。他有一只腿是跛的，走起路来一瘸一拐，走到屋里桌前，翻出一只烂铁锅，从另一边布袋子里舀出半碗米倒进，又在水桶里舀一瓢水，就在屋里开始生火煮粥。

他开口："姑娘这是找错人了吧，我又不是大夫，帮不了你。"

陆瞳道："我瞧先生门前种了不少药草，若无打理，长不了这样，应当是懂药理的。"

杜长卿目露惊讶。

这破屋门前快把门淹了的杂草是药草？他虽不会瞧病，但普通药材还是能分清的，竟未瞧出端倪。

男人拿铁勺搅粥的动作微顿，换了个话头："你们谁啊？"

杜长卿眼睛一亮，不等陆瞳说话，先清清嗓子，自报家门："我是仁心医馆的东家杜长卿，这位陆大夫是医馆里的坐馆大夫。仁心医馆在西街开张多年，先生可以去打听一下，绝对好口碑。您要是答应为我们这位坐馆大夫教授医理，条件尽管提……"

男人打断他的话："仁心医馆？"

杜长卿一喜，正要继续夸口，就听面前人浑不在意地开口："哦，我听说了，前些日子太府寺卿的人去找坐馆医女闹事。"

他看一眼陆曈，慢悠悠道：“一个……想用翰林医官身份攀高枝的医女。”又看一眼杜长卿，咧嘴一笑，笑容有几分嘲弄：“一个……混日子混了半辈子突然浪子回头的纨绔。”最后摇头，落下评点：“没什么前程，别瞎折腾。”

杜长卿自认对这男人已算客气，没想到热脸贴冷屁股还被嘲讽一番，顿时勃然怒起：“你胡说八道什么……”被陆曈一把拉住。

男人坐在地上，专心致志盯着锅里。米粥清得一眼见底，他死死盯着，仿佛盯着什么佳肴。

“先生这是不肯答应了？”陆曈问。

男人挥苍蝇般摆摆手，话都懒得与她说。

陆曈点头：“我明白了，告辞。”

她欠身退出屋子。

杜长卿在她身后气恼到胡言乱语：“就这么算了？这人是不是脑子有病？你看清楚了，那门前种的真不是杂草？他要懂医理怎么会混成这副模样，连锅都是破的！叫花子也比他体面得多！”

陆曈脚步一停，回身望去。

日光驻足在屋前，门下杂草葱郁茂盛，像团漆黑线团，要将那间破旧的、油腻脏污的屋子一并吞噬进去。

那扇他们进门时被打开的窗户，不知何时又被悄悄关上了。

杜长卿犹自愤愤：“跟地老鼠一样，钻洞里不出来，黑咕隆咚的，也不嫌瘆得慌。”

陆曈看了一会儿，收回目光：“他不想离开这里。”

“这还用问？”

“那就把他逼出来。”她道。

又过了两日，连着几日晴天，西街的雪化了一些。

米铺旁的茅草屋里，男人翻了个身坐起来，抓了抓乱发，眯眼看向四周。

屋里很黑，四处都是空酒坛，昨夜放在案头的黄酒还剩半碗。苗良方拿起碗，把剩酒仰头喝了个干净，才慢吞吞下床，扶墙走到矮桌旁。

装米的袋子就摆在矮桌上，苗良方站定，倒拎起布袋往外抖了抖，只抖出几粒碎米，他叹了口气，在怀里摸了许久，摸出几枚铜板，又抓起靠放在墙边的拐杖，一瘸一拐出了门。

正是晌午，日头正晒。

苗良方拄着根木棍，慢慢顺着西街巷尾走着。

米铺今日没开门，他喝了一月清粥，打算今日好好犒劳一番肠肚，决定去巷口处小摊前吃碗汤面。

西街来往行人众多，苗良方扶着墙，小心不被过路人撞倒。他走得慢，旁人半炷香的路程，他要足足走一炷香有余。

因他衣衫褴褛，叫花子穿得也比他体面，平日小贩见了他都纷纷躲避。今日不知是不是苗良方的错觉，打量他的目光多了些，那目光又和平日里的嫌弃不同。

苗良方有些疑惑，但再看过去时，那些人又移开目光，仿佛只是错觉。

待走了一阵，巷口尽头出现一户面店。

面店窄小，里头搭了三两张桌子便搭不下，店家将剩余桌椅摆在门外，支了张草棚遮雨雪。苗良方走过去，认真看挂在门口的面板。

面店除了面食，还卖些胡饼、插肉面、生熟烧饭等，苗良方盯着看了许久，才指着面板上最便宜的面道：“来碗盐水面！”

店家应了声。苗良方便自寻了张空桌坐下，正是晌午，远近做活的长工都在此地吃饭，十分热闹。苗良方刚一坐下，瞧见对面桌上有人朝他看来，待他看回去时，对方又赶紧移开目光。

正当他有些疑惑之时，伙计边叫着“面来喽”，边将面碗搁在他面前。

苗良方一愣。

他过去偶尔在此吃饭，但还是第一次被如此和善地招待。心中疑惑，他正想开口，小伙计已飞快端着空盘进了店里。

他呆怔片刻，只能提箸，暂且按下满腹狐疑。

这顿饭吃得食不知味，待喝完汤，苗良方将空碗放在桌上，拄着木棍走到正削面的店主身侧，从怀中摸出两枚发亮的铜板。

店主笑道：“有人替你付过银子，不用给啦，苗神医！”

“还有这等好事……”苗良方刚要喜笑颜开，陡然僵住，“你叫我什么？！”

“苗神医！”店主拍拍他的肩，凑近道，“陆大夫这两日在街上打过招呼了，说您今后吃饭，全记仁心医馆账上！”

“陆大夫？”

“就是仁心医馆的陆大夫呀！陆大夫说你是神医，从前是我们有眼无珠，老苗，别在意啊，别在意。”

旁边有人闻言，半是戏谑半是质疑：“老苗，你真会医术啊？”

又有人回道：“那可是陆大夫说的，还能有假？陆大夫能做出‘春水生’和‘纤纤’，骗你这干啥！”

还有人说了什么，苗良方已听不清了，只觉得头顶日头滚烫得出奇。

难怪他今日总觉周围人看他的目光怪怪的。那些嘲讽厌弃的目光会令他舒适，但这样讨好的、尊敬的目光却会让他难受至极！

那个姓陆的医女……仁心医馆！

店主一拍他肩膀：“老苗，怎么了，脸色这么难看？”

苗良方回过神，沉着张脸，拄着木棍转身就走。走了两步，霍地一下回身，把店主吓了一跳。

他把两枚铜板往案板重重一拍。

“老子自己付！”

仁心医馆，阿城正把那面红底织毯拿到太阳底下晒。

织毯也不知是用什么料子织成，洗过几次，颜色丝毫不褪，甚至愈擦愈艳。日光下，“良医有情解病，神术无声除疾”一行字被照得闪闪发亮。

阿城才把织毯铺好，一抬头，见门外走来个中年男人。

这男人穿着件深灰破袄，薄袄露出发黄的棉花，头发乱蓬蓬束在一起，明明拄着个拐棍，还走出一副健步如飞的气势。

阿城道：“客人……”

男人看也没看他，径自进了里屋。

杜长卿和银筝正在后院晒药，陆曈坐在桌柜前看书，听见动静，抬起头来，对上的就是苗良方那张气急败坏的脸。

“你到底想干什么？”苗良方一拍桌子，看陆曈的目光像是要把她生吞活剥，“我说了我不懂医理，更不会教人！趁早死了这条心，你过不了春试，也进不去翰林医官院！”

陆曈合上书籍，平静看向他。

“为何这样说？是因为你对太医局春试很了解吗，苗医官？”

苗良方脸色一变：“你叫我什么？”

陆曈微微笑了。

“看来，我说对了。”

第四章 艮方

四周安静。

阿城反应过来，犹豫着要不要将后院的东家和银筝叫出来帮忙。

苗良方盯着陆瞳，神色变幻不定。

“坐下说吧，苗医官。”陆瞳道。

僵持许久，苗良方哼了一声，终是拄着木棍走到小几前坐了下来。

阿城见状，忙提壶斟满两杯茶，又看看陆瞳，得了陆瞳示意后，掀开毡帘去后院干活了。

医馆里只剩下陆瞳与苗良方二人。

陆瞳把茶盏往苗良方面前一推，苗良方没接，转头打量起周围，待看到陆瞳放在桌上那份“卷题精解”时，不由怔了一怔。

良久，他回头，看着陆瞳道：“你怎么知道我的身份？”

“猜到的。”

“猜？”

陆瞳道：“先生所书卷册，九科各有涉猎，且形制归一。听闻太医局春试试卷不可外传，如非太医局内部或通过春试之人，光是编造，恐怕无法写出这样规整的试题。”

苗良方眯起眼睛：“就凭这，你就认定我是医官院的人？”

“那倒不是。”陆瞳望着茶盏，“我不能确定先生身份，所以托胡员外去医行替我打听，近三十年里平民医工通过春试者名册。”

苗良方神色一震。

陆瞳淡淡一笑。

平民医工能通过春试进翰林医官院者，这些年寥寥无几，一张纸就够写全名字，打听起来并不难。

“二十年前的太医局春试，有一位姓苗的平民医工，以第三的佳绩通过春试，成为翰林医官院极少录用的平民医官。”陆瞳的声音不疾不徐，“听说此人医术斐然，精通药理，原本深得医官院院使器重，十年前却因犯事被赶出医官院，从此不知所终。”

陆瞳每说一句，苗良方脸色就越白一分，握着茶盏的手微微颤抖。

陆瞳抬眸：“先生就是那位通过春试的翰林医官吗？”

苗良方盯着陆瞳，黯淡双眼中有什么东西一闪而过，然而很快，他就笑起来。

他摊开手，指指自己破破烂烂的袄子：“我？翰林医官，这话你信吗？”

“信。”

苗良方僵住。

陆瞳看着他：“我信。”

这些日子，她反复看过杜长卿买来的卷册，越发笃定此人不简单。

杜长卿打听过，苗良方住在西街多年，替人抄书过活，有时做些散碎零工。没人知道他从哪儿来，家中什么情况，只知他嗜酒如命。若说杜长卿还能守着老父留下的小医馆勉强博得人一个笑脸，那苗良方在西街是连叫花子都能踩一脚的烂酒鬼。

但偏偏是这么一个烂酒鬼，舍不得除去自家门前那些药草，任由它们自由生长，遮住大半块门板。

那药草无人侍弄根本养不下去。

苗良方看着陆曈，脸上笑容再也维持不下去，低声道：“打听这些，你到底想干什么？”

“我说过，我想参加太医局春试，进翰林医官院做医官。”

“别闹了！”苗良方怒极反笑，“年年春试，平民医工有几个能当上医官的？臭丫头，为了和太府寺卿置气一门心思春试，你把医道当成什么？”

“再者，”苗良方端起茶盏猛灌一口，继续道，“当医官有什么好？宫里的贵人一旦出事，动辄就要医官陪葬，你以为陪葬的医官都是谁？自然是这些既没背景又没人脉的平民医官了！”

他絮絮地念：“做得好被抢功，做不好背黑锅，拿的官俸买不了几棵白菜，担的风险就是掉脑袋，你只看表面光鲜，其中代价又岂是你一个小丫头能担得起的？”

陆曈问：“什么代价？”

“什么代价？”苗良方喃喃道，忽地一撩裤腿，“这就是代价！”

陆曈凝眸看去。

宽大裤腿被撩至膝盖，露出那伤痕累累的腿——那只腿自小腿处完全萎缩，泛着乌紫色，像一截干瘪没有水分的枯木。

瞧见陆曈脸色，苗良方哼了一声，遂又将裤腿落下，道：“看见了没有，你……”

“你的腿是被谁打伤的？”陆曈打断他的话。

苗良方一愣。这是该关注的重点吗？

陆曈望向他：“你为什么被赶出翰林医官院？”

“你……”

“谁害了你？”

“……”

眼前人一句一句，语调平静，问得他发蒙。苗良方放在腿边的手攥紧，深吸口气，道：“这都不是你该……”

“我可以帮你报仇。”

到嘴的话戛然而止，他猝然抬头。

陆曈看着他：“不知谁害你到如此地步，但你若助我通过春试，进入翰林医官院……我可以帮你报复回来。”

年轻医女神情宁静，幽冷的承诺从她嘴里说出来，仿佛再寻常不过的对白。茶盏上浮的热气给她美丽面容覆上一层淡白薄雾，眼眸却凉如深海。

她在诱他接受条件。

苗良方面皮抽搐几下，只觉自己那只多年未有知觉的腿不知何时又开始漫出浅浅的疼。

“开什么玩笑……”他喃喃道，紧接着，神情变得愤怒起来，怒视着陆曈，“开什么玩笑！”

哐当一声，茶盏被带起的袖风拂到地上，倾倒一桌水渍。

不等陆曈说话，苗良方一把抓起木棍，猛地冲出门去。

漏掉的茶水从桌角一滴滴流到地上，在地上汇聚成一小片水洼。

在门后偷听的杜长卿几人赶紧撩开毡帘走了进来，杜长卿望着门外，摸不着头脑：“哎，他怎么走了？”

门外已没有苗良方的影子，只有凌乱脚印落在雪地上，提醒着此人刚刚来过。

“他会回来。”陆曈低声道。

夜渐渐深了。

西街商铺户户关门，街檐的红锦灯笼渐次亮了起来。

皎洁月光泼在长街雪地上，又在投向草屋时戛然而止。似乎无论白日还是黑夜，日头还是月光，都照不进来。

门前生长的野草被人拨开，木门发出嘎吱一声闷响，伴随几声拐棍拄地的声音，苗良方走进屋子。

屋中没有点灯。

他从来不点灯。像是觅食野兽回归漆黑洞穴，越是漆黑，越是安心。

白日在街上浑浑噩噩游走一日，回屋方才觉出另一只腿酸乏。平日这时候，他只会摸索着上床，醉了便睡，然而今日，鬼使神差地，苗良方扶着墙跳到窗前，用力将墙上那扇不算宽敞的小窗推开了。

一隙月光顺着窗缝溜进屋，苗良方下意识伸手挡住自己的眼，过了好一会儿，才慢慢放下手臂，渐渐适应了有亮光的夜晚。

桌上摆着只酒坛，苗良方伸手拿过，仰脖倒了半晌，只倒出几滴残酒。

他悻悻抹把脸，把酒坛往地上一扔，咚的一声，声音在夜里分外清脆，他没留意地上碎片，仰头望着窗缝处那一小片月亮。

弯月小而亮，边缘有层模糊的白，像是一面小小的发光旗帜，舒展在漆黑天幕上。

他忽而想起白日里在仁心医馆时，门口那个小伙计手中晒着的那面织毯旗帜，上头刺绣文字也是这般闪闪发亮攫人眼球的。

良医有情解病，神术无声疾除——

那样象征着荣耀的旗帜，感谢的话语，甚至富贵的赏赐……他曾有过。

那些奉承讨好，人来人往的恭维，旁人艳羡的目光，他也曾照单全收。

只是后来……

苗良方低下头，目光落在自己那只毫无知觉的右腿上。

月色投在他身上，把那只脏兮兮的裤腿照得格外清晰，耳畔忽然有凌乱呼喝声响起。

“苗良方，你刚愎自用，故意错诊害娘娘中毒，狠心无德，不配行医，理应问罪！”

他听见自己无助的声音：“冤枉，下官冤枉——”

有人的影子从他面前经过，官服整洁平展，脚上靴子簇新不沾尘埃，然后落在他血肉模糊的腿上，重重碾磨。

“苗良方啊苗良方，”他看见无数人的脸，喜悦的、得意的、充满居高临下与歹毒，调侃地道，“以为名字叫良方，会几个方子就能在医官院横行无忌啦？”

他轻蔑拍拍苗良方的脸，吐出两个字：“贱民。”

贱民……

苗良方坐在窗前，神情怔忪。

家中代代行医，百年经验被他编纂成册，誓要写出一本《苗氏良方》，造福平民医工。可后来，他被问罪，被赶出翰林医官院，那册《苗氏良方》仍旧被医官院编纂成册，纂书人却是另一个名字。

他争过闹过，最后如石沉大海，无疾而终。

家传的方子没保住，为他人作嫁衣裳，他不敢回乡，更无颜面对苗家列祖列宗，于是数十年在盛京流浪游荡，酗酒度日。时日久了，他只知自己是西街的“跛子苗”，却忘了自己也曾是春试中一鸣惊人、春风得意过的“苗医官”。

那个医女，眉眼沉静，像是一眼看穿他心底的痛与怒，隐秘与哀恸，对他道：“我可以帮你报复回来。”

她甚至都不清楚发生了何事。

苗良方自嘲地一笑。

不该期待的。事情刚发生的那几年，他找遍故交，往日好友和同僚纷纷退避，生怕惹祸上身。那些他救过的人反而指责他挟恩图报，义正词严的嘴脸看得他心惊。

没人愿意帮他。没人会冒着风险帮一个平民出身、犯下大祸的罪臣。

更何况十年过去，害他之人身居高位，地位不可动摇。

她只是个出身平凡的坐馆大夫，却口出狂言要替他报仇。

多可笑呵。

“可笑……”苗良方佝偻着身子，捂住脸低笑起来。

“真可笑……”

笑着笑着，却有一滴滴清澈液体从指缝间滴落，洇湿窗前的月光。

冬夜天寒，风声呜咽。

银筝站在桌前探过身，用力关上窗门，回头问正收拾医籍的陆曈：“姑娘，今日那位苗先生，真的会再来吗？”

“会吧。”陆曈道。

其实她也不太确定，他走得决绝，一句话也没多留，会不会去而复返，最终取决于心中执念。

然而距离当年苗良方春试一鸣惊人已过去二十年，而他离开翰林医官院也过了十来年。时日是很神奇的东西，它能改变一切，能使壮志消磨，英雄变庸人。

“不过，”银筝好奇，“姑娘怎么知道那位苗先生是被人陷害的？”

这位“跛子苗”在西街住了多年，四坊街邻都与他不熟，又因他酗酒邋遢，鲜有人打听他的事。偏陆曈一眼认定他不是常人，翻出他医官身份，还扬言要替他复仇。

陆瞳道：“我不知道。”

银筝一愣：“可姑娘说……”

“我只说替他报复害他腿瘸之人，没说他被人陷害。”陆瞳收好医籍，“他是好是坏，我不在乎。”

苗良方与翰林医官院之间有什么揪扯，她不关心，她只关心苗良方能不能为自己所用。正如当年芸娘救陆瞳家人的代价是陆瞳跟她走一样，今日她与苗良方间，也只是一桩交易而已。

银子打动不了苗良方，自然有别的可以。人活一世，无非爱恨。

银筝沉默半晌，小心翼翼开口：“可是，如果苗先生不肯答应姑娘的条件，又该怎么办呢？”

陆瞳垂眸。过了一会儿，她才道：“并非只有一条路可走。如果他不肯，再想别的办法。”

路是死的，人是活的，她想进翰林医官院，有苗良方帮助固然可以事半功倍，但若无苗良方，她也不是寸步难行。

总有别的办法。

银筝点头，没再说什么了。

这一夜她们睡得晚，后半夜盛京又开始下小雪。第二日，陆瞳起床时，天还未全亮。

窗前红梅一夜间开了几枝，伶仃几朵缀在长枝上，雪天里越发显得寥落。

陆瞳推开窗，看见的就是红梅雪景，嫣然烂漫，一瞬有些恍惚。

似乎回到多年前的落梅峰，一觉醒来，身边是试药的空碗，她从地上爬起，跌跌撞撞跑出屋子，一抬头，漫山大雪茫茫。

身后有人叫她：“姑娘？”

陆瞳骤然回神。

银筝揉着眼睛站在门口："怎么这么早就醒了？"

她微怔片刻，渐渐才明白过来，这是天子脚下的盛京，不是千里之外苏南的落梅峰上。

银筝没察觉陆曈神情异样，只打了个呵欠，又紧了紧身上衣裳："好冷，姑娘赶紧进屋，冷风吹不得，着凉就坏了。"

陆曈随她进屋，二人简单梳洗过，银筝烧上水，同陆曈去开门。

冬日冷，天亮得晚，西街小贩开张得也晚一些。医馆大门打开，对街裁缝铺和丝鞋铺门尚关着，天刚蒙蒙亮，下过雪的清晨，天空灰蒙蒙的。

银筝拿起扫帚，打算将门口积雪扫一扫，才走到门边，"啊呀"惊叫一声，险些摔倒。

陆曈问："怎么了？"

银筝指着李子树下："姑娘……"

陆曈看去。

李子树下坐着个人，也不知在此坐了多久，浑身覆上一层白雪，乍一看还以为是具尸体。他一动，毡帽上雪粒簌簌落下，露出那张油腻的、沟壑纵横的脸。

陆曈微怔。

那人是苗良方。

苗良方扶着树，慢慢站起身来。不知是腿瘸的原因，还是在此冻了太久，他动作有些僵硬，蹒跚如学步稚童。

没有人开口。

许久，苗良方打了个哆嗦，望向陆曈，语气还如昨日一般不耐烦："你知不知道，春试很难，近三年春试通过的平民医工，加起来一只手都能数得过来。"

“我知道。”

“那你还考？”

“还考。”

他往前走了两步，揉揉鼻子，不自在道：“你昨日说的话，还作数吗？”

陆曈看着他。

苗良方仍穿着昨日那件漏了棉花的袄子，胸襟的破洞好像变大了一些，头发花白，眼眶红红，站在李子树下，笨拙僵硬如一只雪人。那只被阿城精心堆好，又被太府寺卿仆妇一脚踩碎的雪人。

雪人漆黑的眼像两颗蒙了灰尘的黑枣，偏带了一丝殷切单薄的希冀，胆怯地望着她。

雪停了，西街清晨寂静，医馆牌匾正对着大门口李子树，枝叶掩不住“仁心”二字。

陆曈笑了笑，颔首道：“当然。”

盛京的雪下着下着，转眼就下到了十二月。

小院里红梅开了大半，西街的雅斋书肆里，开始大量售卖新年悬挂的桃符。

一大早，杜长卿就与银筝阿城出门施粥去了。

施粥是杜老爷子留下的传统，每年腊日，仁心医馆诸人都要去西街庙口搭棚煮“七宝五味粥”，散给穷人。

因医馆无人，杜长卿又知陆曈忙着准备春试，故而没让陆曈同去，留她在医馆坐馆。

里铺中，苗良方坐在躺椅上，腿上盖了条薄毯，眯着眼看陆曈在一边写卷册。

自打那日清晨他来见陆曈之后，二人就达成了一种微妙默契。苗良方默认了教陆曈医理以助她通过春试，陆曈也默认了若她真通过春试，就满足苗良方所求之事。

他每日清晨过来，教导陆曈直到深夜才离开，杜长卿虽骂骂咧咧，但也管了他一日三餐，比挨饿强。想着自己曾身为翰林医官院医官，教导个把大夫也不是什么难事，何况这位陆医女小有美名，人又聪颖，这差事不算太难。

但苗良方很快就发现自己想错了——

“小陆，疥癣怎么能用盐胆水呢？”他看一眼陆曈的卷册，忍不住扶额。

“为何不能？”

“盐胆水大毒，涂搽加重化脓。”

“那是有疮有血的，无疮无血用卤水无恙。”

“你怎么知道？”

“我用过。”

“你用……”苗良方满腹话语噎在嗓子眼，瞪着陆曈，“你用过？”

陆曈点头。

苗良方只觉一拳打在棉花上，软绵绵的，憋屈。

她用过？鬼才信嘞！

来教陆曈也有大半月了，从一开始的隐隐期待到现在焦头烂额，苗良方每一日都在被陆曈的“医术”震撼。

因对陆曈的过去一无所知，因此他来教导陆曈第一日就分别按九科写了考卷，打算探探陆曈的底。然而不探还好，一探，这位陆大夫着实让苗良方大惊失色。

陆曈写的药理医经，虽然不甚周到，勉强也能看得过去。然而她在病症下写的方子，实在是天马行空，离经叛道。

一些常用方子还好，但凡有些难度的病症，陆瞳的析症还算准确，但开的方子总是夹杂着一两味毒药。

一开始，苗良方以为陆瞳只是习惯这样写药方，但后来写得多了，有些方子苗良方闻所未闻，渐渐让他觉出不对来。

这位陆大夫，与其说她懂医理，倒不如说她更了解各类毒药。

她擅长以毒治病!

苗良方也曾旁敲侧击，试图打听出这位陆大夫是不是有什么特殊癖好，于是对她道："有毒药之急方，毒性能上涌下泄以减弱病势。有无毒治病之缓方，无毒则性功缓……你换个方子试试呢？"

陆瞳蹙眉："我不会。"

回答得干脆利落。

三番五次试探，苗良方也渐渐明白过来，这位陆大夫是真的不懂医理，也没有正经医工教导，好似她学医全靠自己摸索，而她摸索的基础，是毒药。

她对毒药的熟悉让苗良方感到心惊。

更让人心惊的是陆瞳写的那些方子。

苗良方自认掌握百种良方，但陆瞳写的那些方子闻所未闻，他心中好奇，于是挑选其中几副不痛不痒的小方偷偷试在自己身上，发现竟真有奇效。

那些方子是真的!

而当他问起陆瞳时，陆瞳只说一句"我试过"就将他打发了。

她试过才怪!

苗良方一点都不信，那些方子中不乏大毒药材，而病症也是千奇百怪，若一一被陆瞳试过，她还能活到现在?

药人都没这么惨的。

认定陆瞳来历神秘，家中定有祖传良方籍册，但打听几次无果，苗良方也就算了。毕竟他的目的是要将陆瞳送进翰林医官院，只是眼下看来——

苗良方叹了口气："姑娘，你这样，想进翰林医官院是不可能的。"

他委婉提示："春试九科，各有形制，你这些方子或许真的可以解症，但卷面要这样答，铁定过不了。"

"咱们翰林医官院做医官，不怕开方子治不了人，就怕开方子治死了人。你这上来加几味毒性药材，考官一看卷面，立马就给你扔了，还指望什么呢？"

按理说，陆瞳聪慧，很多医理一点就通，几乎可以过目不忘。苗良方敢说，就算太医局里那些官门子弟，也未必有陆瞳天赋过人。

但不怕学生笨，就怕学生太有主意。陆瞳终归通毒胜于通医，她自有主张的一答，苗良方看了只觉眼前一黑。

"医官院的老东西都是㞞包，写个养颜方子都慎之又慎，你用药如此之野，兽医也没这么大胆的！"

身后有人声响起。

"谁要做兽医？"

陆瞳提笔的手一顿，抬眼看向门外。

医馆大门敞着，年轻人自门外走进，公服外罩了件金线滚边刻丝斗篷，在冰天雪地里，越发显得惊艳耀眼。

陆瞳放下笔，淡淡道："殿帅怎么来了？"

自那日替他躲过搜查后，陆瞳已经许多日没见过这人，也不知死了还是怎么的。

这样很好，平心而论，她并不愿意与他有太多纠缠。裴云暎受伤后第二日，京中戒严半月，说是宫中有人行刺。一个天子近卫，摇身一变成了刺客，想想也知其中危险。

她只想做自己的事，裴云暎做什么与她无关。最好就如苏南庙中那场大雪一样，第二日桥归桥路归路，谁也不认识谁更好。

像是没察觉陆瞳的冷淡，裴云暎走进里铺，道：“我来拿宝珠的药。”

裴云姝隔段时日会令人来取给宝珠的药，裴云暎身为舅舅，替外甥女跑一趟也无可厚非。陆瞳起身，绕到药柜后，去拿提前包好的成药。

苗良方低头坐在角落，看上去如正在问诊的病者，裴云暎无意间往后一瞥，目光忽而顿住。

“我……我去后院拿药材！”苗良方蹦起来，扶着拐杖匆匆掉头就往毡帘后跑。

然而他才跑了两步，就被身后人叫住。

“跑什么，苗医官。”

陆瞳讶然抬头。

苗良方僵在原地，半晌不敢动弹。

长街起风，顺着医馆大门溜进屋里，陆瞳目光在他二人身上逡巡一番，慢慢蹙起眉头。

一片令人窒息的沉默中，苗良方慢慢转身，对着裴云暎挤出一个比哭还难看的笑脸。

“小、小裴大人。”

裴云暎静静看着他：“真是许久不见。”

“裴大人认识苗先生？”陆瞳问。

裴云暎放下药银，在里铺中小几前坐了下来。

“翰林医官院当年一方难求的苗医官，”他嘴角噙着的笑容很淡，

"怎么会在这里？"

陆曈目光落在苗良方身上，见苗良方尴尬站着，脸色有些难看，便道："苗先生是我请来教授医理的先生。"

"先生？"裴云暎瞥他一眼，"当年苗医官离开医官院，多年不知所终，没想到今日有缘。"

陆曈心中奇怪。

当年翰林医官院中发生何事，苗良方为何会瘸腿被赶出医官院，谁也不知道。杜长卿倒是问苗良方打听过，但苗良方不愿细说此事，每次敷衍应过。

陆曈对苗良方过去一无所知，却在裴云暎与苗良方之间的微妙气氛中窥见一点端倪。

苗良方站在毡帘前，双手交握，有些局促地抬眼："是是是，确实有缘。"

陆曈心中沉吟，苗良方十多年前离开翰林医官院，而裴云暎十年前也就是个十岁出头的青涩少年，这二人间还能有什么嫌隙？

"苗医官这些年变了不少。"裴云暎含笑打量他一眼，目光停在他瘸了的右腿上。

苗良方的神情更僵硬了。

其实自打苗良方来仁心医馆后，比起先前那个邋遢酗酒的形象来说，已经判若两人。陆曈没见过苗良方从前的模样，但听裴云暎这般提醒，大概也能猜到当初的苗良方是何等意气风发。

她见苗良方垂在身侧的手越握越紧，遂出声道："厨房里新送来的白蒿还未整理，苗先生，你先进屋帮我整理一下吧。"

苗良方闻言，向陆曈感激地投去一瞥，嘴里应了声好，掀开毡帘赶紧逃了。

裴云暎看向陆曈，陆曈平静地回视着他。

过了一会儿，他笑起来：“能让风光无限的苗医官亲自指教，陆大夫人脉倒是很广。”

“毕竟我们身份卑贱，凡事只能靠自己，若无医官教授，怎能和太医局的那些官门子弟相比呢？”

陆曈把给宝珠的药放在小几上，在裴云暎对面坐下来。

他看着小几上的药，问：“你要参加太医局春试？”

“殿帅不是早就知道了？”

这事情闹得沸沸扬扬，裴云暎的耳目四通八达，陆曈不信他现在才知晓。

“别人说是一回事，亲耳听到又是一回事。”他身子倚着椅背，懒洋洋道，“我以为陆大夫会抓住太府寺卿这棵大树。”

“为何？”

“董家少爷一向乖巧，却为了你和母亲闹翻。这个时候参加春试，就是打太府寺卿的脸面，没通过还好，一旦通过，梁子就结下了。”他看一眼里铺四处堆积的医籍，“陆大夫不会是认真的吧？”

陆曈道：“如你所见。”

“陆大夫难道不怕得罪太府寺卿？”

“不怕。”

他神色微敛，定定盯着陆曈，半晌才若有所思地开口：“官家不怕，刺客不怕，杀人不怕，埋尸也不怕……”

“陆大夫，”他问，“世上没有你惧怕之人，惧怕之事吗？”

陆曈沉默。

青年眼眸明亮，看人时乍觉关切，仔细看去，却有难以捕捉的锐利锋芒。

她垂下眼睛，突然笑了一下。

“原本是有的。不过……”

“不过什么？”

“不过，”陆曈仰起头，“那些事情已经发生了，所以，也就没什么可怕的了。”

裴云暎怔了一怔。

女子声音一如既往柔和冷淡，但在平静之中隐藏的某些深刻憎恶仍从缝隙流出，仿佛掀开冰山一角。

无人说话。

不知过了多久，裴云暎点了点头，伸手拿过小几上的药包，站起身来。

他低头看向坐着的陆曈，唇角一扬：“那就祝陆大夫好运。”

“多谢。”

“药我拿走了。”年轻人的声音重新变得轻快，往毡帘处看了一眼后，提着药包往外走，“诊银不用找，算茶钱。”

陆曈坐着没动，只看着裴云暎的身影渐渐消失在医馆尽头。苗良方从院子里钻出来，伸长脖子往外看了看，确认裴云暎确实离开后，才半疑惑半心有余悸地拍拍胸口：“总算走了……那个，小陆啊，你和裴世子很熟？”

陆曈沉默一下，转过脸来对着他。

“苗先生。”

“嗯？”

“你为什么怕裴云暎？”

苗良方脸色微变。过了一会儿，他把拐杖靠在墙头，扶着桌沿坐了下来。

“其实吧，这件事说起来，也是好多年前的旧账了。”苗良方摸摸鼻子，忸怩地开口，“二十年前，我参加太医局春试，一举通过。那时我才二十二岁，就和你们少东家差不多大。”

“我在整场春试中名次第三。太医局里那些学生都比不过我。后来进了翰林医官院，待诏不久就升了医官，当时院使很器重我，宫里贵人平日诊脉药膳，都拿给我过问。年轻人嘛，禁不住捧杀，正是风光，难免轻狂了些。年轻时性子也直，有时候得罪了人，仗着在贵人们面前得宠，也就平安无事过去。时日久了，连自己姓什么都忘了。”

苗良方说起旧事，神色变得唏嘘起来。

“裴家那小子，我第一次见他时，他才八九岁，随他父亲一同进宫。他模样生得漂亮，人也聪明，小时候就讨人喜欢。”

苗良方想起第一次见裴云暎，在殿前匆匆一瞥，那孩子年岁尚小，但已出落得拔萃，穿件紫檀色朱雀纹锦衣，唇红齿白，一双眼睛灿若星辰。

这样的贵族子弟，人生早已铺平坦荡大道，什么都不做也能锦衣玉食，平步青云。不似他们幼时，在泥里挣饭吃，连双鞋都买不起。

苗良方有微妙妒意。

“本来我与他之间也没什么交集，后来有一日深夜，昭宁公府上的人拿帖子请翰林医官院医官出诊，说府上急症。那天夜里我在值守，顺口一问，原是那位裴家公子心爱的马驹误食毒草，危在旦夕。”

陆曈抬眼：“你没救活？”

“若只是没救活还好，”苗良方干笑一声，“我当时没出诊。”

陆曈微怔。

“当时年轻气盛，又正忙着编纂医籍，心烦意乱时，听到是医马，就觉得裴家人是仗着身份高贵在侮辱我。我便对裴家来人说自己是医官，不是兽医，只医人，不医畜生，随意打发了另一个新来的医官去裴家了。”

陆曈意外：“苗先生还有这样的时候？”

苗良方捂住脸哀号：“……我当时脑子一定是进水了！要么就是被人夺舍，真是初生牛犊不怕虎，嫌自己仇人不够多！”

“后来呢？”

“后来……后来我听说，他那匹马没救活，死了。”

陆曈点头：“所以，他为了这件事报复你？”

“那倒没有！”苗良方赶紧摆手，“我听说他为此事消沉了一段日子，但那时医官院事务繁冗，娘娘们时不时召我诊脉，也就将此事抛之脑后。”

苗良方叹了口气：“再后来，医官院出了点事，我被赶出来，没再见过他。”

“既然如此，你为何怕他？”

苗良方无奈：“十多年了，我听说昭宁公府后来出了些事，昭宁公夫人没了。但裴云暎反倒成了殿前司指挥，深得圣宠。我四处流浪时，也曾在街头见过他，听过他不少传言，这人看着亲切，实则下手无情。你看他那双眼睛多毒，我如今都成了这副模样，身子发福，头发稀疏，还瘸了一条腿，他居然一眼都能认出来，可见日日夜夜将我放在心上诅咒。”

陆曈无言。

以她对裴云暎的了解，她觉得裴云暎没这个闲心。

“那毕竟是十多年前的事了，况且就算当日你出诊，未必能救回他的马，说不定裴云暎早已忘了旧事。”

“话虽如此，再见总有几分难堪嘛。”苗良方心虚低头，抠着自己裤腿上的破洞，“当年我在他家仆面前傲气十足，自以为是，如今人家混得很好，我落魄成这副模样，就算他不报复我，我也没脸见人。说不定他现在正在心里幸灾乐祸。”

陆曈：“……先生多虑。”

“不过，”苗良方抠破洞的手一顿，疑惑看向陆曈，“我看他今日和你说话，语气熟稔得很，你们很熟啊？”

虽然陆曈之前救文郡王妃母女一事西街众人皆知，裴云暎身为裴云姝弟弟，登门致谢也是正常。但一次就罢了，如给裴家小小姐的成药，大可让裴家下人自行来拿，何须亲自跑一趟？

而且……

陆曈与裴云暎说话的语气，也不像有身份顾忌，甚至称得上不客气，很有几分他当年的气节。

“只是见过几次面而已。”陆曈道，“不算熟悉。”

“你见到了苗良方？”

殿前司里，萧逐风惊讶开口。

裴云暎放下银刀：“很意外？”

“意外。”萧逐风道，“苗良方当年离开医官院，十年不见踪迹，外头传言他死了，没想到一直藏在盛京西街。”

“你该意外的是，他愿意指点陆曈参加春试。”裴云暎在窗前坐下。

“也是。”萧逐风点头，“并非人人都能让苗良方重拾旧业，这位陆大夫不简单。”

裴云暎微哂，没说话。

“看来那位陆大夫是你的克星，所做之事，所收之人，都会妨碍到你。”萧逐风仍是木着一张脸，眼里却隐隐透出几分幸灾乐祸。

裴云暎收了笑，面上显出几分不耐。

桌上一盘冬枣青翠欲滴，萧逐风捏了个枣在手心："既然如此，刚好有件事想告诉你。"

"说。"

"太师府最近不对劲。"

裴云暎抬眸。

贡举案后，范正廉畏罪自尽。但在那之前曾传出范正廉与太师府勾结的流言，虽然这流言很快被压下去，但裴云暎仍让人留意太师府动静。

柯家、范家、贡举案、太师府……每一桩都巧合地出现过陆曈的影子。

他有一种预感，陆曈所做的一切都是冲着太师府而来，但他不知陆曈背后是何人，有何目的。青枫背地里查过陆曈底细，她就像凭空出现在盛京的外地人，每日坐馆行医，与他人并无勾串，正如所有背景清白、普普通通的平民大夫一样。

他抓不到任何马脚。于是他让人盯着太师府，因果相辅，如果陆曈这边无法下手，不如从太师府那头另觅端倪。

裴云暎问："哪里不对劲？"

萧逐风沉吟一下："太师府最近在托人打听一平民女子。"

"谁？"

"柯承兴已故的夫人，陆柔。"

闻言，裴云暎目光一动："柯承兴的夫人？"

柯家之事，当初在万恩寺过后，他曾让人查过。柯家败落得突然，缘其究竟，还是因为柯承兴之死，柯家无人可撑。后来中秋夜，陆曈救下裴云姝母女，为履行对她承诺，裴云暎答应不再追查柯承兴之死，此事到此为止。

贡举案，范家倒台，太师府流言，之后种种事宜，柯家不过是一小小商户，而柯承兴早逝的那位夫人更如复杂织毯上无意落下的一粒微尘，随手被人拂去后，杳无痕迹。

然而直至今日，所有人才注意，那位早逝妇人的真名叫陆柔。

“陆？”

萧逐风道：“太师府的人暗中查探陆柔，于是我先去了趟皇城司，他们消息比我们更快，你可还记得当时贡举案中有对刘家兄弟？”

“记得。”

那对刘家兄弟身份低微，却能出现在科场舞弊名单中，与范正廉搭上关系，实在不简单。

“这对刘家兄弟的父亲刘鲲，几年前曾作为举告人举告一出案子，他举告那件案子的嫌犯，是陆柔的弟弟，陆谦。”

裴云暎蓦然抬眸：“什么？”

“陆谦后来被处刑，大概正因此事，刘鲲才能搭上审刑院的船。至于太师府，多半和此案有关，流言不会空穴来风。至于柯家……也曾为太师府中生辰宴送上宴席瓷盏。”萧逐风神情平静，“我打听到的目前就是这些。”

裴云暎一时没说话。

柯家先夫人叫陆柔，陆柔出嫁不久病故，后来柯家倒了。

举告人刘鲲将陆谦送进牢狱，后来刘鲲惨死望春山脚。

审刑院详断官范正廉定罪陆谦并处刑，后来范正廉锒铛入狱，狱中自戕。

一件件一桩桩，与此事有关之人皆下场凄零。

下一个……太师府。

难怪她会乔装混入遇仙楼，那一夜戚玉台生辰，三楼贵客寥寥无几，他一开始就有所怀疑，但又摸不清原因，如今一来，有些真相便水落石出。

陆曈一开始想要对付的，就是戚家人。

裴云暎坐在窗前，眸色复杂。

他想过很多种陆曈的目的，但没想到会是复仇。

如此莽撞疯狂又周密精细的复仇。

萧逐风道："你是不是怀疑……."

"她姓陆。"裴云暎打断好友的话。

太师府的人到现在都没查出端倪，是因为陆曈在这局里从来都是局外人的身份。她巧妙地让自己置身事外，拼凑安排，以一桩桩看似无关的巧合推动了最后的结果。

戚家人不知道有个陆曈存在，自然就无从下手。

而裴云暎一开始就注意到陆曈，甚至比她的复仇计划开始时还要早，同样的姓氏，很轻易就能联系到一起。

"她只是个普通医女，仅凭一人之力很难做到。"萧逐风提醒，"也许她背后还有其他人。"

一个小小的坐馆大夫想要对付太师府，犹如痴人说梦，除非陆曈是疯了，否则背后必有人撑腰。

裴云暎没说话，过了一会儿，他问："戚家现在在查什么？"

"在查陆家亲眷。陆柔是常武县人，家中人丁单薄，除了陆柔和陆谦两姐弟，现在并无其他姊妹。"

"现在？"

"线人查到陆家曾有个小女儿，七八年前不知是死了还是走丢了，没听说过消息。"

裴云暎思忖片刻，对门外道：“青枫。”

青枫走进来：“大人。”

他道：“你亲自去一趟常武县。陆家走丢小女儿之后经年音讯，过去外貌习惯，务必查问清楚。”

“是，大人。”青枫领命离开。

萧逐风看向裴云暎：“你怀疑她是陆家走丢的小女儿？”

“为什么不可能？”裴云暎反问。

“失踪多年的女童，能活下已是不易。再者，就算她真是陆家女，离家多年，只身一人来盛京杀人，寻常人难有此等复仇之心。我看，除非是有人想对付太师府，借她做手中刀。”

裴云暎不置可否地一笑。

寻常人是不可能，但陆瞳很有可能。他三番五次与她打交道，也没在她手中讨得了好。那位陆大夫的报复心，不是一般的强。

“说到报复心，”萧逐风问他，“你不打算报复报复苗良方？那可是你最心爱的马驹。”

闻言，年轻人的笑容淡下来。

他想到那匹心爱的红马驹，外祖父在一众烈马中亲自挑来送他，那匹小红马漂亮又骄傲，家中兄弟为了争马驹还私下打架，可仅仅一月，红马就因误食毒草倒在夜色下。

他还记得自己抱着马驹，红马体温在掌心渐渐冷却的感觉。那是他顺风顺水的人生中第一次感到无能为力，殊不知在未来多年里，这样无力的瞬间还有很多。

他垂下眼，哧道：“我哪有那个闲心。”

“噢，”萧逐风面无表情，语气却有些嘲笑，“真是长大了，心胸也开阔，我还以为你要迁怒，要落井下石，原来不记仇。”

裴云暎看着他。

萧逐风一脸认真。

半晌，年轻人冷笑一声。

“不，我很记仇。”

自上回裴云暎不请自来后，一连多日，苗良方都惴惴不安。

杜长卿没注意到他心中这点忐忑，张罗着备酒果送灶神，贴灶马，买屠苏酒、胶牙饧，忙得不可开交——岁末总是很忙。

西街雅斋书肆里，洛大嘴把摊位摆出门外，各式各样的钟馗、桃板、桃符，以及财门钝驴、回头鹿马、天行帖子堆得到处都是，巷里时时挤着一堆人挑选。

杜长卿也去挑了几张财门钝驴，胡员外家小伙计带来好消息时，杜长卿正在大门口贴春帖。

春帖是吴秀才托人送来的，红底黑字，由他亲手所书。一面是“喜延明月长登户”，另一面是“自有春风为扫门”。

杜长卿贴完左面，踩着凳子贴右面，阿城在底下替他扶稳凳脚，银筝站在几步开外的地方仰头看着，手忙脚乱地比画道：“低了，再往右高一点，再高一点，对了——”

小伙计越过门口热闹，跑到陆瞳跟前，笑嘻嘻把信封往陆瞳手里一塞，大声道：“陆大夫，老爷托小的给您拜年，这是先前您托老爷办的事。老爷让我带话给您，陆大夫只管好好准备春试，医行那头都打点好了！”

杜长卿脚下一个趔趄，差点摔倒，阿城扶着他下来。苗良方两手都是药茬，顾不得拄拐棍，从里铺深处一瘸一拐绕到陆瞳身后，探着脖子问：“拿到春试名额了？”

陆曈低头，从信纸中抽出一枚薄铜片，铜片上写着“仁心医馆”与陆曈姓名。

进春试场时，这个就是行令。

“太好了！”银筝大喜过望，“姑娘能参加春试了！”

其实这些日子以来，苗良方教导陆曈准备春试，但陆曈越是用功，医馆其他人反而越是担心。医行推举的平民名额究竟能不能过不得而知，况且只要那位董夫人一声令下，就可能让陆曈在春试大门前无功而返。

但上天保佑，或许是董夫人看不上与一个小小医女使绊子，又或许在他们眼中，就算陆曈参加春试也绝无可能通过，不过是自讨苦吃，总之，董夫人没在这里头插手，胡员外托人的举荐竟这样顺顺利利地通过了。

陆曈望着手中铜片，眼中也浮起笑意来。

“今儿真是双喜临门。”杜长卿踢一脚阿城屁股，“去，把爆竹拿出来，给我们陆大夫庆祝听个响儿！”

“东家，那不是夜里守岁才放的……”

“叫你去就去！”杜长卿不耐，“少爷有的是银子，还缺两串爆竹？”

“噢。”阿城揉着屁股去了。

“挑最大最响的出来，就在门口放，争取一个炮仗扔出去，整个西街都炸了！”

“噢！”

噼里啪啦——

一大早，街边爆竹声此起彼伏，拿着竹竿的小孩儿奔跑着，将鞭炮悬在檐下。

已是腊月三十，街上店铺纷纷关门，游子归家，忙着祭祖、挂符、守岁，街上看不见几个行人，大红爆竹碎屑点着长街白雪，喧闹的声音却把除夕清晨衬得更加冷清。

殿帅府小院里，往日在雪中撒欢的黑犬今日没在——被段小宴领着回家去了。

长街爆竹声隐隐约约顺着窗缝吹进屋里，殿前司里，年轻人半个身子陷在椅子中，深冬的阴天使得光线不如往日明亮，而那孤寂也沾上几分影。

裴云暎今日没穿公服，只穿了件紫檀色圆领锦衣，沉默地垂眸看着面前的狻猊镇纸，不知在想什么。

今日除夕，除了宫里要值守的禁卫，其他殿前司的人都回家去了。平时热闹的殿帅府，到了佳节，反而越发寥然。

他其实也该回府去的。无论再如何厌恶，每年除夕，他都要回裴府，他理应去祠堂为母亲的牌位奉香。

但他不想回去，只在这空无一人的司卫中坐着，仿佛要坐到天荒地老。

青枫一进门瞧见的就是这幅景象。年轻人身影陷在暗色里，没了平日的锋芒，眉眼间几丝倦然。

他脚步微一迟疑，裴云暎已听见了动静，抬眸朝他看来。

“回来了？”

“是，大人。”

青枫进门，疾步走到裴云暎身前，从怀中掏出一封密信呈上，低声道：“大人，所有能查到的有关陆家的消息，全在此处。”

“辛苦了。”

前些日子，因太师府举止有异，裴云暎让青枫亲自走一趟常武县，打听陆家的消息。

常武县与盛京相隔千里，青枫快马加鞭，中间换了水路，总算是在除夕这日赶回来。

裴云暎低头，拆开手中密信，青枫见他抽出密卷，忍不住开口道：“常武县陆家在一年前尽数死绝，陆家宅子被烧毁大半，属下进宅搜寻，没发现什么线索。”

想到自己打听回来的那些消息，青枫心中暗暗叹了口气。

因任务来得匆忙，青枫到了常武县后不敢歇息，立刻着手查探起来。

常武县很小，统共没几条街路，街坊邻人都相熟，打听起来并不费力。加之陆家发生的事在常武县传得很广，青枫在常武县待了没几日，就把陆家的消息打听得七七八八。

陆家老爷是常武县一介普通教书先生，生活清贫，陆夫人有个杂货铺子，素日里卖些小杂货。二人膝下共有两女一子，大女儿陆柔在两年前嫁到京城卖窑瓷的柯家，一年后因病故去。次子陆谦一年前在京因凌辱妇女、盗窃财物入狱，后被处以极刑。

陆启林得知次子入狱后，赶赴盛京，但在水路途中偶遇风雨，船只倾覆，尸骨无存。陆夫人短短时日里丧女丧子丧夫，一夕疯癫，在夜里打翻油灯，葬身火海。

常武县的人提起陆家一门，半是唏嘘半是畏惧，只道：“陆家一定是冲撞了什么不干净的东西，怎么邪门成这样？”

青枫很清楚，陆家的确是冲撞了，但冲撞的不是邪物，而是得罪了人。

这是一桩灭门惨案。

裴云暎仍看着手中密信，看着看着，眉峰一蹙：“刘鲲？”

信上还提到了刘鲲。

青枫道："刘鲲是陆启林的表兄。"

刘鲲当初就住在常武县陆家隔壁，只不过很多年前，刘鲲就带着一家老小去了盛京谋生。

这消息很难打听到，因为刘家人离开常武县太早了。八年前常武县生了场时疫，病死无数，后来年轻一点的甚至都不知道有个刘家。

裴云暎定定盯着手中密信，眸色隐晦不明："所以，刘鲲亲手将侄子送进牢狱？"

"是。"

裴云暎淡淡道："原来，是为这个。"

望春山下死状凄惨的那具尸体，刘家兄弟流放的悲哀下场，王春枝的疯癫痴狂……原来仇怨症结在这里。

倒真是，一报还一报。

他垂眸，目光落在密信最下方的字行上，那里记录着陆启林的小女儿，陆敏。

青枫道："陆启林的小女儿陆敏，于十七年前元日降生，但在八年前常武县暴发瘟疫时走丢。我查到的说是人跟拐子走了，也许是死了。陆家这些年一直没放弃找孩子，但始终无果。"

"常武县里，打听不到陆敏的消息。"青枫面露惭愧。

他知道裴云暎让他去常武县，就是为了确认陆家这个小女儿的身份。但常武县的人说，这些年里不曾有陆敏下落。

陆敏确实是消失了。

裴云暎没说话，只看着密信，剑眉微拧。

青枫问："大人……可怀疑陆大夫就是陆敏？"

他没说话，过了一会儿，将密信折好，随手扔进炭炉。

密信在火光中一闪，化为无数细小余烬，消失不见。

他坐直身，伸手拨开窗缝，冷风从窗外刮来，将他俊美眉眼也镀上一层寒意。

半晌，裴云暎回答：“不错，我怀疑她就是陆敏。”

“可仅仅是因为姓陆……”青枫有些犹豫，“这么多年，没有任何有关陆三姑娘的消息。也许对方只是借陆三姑娘之名行事，又或许背后还有别人。”

青枫想象不出来，一个十七岁的姑娘，在外漂泊多年，归家发现血案时只身赴京，将相关之人一一杀死。若非有人帮忙，绝不可能做到。但若有人在背后帮她，谁会这么做，又要利用她达到什么目的?

仅仅依靠复仇之心，以平民身份对抗权贵，甚至对太师府动手……

真要如此，青枫宁愿相信陆曈与陆敏是两个人，否则那实在是有些可怕。

“也许吧。”裴云暎淡道，“也许有人帮她。”

他起身，拿起桌上刀：“我出去一趟。”

“大人……”青枫急忙转身。

“这些日子辛苦了，”裴云暎拍拍他肩，“今日除夕，自己回去休息吧。”

青枫看着他背影，犹豫一下，把到嘴的话咽了下去。

盛京的冬总在下雪。

外面长街玉白，时不时有爆竹声在街头巷尾响起，走过时，能瞧见爆竹彩穗余烬落在雪堆里，映出一片艳红。

街市酒店纷纷闭户，只有寥寥几户尚在开张。檐下一排红锦灯笼像串火龙，户户门前张贴着财神画儿，四处都是热闹喜气。

街上行人很少，除了穿新衣放爆竹的顽童，和从深巷处打酒归去的客人，鲜少有人走过。往日繁华的盛京城一夜间像是冷寂了许多。

迎面走来一对母女，母亲穿着件翠蓝色长袄，怀中抱着个打酒的银瓶，身边女儿约莫十七八岁，一身银红皮袄鲜亮，珠翠琳琅，娇艳秀美，正低头与母亲走着说笑。

那姑娘说着说着，一抬头，瞧见对面走来的年轻人，见他风姿洒落，俊美过人，不由脸一红，挽着母亲埋头匆匆走过。

裴云暎半垂下眼。

除夕之日，新春之时，再如何清贫人家，总要给孩子做几件鲜亮新衣，以图吉兆。

刚才走过的女子，银红皮袄映着长街白雪，衬得人面若桃花，煞是动人，但不知为何，他的眼前却渐渐浮现起另一张脸。

一张稍显苍白的、秀艳又清冷的脸。

陆曈总是穿旧衣。

即便是新衣，做的颜色也大多都是深蓝、秋色之类的暗色，她最常穿白色，雪白绢衣，素衣冷绣。她也不爱戴钗环首饰，花银子在清河街当铺收的花簪，一次也没有戴过。

她有很多绒花，以丝帕缝制的各色绒花，翠雀色，桂花色，还有白色。当她一身玉白绢衣，鬓边簪花白雪时，总将秀美眉眼带出几分难言的冷峭。

他曾听赤箭说起陆曈衣饰过于朴素简单，段小宴却说：“要想俏一身孝，你懂什么？”

要想俏一身孝……

原来，她真是穿着一身孝衣。

难怪她要穿一身孝衣。

裴云暎脚步停住。

沙砾似的细雪自天空洋洋洒洒而下，一些落在青年肩头。

青枫带回的密信里称，陆夫人生陆敏时格外凶险，陆敏出生后多病体弱，正因如此，陆家对这个小女儿格外娇宠，这些年也一直没放弃寻找。

陆三姑娘于八年前那场瘟疫中走丢，八年前，陆敏才九岁。如果陆瞳真就是陆敏，这八年里她好好长大，出落得冷静、果断、狠决，一手医术连翰林医官也不遑多让，查明真相就赶赴盛京，只身报仇，此心此行，绝不是普普通通的八年能做到。

他停驻的时间太久，久到临街一商楼的掌柜探出头来瞧，瞧见是他，惊喜道："裴大人来了！"

裴云暎回过神，珍宝阁的老掌柜笑着从里头迎上前来。

"裴大人大吉！"老掌柜热情张罗裴云暎往里走，"您是来取订做的蛾儿是吧？早做好了，特意给您留着！"

岁末正旦时，盛京人"以乌金纸剪为蛱蝶，朱粉点染，以小铜丝缠缀针上，旁施柏叶"，游玩者插于巾帽上，所谓"闹蛾儿"。

他在珍宝阁订做了一对金蛾儿，打算今日送给宝珠算作新年贺礼，虽然以宝珠如今的头发大抵还无法佩戴。

珍宝阁的伙计走得七七八八，老掌柜就是在等这最后一桩生意，很快从里铺取出一只檀木盒，对着裴云暎打开。

盒子里铺垫的黑绸之上，躺着一对闪闪发光的金蛱蝶。

蛱蝶羽翅轻盈舒展，蝶翼点缀晶莹粉色宝石，栩栩如生，像是下一刻就要从盒子里翩翩飞起。

老掌柜期冀地盯着年轻人："怎么样？"

"很好。"裴云暎合上盒盖，"多谢。"

"大人客气，这都是本分之事。小的特意让阁里最好的师傅打磨，从画图到成品，足足几月，不敢辜负大人信任。”老掌柜心中松了口气。

寻常人来此打磨首饰，多是钗环玉佩，金蛾儿灯市上到处有卖，纸做的不值几个钱。还是第一次有人订做金蛱蝶，工钱不少，又是这样的人物，他难免忐忑。

裴云暎笑了笑，付过银票，拿过那只檀木盒出了门。

他出门时有些心不在焉，恰好一群七八岁的孩子笑着从门前奔过，猝不及防撞在他身上，结结实实摔了一跤。

裴云暎正想弯腰去扶，那群孩子却笑嘻嘻地从地上爬起，拍拍身上雪，举着手中爆竹头也不回地继续朝前奔去，边跑边笑：“爆竹声中一岁除，春风送暖入屠苏，千门万户曈曈日，总把新桃换旧符……”

童声清悦，在空荡街头拉长回响。

他摇头，正要离开，忽而心头一震，有什么东西从脑海飞快闪过。

常武县送回的密信中称，陆家三姑娘陆敏出生于十七年前元日清晨，出生时多病体弱，所以格外得陆家娇宠。

元日……

青枫说：“仅仅是姓陆，未必能证明陆三姑娘就是陆大夫。毕竟这些年，常武县没有任何陆敏的消息。”

千门万户曈曈日，总把新桃换旧符……

曈曈。

雪细细密密地下着，天地间一片银白。那些零碎的雪一点点覆住长街，将街上方才那些乱七八糟跑过的脚印渐渐掩盖。

杳无踪迹。

唯有檐下一串红锦灯笼热闹嫣然，照着地上雪光。

不远处有一只碎掉的酒坛，或许是哪户打酒的人家路过此地，雪天路滑摔跤，酒坛碎成几半，能隐隐闻见屠苏酒的香气。

就在这一片馥郁酒香里，年轻人安静站着，大雪纷飞，无声落于他紫檀色的衣袍，又偷偷融化在他肩头。

许久，裴云暎抬眸。

“原来，是这个曈。”他平静地说。

不是“重瞳孤坟竟何是”的“瞳”，也不是“舜盖重瞳堪痛恨”的“瞳”。

是“千门万户曈曈日”的“曈”。

第五章

除夕

夜色如墨，西街杳无人迹。

仁心医馆匾下灯笼格外明亮，把门前枝叶伶仃的李子树也照出几分红光。

小院人声鼎沸。

今日除夕，自杜老爷子过世后，家中已无亲戚往来，杜长卿想着陆曈和银筝两个姑娘在外地孤零零过年也太凄惨了些，遂自告奋勇将年夜饭移至医馆来。他又想着苗良方如今也是孤身一人，没什么亲眷好友，于是招呼阿城将苗良方也叫上。

往日静悄悄的后院，今夜难得热闹起来。

银筝从厨房里端出最后一道菜——清蒸鲈鱼，朝着众人围坐的木桌走来："让一让，仔细烫着——"

小院本就不大，人一多，便显得逼仄了些，但或许是因为逼仄，连冬夜的寒冷也驱散了。

杜长卿瞪着银筝端出的那盘鱼。

没有半点装饰，两条鲈鱼就这么大剌剌躺在盘中，尾巴半翘不翘，四只大眼珠直勾勾盯着天上，死不瞑目的模样一看就让人胃口全无。

"银筝姑娘，"杜长卿指着两条死鱼，"如此厨艺，你对得起死去的这两条鱼吗？"

银筝把盘子哐当一下搁在桌上，对着他皮笑肉不笑道："东家虐杀人家的时候怎么不说？”

杜长卿语塞。

两条鲈鱼是胡员外回送的年礼，送来时活蹦乱跳，一看就滋味肥美。然而杀鱼时却犯了难，杜长卿有心想在两位姑娘面前表现一番，自告奋勇道：“血淋淋的事你一个姑娘家做什么，看东家的！”

谁知一个时辰过去，杜长卿还在后厨撵那两条鱼。

鱼毫发无损，他自伤八千。

后来还是陆曈接过他未干的活，手起刀落，才使得今晚这菜能上桌。

阿城笑眯眯道：“没关系，咱们还有戴小哥送的腌肉，宋嫂子给的糟鸭，葛裁缝送的蹄子……”

仁心医馆这五人，陆曈和银筝虽会做饭，但也仅限于将饭做熟，吃不死人的地步。

杜长卿自小饭来张口衣来伸手，从小到大也就会一个炒蛋。

苗良方更不必说了，有钱去吃面，没钱就喝粥，那间破屋连锅都只有一个，厨艺自然平平。

唯有阿城还会倒腾两个菜，然而这么多人，阿城一个小孩儿，也不能指望他一人做出一大桌年夜饭来。

偏偏除夕夜，盛京几乎所有酒楼都不开张，杜长卿便厚着脸皮，化缘似的一户户敲响街邻的门，看能不能用银子换几个菜。

好在这一年来仁心医馆在西街渐渐声名好转，银筝和四邻们关系也打点得不错，都愿意不收银子送他。

葛裁缝送碗蹄子，宋嫂子给盘糟鸭，孙寡妇施舍半锅火腿虾丸杂脍，戴三郎送刀腌好的猪后腿肉——以感谢仁心医馆使他如今赛过潘安。

这般缝缝补补，阿城和银筝又胡乱炒了几把青菜，蒸上一条鱼，加上一月前就买好的屠苏酒，竟也凑出一桌像模像样的年夜饭来。

菜肴热气腾腾，杜长卿起身，把屠苏酒依次给众人满上，举碗望着院中那棵开满红梅的花树，很有些感慨。

“这棵树前几年都快枯死了，陆大夫不愧是妙手回春的女神医，还能让枯树逢春，再开一次花，真是了不起。”

众人顺着他目光望去，院中那棵梅花树原本嶙峋枯瘦，如今满枝点缀深红，花枝摇曳的模样看着就热闹。

苗良方道：“宝剑锋从磨砺出，梅花香自苦寒来。杜掌柜也算苦尽甘来。”

众人沉默一瞬。

当初陆曈刚来仁心医馆时，医馆潦倒破旧，牌匾都挂得歪歪斜斜，一副明日就要关门大吉的丧气模样。不过短短一年，从入不敷出到小有名气，确实算得上苦尽甘来。

杜长卿举起酒碗，郑重其事对陆曈道：“陆大夫，东家敬你一碗，要不是你力挽狂澜，这医馆迟早败在我手里，我爹九泉之下都不得安宁。”

“多谢啊！”他把酒碗与陆曈手中酒碗一碰，自己一口气灌了下去。

阿城见状，忙站起身，两只手捧起面前小碗。

他还是个孩子，不能饮酒，银筝特意给他买了果子露。

小伙计捧着果子露，对着陆曈笑嘻嘻道：“陆大夫，阿城也敬您一杯。你和银筝姑娘来了后，东家眼瞅着一日比一日高兴。自打老爷过世后，小的好久没见过少爷这么开心了。”

杜长卿踢他一脚：“少爷哪天不开心？”

阿城揉着屁股：“现在更开心嘛！”

陆曈拿起酒碗，才抿了一口，银筝的酒碗已经凑到了她面前。

“姑娘，”银筝附在她耳边悄声开口，“奴家也谢谢你，谢谢姑娘救命之恩，也谢谢姑娘让奴家跟着，在这里有个栖身之所。”

她感激陆曈，若没有陆曈，她早就成为苏南乱坟岗的一抔黄土。没想到如今会有这样安定的生活，守着一间小医馆，每日听着街邻闲话家常，一日日也就这样过去了。

“你俩嘀嘀咕咕说什么呢？”杜长卿皱眉，“有什么话是我这个东家不能听的？”

银筝鄙夷：“女子间悄悄话，掌柜的一个大男人听什么？”

杜长卿嘁了一声：“谁稀罕？”又见苗良方坐在一边不动如山，遂道：“你怎么不去敬酒？”

“我敬什么？”苗良方一展袖子，十分傲气，“如今我教小陆，也算小陆半个师父。只有学生给先生敬酒的，哪有先生主动敬学生？”

他今日穿了件崭新元色圆领袄衫，修剪胡子，梳好乱发，扎成一个圆髻。别的不说，配着他那张沟壑纵横的老脸，半老大夫的模样看着倒挺像回事。

“少来攀扯。”杜长卿嗤之以鼻，“我们陆大夫医术比得过翰林医官院医官，做个成药轰动京城，一看就师承高人。人家有正经师父，要你一个过气老医官来教？”

苗良方一噎，对杜长卿怒目而视。

虽然很气，但这话无可反驳。和陆曈相处这些日子，苗良方看得出来，陆曈手里是有些真功夫的。她那些辨验的天赋，随手开出的方子，针刺之术的精纯，每一样拿到太医局中都值得让那帮老东西惊艳——虽然路子是野了些。

她应当有一位功力深厚的师父，医术远在皇城里那帮医官之上。除了告诉众人那位师父已经过世，陆曈从头到尾都没有泄露这位师父一星半点的线索，或许是为了保护师父——高人总有几分脾气。

苗良方感慨：“小陆，你那位师父真不错，把你教得这样好。”

如此多方子，如此多药理，陆曈年纪轻轻其医道远在许多老医者之上，只能说明她的师父对她倾囊相授。扪心自问，苗良方自己都做不到一点不藏私，可见对方品性之高，对自己徒弟一片珍爱之心。

陆曈没有说话，过了一会儿，她低头抿了一口碗中屠苏酒，道：“是。她对我很好。”

声音很轻，像一丝微凉的风，又在下一刻被杜长卿高亢的声音打碎。

“让我们来敬这位好师父，感谢她对我们陆大夫悉心教导，为我们西街教出一位女神医——”

“感谢好师父！”阿城起哄拍手。

“感谢好师父——”

起哄拍手的声音简直要盖过西街人家院子里的爆竹声。

阿城跳下凳，弯腰从桌下拖出一只大铜盘，盘子里放了几颗红橘和柿子，边上偎着些柏枝。他把柏枝折断，再掰开柿子和橘子，喊了一声：“百事吉！”

陆曈怔住。

面前铜盘在小院烛灯映照下，折射出朦胧光彩。她盯着脚下那只堆满了柿橘的大盘，眼底有一点恍惚。

很多年前，在她还是个小姑娘时，每年除夕之夜，母亲也会这般摆上一只大盘，让家中几个孩子依次将柏枝折断。

“柏柿橘”，寓意“百事吉”。

她那时年幼，总吵着要第一个掰柿子，又因力气小，常常掰不好，掰得一手汁水，将新裙子弄脏。

她瘪嘴要哭，被母亲严厉阻止：“今日除夕，哭了晦气！”

陆柔便探过身来，悄悄把碗里那只包了钱币的饺子拨到她碗中。

陆曈还没来得及绽开个笑，饺子就被陆谦眼疾手快地从她碗中夹走，少年对她扮了个鬼脸：“多谢啦！”

哇的一声，憋了半日的眼泪，最终还是流了出来。

陆瞳对于除夕的记忆总是很热闹，直到离开常武县之后。

芸娘除了试药，大部分时候都不在山里。陆瞳在落梅峰待了七年，这七年里，每一年的除夕都是陆瞳一个人过的。

刚到落梅峰的头几年，陆瞳心中总是暗暗期待着今年不是一个人。有时候，她宁愿芸娘留在山里让她试药，也不想在除夕夜一个人孤零零留在山里。

试药的痛苦总好过一个人守岁的寂寞。在那种热闹的时候，人的孤独总被无限放大。

但最后她只能把捡拾到的枯枝和几个不太成熟的野果摆在一起，放在铁盆里，一个人用力掰开，小声对自己说——百事吉。

“百事吉——”院子里笑声嘈杂。

很多年了，第一次，她不再是自己对自己说“百事吉”。

银筝举着酒碗凑过来，双眼亮晶晶的瞅着陆瞳。

“姑娘，是不是很吵？”

陆瞳摇头。

银筝松了口气：“那就好，我还想着您喜静，这么多人吵吵闹闹，您会不高兴。”

陆瞳垂下眼睫，声音很轻：“不会。”

她在落梅峰待了太多年了，自己对自己说过太多次新年好，以至于都快忘了，她其实很喜欢热闹。

她原来很怕寂寞。

杜长卿还在那头嚷嚷：“让我们提前祝陆大夫春试场上一鸣惊人，艳压群芳！”

苗良方给他泼凉水："那么多太医局子弟，还艳压呢？大言不惭。"

"怎么不能？俗话说情场失意考场得意，我们陆大夫情路多舛，那劳什子未婚夫和董少爷一个赛一个不靠谱，说不准考场就得意了呢！"

"什么？陆大夫还有未婚夫？几时的事？"

"嗨，那又不重要，男人哪比得上前程要紧。"

"这倒也是。"

阿城盯着小院上空，喃喃开口："今夜子时，德春台要放烟花，咱们院子里能看见。"

"好啊，"杜长卿醉眼蒙眬，指天调笑，"贵人花钱，平民享受，有便宜不占王八蛋，今夜熬岁必须守到子时！"

这顿年夜饭没能吃到子时。

杜长卿喝醉了。他摆出一副千杯不醉的架势，一坛屠苏酒还没喝完，人就溜到桌子底下。

单是这样也就罢了，他酒品也不好，醉了就满院上房揭瓦，吐得地上到处是秽物。

苗良方看不过眼，对陆曈道："他一个年轻男子，醉了宿在你院中像什么话，被旁人知道了嚼口舌不好。"言罢，招呼阿城，一起架着烂醉的杜长卿先回家去了。

三人走后，小院里霎时冷清了许多。

银筝摇摇晃晃站起身："我来收拾屋子……"被陆曈拦住。

银筝今日也喝了不少，大约是心里高兴。自打她跟了陆曈以来，一直也是提心吊胆，然而除夕总能让人抛下一切，浸在这暂时的喜悦中。

陆曈扶银筝进了屋，替她除去鞋袜，又为她擦洗面颊，最后给她盖上被子，退出屋子，关上房门。

夜色冷清，远处偶有一两声爆竹响起。小院一片宴席散后的杯盘狼藉。

天下无不散之筵席，明年除夕，她应当不会与他们一起过了。

陆曈蹲下身，把地上倾倒的酒坛杯盏捡起，连带着那些残羹剩菜倒进泔水桶，仔细擦净木桌，搬回原位。

她又回到厨房，收拾灶台，清洗今日碗盏。她洗得很慢，仿佛这样就能让这个新年过得再慢一些。

最后，她提来清水，就着烛灯，把小院的青石板泼洒一遍。

青石板被洗过了，干净得发亮，映着天上的月亮，像浮动的水。

月光温柔，小院恢复了整洁，所有盛宴痕迹被统统抹去。

那些欢笑、嘈杂的笑语，走调的歌声，直白得近乎粗俗的祝酒词，连同那些人的影子消失不见。

只有梅树花枝摇曳。

陆曈抱着大铜盘，把铜盘放在院边檐下的石台上。铜盘里，折断的柏枝簇拥着掰开的红橘熟柿，格外喜庆热闹。

她没把铜盘里的东西倒进泔水桶，或许是因为舍不得。

冬夜清寒，月光也凉，她在石台前停下，伸出手，从铜盘里取出那只被掰开的蜜橘，剥掉橘皮，把一瓣蜜橘放进嘴里。

橘瓣很冰，像甜的雪，从喉间滑进去，因为熟透了，甜得发苦。

她站在院子里，默默吃完了一整个蜜橘。

夜里渐渐起风，风刮过人脸，脸颊也被冻得生疼。陆曈吃完橘子，对着那只热热闹闹的铜盘轻声说：“百事吉。”

百事吉。

她想起杜长卿站在桌上赌咒发誓要学会杀鱼，苗良方在桌下拿拐棍杵他的脸，阿城央银筝给他打个兔子形状的彩绦，对银筝比画兔子的式样……

小院清寂，陆曈微微笑起来。

她不知道未来会不会万事顺吉，那听起来太过奢侈，但今夜，至少在今夜，她从这句祝词中获得了短暂的慰藉……

还有温情。

陆曈回到寝屋前，屋门上还挂着阿城编的大红吉祥穗结。

她推门走了进去。

走时没吹灯，书桌上点的那盏油灯还亮着，陆曈关上门，朝里走了两步，唇角笑意还未收起，陡然间汗毛直立，猛地看向窗前。

昏暗烛光下，不知何时站了个人。

那人倚着桌角，正低头看着手里一张薄薄纸页，听见动静，抬头露出一张熟悉的脸。

裴云暎。

陆曈面色一寒。

裴云暎盯着陆曈的眼睛。

年轻人精致眉眼在朦胧灯火下显得异常柔和，拿刀的手骨节分明，修长漂亮，松松捏着那张单薄纸页。

他分明在笑，眸色却凉得像雪。

“这是你的复仇名册吗？”他弹弹手中纸卷，不经意道，“怎么上面还有我的名字？”

陆曈瞳孔一缩。

那张薄薄的纸卷上，密密麻麻写满了人名，有些被划去了，有些像是新添不久，在烛光下如画上去的漆黑蠕虫，又像文进人皮的咒，透着阴冷与森然。

陆曈浑身紧绷，冷冷看着面前人。

年轻人笑了一下，盯着陆曈，逆着光影一步步朝她走来：“谈谈吧。”

“陆三姑娘，陆敏。”他淡淡地说。

陆曈心跳得很快。

她早已猜到身份迟早会暴露，但没想到会来得这样快。

怕被太师府发现端倪，怕在复仇途中就暴露身份，她一直隐于整个事件之外，她去柯承兴府上要嫁妆，给吴有才母亲出诊，替详断官夫人针刺，她甚至从未和太师府的人直接对上。

仅有一次见到的戚玉台，那天夜里对方甚至没看清她的脸。

所有的事件里，她不着痕迹地将自己摘离出去，像闹剧里无关紧要的路人，大戏门前庸碌渺小的蝼蚁，经不起任何人关注。

偏偏被裴云暎注意到了。

甚至他认识她的时候更早，在她还没有对柯承兴动手的时候，在她还没开始第一个复仇计划的时候，宝香楼下他出手相助的刹那，就注定他们二人孽缘。

他一开始就撞进了这局里。

裴云暎在她身前站定，陆曈整个人笼在他身影之下。青年甚至笑了一下，弹了弹指间名卷，问："为什么写我名字？"

为什么写他名字?

陆曈的目光落在那张名册上。

名册上写着很多名字，柯家，刘家，范家……这是划掉的。

也有许多新添的，太师府，戚玉台，翰林医官院……这是没被划掉的。

那些有关之人的习惯起居、轶闻琐事、有用无用皆仔仔细细记满一整张，而这写得密密麻麻的名册中，裴云暎三个字赫然正在其列。

“只是好奇。”她听见自己的声音。

“好奇什么？”

“好奇如果遇到今日此种境况，裴大人会站在哪一边。”

裴云暎微微一怔。

陆曈仰头，平静注视着他。

当初裴云暎于万恩寺一行对她起疑，后来屡次试探，在望春山陷害他之前，陆曈想过不妨干脆杀了他。只是对方身为殿前司指挥使，且不提能否顺利接近，单就动手后如何应付官差也很麻烦。

后来她救了裴云姝母女，二人关系有所缓和，甚至在外人眼中——譬如杜长卿看来，她与裴云暎关系不错，称得上朋友。

但陆曈从未真正信任过他。

权贵，她对权贵有天然的排斥与厌憎。偏见也好，固执也罢，内心深处，陆曈绝不相信高高在上的昭宁公世子能明白她想要复仇的决心。

于是她把这人的名字写下来，这个不知道算作朋友还是敌人的人。纵然他们能在月下对饮，但只要他阻拦，他就是她下一个敌人。

这张纸本来今日就要烧毁的，但杜长卿一行人来得太突然，她没来得及，只好匆匆夹在桌上的诗页里，没想到被他发现了。

他向来很敏锐。

灯芯燃得太久，烛火摇摇晃晃，忽暗忽明的昏黄下，裴云暎似笑非笑地看着她：“你不会也想杀了我吧？”

他眼眸很美，垂眸看来时，幽黑瞳色里清晰映出她的影。

陆曈微微一笑，越过裴云暎身侧走到窗前，拿剪子将桌上灯芯剪短了些。

灯火便凝固住了。

她又拿起那盏灯，点上香炉中燃了一半的熏香，这才转身看向对方。

她道：“这取决于你想站在哪一边。”

他微微扬眉："若我站在另一边呢？"

屋里一下子寂静下来。

暖色烛光一寸寸蔓延，女子站在灯色阴影里没有说话，孱弱肩头像是冰雪做成，要在冬日摧折下消散于天地。

许久，她才开口："意料之中。"

陆曈心中冷笑。

不该期待的。不该对任何权贵、所谓的上等人报以任何期待。

他是殿前司指挥使，昭宁公世子，太师府那样的人家，范正廉百般讨好，柯家奉若神明。他与戚清同朝为官，那日遇仙楼中，戚玉台闯入与裴云暎攀谈，言语中都是拉拢的意思。说不定他们早已沆瀣一气，将来他还会做太师府的乘龙快婿，他们是一家人。

女子叹息一声，面上却绽开一个浅笑，缓缓走到裴云暎跟前，轻声道："现在大人知道我的秘密了。"

她仰起头，尾音轻柔而暧昧："你打算送我见官吗？像刘鲲送我哥哥那样？"

裴云暎顿住。

女子站在灯火之下，体轻腰弱，细柳生姿，脆弱冷韧似春日融雪后蜿蜒的溪流，那双美丽的眼睛哀求般看着他，蛾眉轻颦，令人怜惜。

美人春愁之景，却令裴云暎心中即刻闪过一丝异样。像是有什么东西飞快掠过。心念闪动间，裴云暎猛地出手。

砰——

雪亮匕首在空中划出一道银光，女子握刀的手被裴云暎紧紧钳制，猛地推开。

"死性不改。"裴云暎收回手，冷冷看向陆曈。

陆曈被推得往后几步，险些撞上身后桌子，那只纤细的、白皙的、看起来只会弹琴和绣花的小手不知何时从袖中掏出匕首。

在她对他温柔细语的时候，重重杀机已现。没有什么哀求，没有什么认命，她看过来的目光阴沉冰冷，带着一点玉石俱焚的疯狂。

那根本不是什么脆弱平静的小溪，那是漩涡，足以把人撕碎的、疯狂又恐怖的旋涡。

“大人反应真快。”她嘲讽。

裴云暎正想说话，甫一张口，忽觉身体有一瞬间凝滞，心头一紧，下一刻，桌上那只香炉被劲风扫过，滚落在地，烧了一半的线香断为几截，从其中飘出淡淡百合花香气，很清，却让人有瞬间晕眩。

“卑鄙。”他脸色冷了下来。

她从一开始就没想过要好好谈，从陆瞳点上那根香开始，就已对他动了杀机。

脚步有片刻的不稳，那女子已重新握紧匕首朝他刺来！

她眼底没有任何表情，冷漠得像在看一具尸体。

裴云暎沉下脸，银晤长刀出鞘，酥麻僵硬的感觉被内力强行破开，长刀带起劲风朝着对方直扑而去。

“之前就已提醒过大人，”长刀当前，她依旧毫无惧色，甚至语带讥诮，“医馆处处都是毒物，若不小心闯入死了，也怨不得别人。”

他不怒反笑：“你以为我和他们一样是废物？”

银晤刀轻轻一挥，陆瞳手中匕首从中断为两截。

她心下一沉。

太短了。

燃香的时间太短了。

此人敏锐，警觉得太快，线香没来得及发挥最大功力，否则再过半炷香，不管裴云暎身手再高明，也只能任人宰割。

要换作其他人，现在早已倒下。

“大人自然和那些废物不同。放心，你死了，我会把你埋在那棵梅花树下，大人比当初那块死猪肉美艳得多，充作花肥，一定会让梅树开得更动人心魄。”

方才被推被撞，匕首被银刀带起的刀风划破手指，鲜血如注，然而陆曈根本毫不在意，只握着断为两截的匕首朝他冲来，眸色亮得骇人。

她根本不躲避。像一团孤注一掷的烈火，燃烧得疯狂。

“拦了路，就去死——”她说。

匕首尖锋凛冽，银光直扑脆弱心房，就在千钧一发时，他倏然住手，蓦地掉转刀尖，迎着冲来的人，狠狠扣住她手臂，反手一推。

陆曈被推得脊背撞倒在供桌上，那只慈眉善目的白衣观音经不住这么大力一撞，晃了晃，从佛橱里一头栽倒下来。

啪——

“不——”女子骤然一惊。

冷寂夜色里传来瓷物碎裂的脆响，隔壁房屋里，似乎有银筝酒醉的梦呓声响起，很快又恢复宁静。

一片狼藉。

供桌神龛上的香灰撒了一地，大概是清晨才供过香火，那些橘柿上贴了红字，滴溜溜滚到裴云暎脚下。

青年目光一震。

那只小佛橱里一直供奉的白衣观音在地上碎为几段，其中竟还藏着几只巴掌大的瓷罐，一共四只，也摔碎了，从其中倾倒出泥土，有一罐是水，撒了一地。

“这是……”他凝眸望去。

陆曈正在捞那几只瓷罐里的泥土。

她捞得慌张又着急，好像生怕再晚一点就捞不起来似的。她甚至还试图去捞那罐已经洒了的水，水从她指缝间流走，滴落在泥土屑中，分不清哪罐是哪罐。

血从手指流了出来，陆曈浑然未觉，也忘记了身侧的裴云暎，好像这天地间唯独只眼前之事最为重要。

裴云暎第一次看见她慌张。哪怕是在万恩寺他咄咄逼问，在贡举案后被巡铺夜闯医馆，甚至更早，宝香楼下为劫匪挟持，生死一线时，也未曾见她流露出慌张之色。

但是现在，她在捞那些碎土，捞得失魂落魄，慌里慌张。

裴云暎眯了眯眼。

一个荒唐的念头从他心头升了起来。

看着正小心翼翼捡拾泥土的女子，青年迟疑一下，道："这是……坟土？"

青枫送来的密信中称，陆家一门四口尽数身死，除了陆柔入土为安，其余三人尸骨无存。

陆夫人毁于大火，陆老爷葬身水底，陆谦被极刑弃尸乱坟，尸首遭野兽啃食，纵然陆柔已入土为安，但身为藏在暗处的陆家女儿，陆曈也不能明目张胆前去祭奠。

裴云暎目光掠过地上的四只瓷罐。

四只瓷罐，四面灵牌。

难怪她要在屋里的小佛橱中供奉这样一尊观音。

明明手染鲜血，不信神佛，却要装模作样敬拜观音，因为她拜的根本就不是什么观音，是陆家人的牌位。

陆曈没有回答。她努力伸手去捞那些混在一处的坟土。

那些她从四处搜寻来的，带有家人气息的坟土。

她从常武县老宅里带回大火的余烬，从上京的水路船上舀起滚流的江水，她在野狗围望的乱坟地挖起雨淋过的潮湿黑泥，她偷偷去姐姐无人祭奠的墓地，带走一小块黄土。

她找不到他们留下的别的遗迹，只能把这些泥水装入瓷罐，放在屋里，好像这样就能与家人聚在一处。

而如今，那些泥巴和江水混在一起，浑浊的，混乱的，像被弄脏的眼泪，从她指间滑落。

什么都留不住。

挽留那些泥泞的动作渐渐慢了下来，直到最后凝固不动。她跪坐在地，呆呆看着满地狼藉。

眼前忽然掠过一幅模糊的画面。

那大概是很久很久以前的画面。有父亲，母亲，哥哥姐姐。夏日傍晚的小院里，她和姐姐兄长坐在一处，说起邻县近来一桩官司。

一位豪绅霸占了长工家年轻貌美的女儿，衙门知县审问此案，官司传得满县城都是。

年幼的她咬着在井水里晾过的野葡萄，感叹：“太可恨了，如果有一天，也有像豪绅那样的人要害咱们家，那该怎么办？”

“不会有这种事的。”姐姐这样回答。

“如果就是有了呢？”

“那就去报官嘛！”陆谦不以为意，“自有律法做主。”

母亲笑道：“是呀，咱们又不与人结仇，无缘无故，谁会害咱们？”

她对这个回答不太满意，想了想，握拳道：“如果真有人要害咱们家，那我就去报仇！”

“噗——”陆谦拧一把她圆鼓鼓的脸蛋，“小鬼，你长得没桌子高，还想报仇？拿什么报仇，拿我给你买的弹弓报仇？”

众人笑作一团。

那些笑闹声渐渐远去，变得模糊，最后化成眼前黄土泥泞，以及她手背上那一滴碎玉似的晶莹。

裴云暎一怔。

她沉默着坐在地上，坐在满地泥泞中，像一朵即将枯萎的花。

他终于开口："你想进翰林医官院，为了对付太师府？"

"你不是已经查清楚了吗？"

"戚玉台是戚清的儿子，杀他是痴人说梦。"

范泓只是个审刑院详断官，而戚玉台是太师之子，所有接近他的人都会被反复调查。同样的手段，陆曈能接近范泓，未必接近得了戚玉台，就算她进了翰林医官院，复仇也困难重重。

"所以呢？我们家是普通人家，几条人命就这么白白算了？凭什么？"她惨笑着，声音很冷，"只有在你们这些贵族子弟眼中，人才分三六九等。在阎王眼里，只分死人和活人。"

"杀人偿命，天经地义。"

真是不知天高地厚，裴云暎微微蹙眉："难道你不想得到公平？"

"公平？"

陆曈抬起头。她黑白分明的双眸在昏暗灯火下，呈现出一种惊人的通透，使得她看起来决绝又倔强。就像刚才被推倒受伤，她不会喊疼就立刻再次冲上来，就像眼下被桎梏在狼狈困境里，她也没有流露出半分软弱。

只是冷冷看着眼前人。

陆曈道："大人很清楚，就算此案交由大理寺，也不会有半点不同。"

她想起多年前常武县流传的那桩官司，那桩官司其实很简单，明眼人都瞧得出来真相是什么。可最后知县却宣判豪绅无罪，被玷污的姑娘怀揣柴刀去刺杀豪绅被乱棍打死，她那年迈的老父亲最后吊死在女儿坟上。

陆曈握紧拳，指尖狠狠嵌入掌心。

她绝不要做任人宰割的羔羊。

“他是太师之子，有的是替罪羔羊为他前仆后继。就算真定罪，重重拿起轻轻落下，关起门来都是自己人。他又不会死。”

“真相如何不重要，洗清我家人的冤屈也不重要。只要他们活着一日，公平就永远不会到来。”

“公平？”她冷笑一声，语气有种穷途末路的偏执，“我告诉你什么叫公平，戚玉台杀了我姐姐，我杀了戚玉台，一命抵一命，这才叫公平。”

“我不需要帮忙，我自己就能找到公平。”

裴云暎看向她。

她木然跪坐在地，声音平静，隐带一点竭力藏敛的哭腔。他很清楚，这哭腔不是为她的秘密被发现，也不是为此刻无能为力的困境，而是为这满地坟土里的人。

陆曈低下头。

她的医箱里还躺着那枚生锈的银戒，只要拿出来，或许能获得裴云暎片刻同情。

然而同情总是不持久，他已知道一切秘密，身份是敌是友，将来未明。

只有死人才不会泄露秘密。

她可以趁着拿出银戒的空隙，降低他的防备心，在他茶水里下毒，或是用毒针刺入他的肩井穴……这屋里四处都藏了毒药，她的袖子里就有一把毒粉，可以用来毒瞎他的眼睛。

遥远的街巷尽头，隐隐响起欢笑和爆竹声，顺着风飘进小院。

陆曈看向桌上漏刻。

快到子时了，阿城说，为庆祝佳节，今夜德春台会放烟花。

帘上映着窗外梅枝，明月悄上花梢。盛京的新年夜，平民贵族将在这一刻不分贵贱，共享盛世华景。

滴答——滴答——

是漏刻滴水的声音。

马上就要到子时了。

手指已经摸到袖中的毒粉，她在一点点剥开药纸，指间就要触到那细密的灰色的粉末了……

忽然间，一块绣着苍鹰的手帕递到自己面前。

陆曈藏在袖中的手一僵。

轰——

就在这一瞬间，遥远的德春台上，烟焰自整个盛京城夜空绚然炸开，若万盏灯烛自长空亮起，一瞬间锦绣纷叠，五色交辉。

小院也为这顷刻华彩照亮。

陆曈被晃得微微眯起眼睛。

子时，新年夜，春台烟焰。

这已是新的一年。

她茫然抬头。裴云暎站在自己面前，院外焰火的华光照亮他漂亮眉眼，让他周身的凌厉与冰冷散去一些，显得明亮而柔和。

青年弯腰，将帕子递得更近一点，示意陆曈包扎那只尚在流血的手指。

“擦擦吧，”他别过脸，声音平淡，“我被你说服了。”

过眼烟花，如花似锦。姹紫嫣红的花簇从遥远天际绽开，把流动的璀璨花穗投向人间。

他的人藏在明明灭灭花火中，或明或暗，光影纷叠，看不清楚神情。

只看得清眼前绢帕。

那张绢帕是浅浅的月白，以银线勾勒的纹样仔细一看，原是只威风凛凛的雄鹰。而他握着绢帕的手骨节分明，修长干净，一点都不似方才握刀时的杀气腾腾。

陆瞳没接他的帕子。

迟迟未等到她回应，裴云暎侧头，看了她一眼，将帕子往陆瞳手里一塞。

“拿着吧，陆大夫，我没兴趣骗你。”

陆瞳低头。

手指的伤口触到柔软布帛，鲜血立刻弄脏了整张帕子。那只展翅翱翔的雄鹰被揉成一团，即刻变得皱巴巴，看起来有几分可怜。

光影朦胧的夜里，裴云暎半跪下身，捡起被摔得满地都是的那些瓷罐的碎片。

“你做什么？”陆瞳目露警惕。

“陆大夫，”他提醒，“你现在的眼神，仿佛刚刚想杀人灭口的人是我。”

陆瞳一时语塞。

碎瓷片被裴云暎一片片捡起放在一边，他又伸手去捡地上的黄泥。黄泥撒得到处都是，混在一起，分不清哪罐是哪罐。

他捡了几下，神色渐渐沉默下来，过了一会儿，道：“抱歉。”

陆瞳没说话。

她不能光明正大设灵堂牌位以免泄露端倪，只能千里迢迢将这些坟土江水带回医馆供奉。没有牌位，没有坟冢，以白衣观音像为由，日日供奉香油烛火，逢年过节祭奠。

这是她能做的全部。

只是如今，所有一切碎成一地，化为乌有。

身侧传来年轻人的声音：“如果你需要，我帮你再寻。”

再寻?

他说得如此平静如此自然，陆瞳忍不住看了他一眼。

年轻人仍半跪在地，衣袍拂过地面泥水时沾染上一些污渍，他没在意。那张英俊侧脸被窗外焰火映着，模糊而柔和，低头捡拾碎泥时，长睫微微垂下，神情格外认真。

他像刀，一柄强大又美丽的刀，但在某些时刻会让人忽略掉那种锋锐，为那一刻银刀流转的光华所惑。

陆瞳敛眸，不动声色地藏好袖中毒粉，问：“殿帅到底想做什么？”

她不明白裴云暎这突如其来的友善，时间太短，她也无法弄清那声“抱歉”里究竟几分假意几分真心。

她不明白眼前这个人究竟想做什么。

裴云暎拾起最后一块黄土，把黄土放进尚没完全摔碎的一小片白瓷中，才站起身。

灯芯不知风波，仍静静燃烧。他看向陆瞳，语气平常：“陆家的事，我当不知道。”

陆瞳盯着他。

他这是……不追究的意思?

“我以为殿帅今夜是来兴师问罪。”

他明明有备而来，陆瞳看得很清楚，在他拿着那张名册质问她时，周身散发的冰冷与寒意不是错觉。他简直是来抓她归案的捕快。

裴云暎笑了笑，伸手将桌前花窗推开，烟花斑斓的光影更大了，把小屋也照得流光溢彩。

他看着遥远天际的焰火华彩，道："本来是要的，但今夜不是除夕吗？"

陆瞳一怔。

"除夕夜抓人……"他转过头，笑吟吟盯着陆瞳，"我也不是那么不讲人情。"

陆瞳望着他，尝试辨别他这话的真假。

像是瞧出了她心中怀疑，裴云暎瞥她一眼："信不过我？"

"没有。"

"真没有？"他偏了偏头，"不会背地里又在纸上写我名字吧？"

陆瞳："……"

平心而论，她不是对裴云暎没有信任，但实在不多。人心易变，或许方才裴云暎在某一刻突然动了恻隐之心，但他身为殿前司指挥使、昭宁公世子，冷静过后说不定会变卦。

"别打歪主意，就算你真能杀了我，只要沾了我的血，栀子一来就会发现，更别提将我埋在院子里。"他语调轻松，又弯腰捡起地上那张写满了名字的纸页。

薄薄卷纸如一方轻盈落叶，飞进油灯上绽开的火苗里，瞬间化为灰烬。

"你真不打算交由大理寺？"他再一次提议。

陆瞳方才放松一点的心即刻又收紧，冷道："不。我不想听他们假惺惺地道歉。"

以如今律法求得的公平，实在太微不足道了。死罪可变活罪，活罪渐变无罪。就算真相水落石出，陆瞳也绝不相信太师府会让戚玉台一命赔一命。不过是面上受些无关痛痒的惩罚，赔偿她一些银两，或许还会在她门前假意痛哭流涕。

真叫人恶心。

裴云暎若有所思地看向她。

陆曈站在满地狼藉里，衣裙上沾了不少泥迹，发辫在方才与他争执时弄乱了，于是索性取掉绢绳，满头乌发如瀑垂下，衬得肩头越发孱弱。

一个柔弱女子，要去对付皇城里高高在上的太师公子，无异蜉蝣撼树，螳臂当车。

但陆曈又绝非表面看上去那般柔弱。许多人死于她手下，就如刚才屋中时，她凑近低语，秋波流慧，若非那一刻对危险的直觉令他拔刀，他说不准真成为梅花树下一捧新鲜花泥了。

他完全相信，“裴云暎”三个字会出现在那张纸上，是因为自己一旦阻拦她的复仇之路，就会成为她下一个敌人。如刘鲲，如范正廉，如柯承兴一般，被她不动声色除去。

她绝不是弱者。

裴云暎突然道：“陆三姑娘。”

这称呼令陆曈一怔：“什么？”

“今夜我没来过，你也没见过我。”他移开目光看向窗外，语调似乎暗藏某种警告，“日后，我不会包庇你。”

这是要划清界限，暗示将来若她在复仇途中东窗事发，裴云暎不会看在往日交情上网开一面。

陆曈淡淡一笑：“殿帅能退这么一步，我已经很感激了。”

这话倒没有说谎。她本以为今夜她与裴云暎之间一定会死一人的，这么说也不对，或许死的是两人。但这样一来，明日银筝酒醒，推门进屋瞧见这新年惨案大约会吓到昏厥，而仁心医馆背负凶宅之名，杜长卿好不容易才重建起来的祖业，恐怕又要一落千丈了。

她想着这些不着边际之事，自己也觉极为荒唐，竟忍不住笑了一下。

院外流散的焰火照在她脸上，那笑容竟有几分动人。

裴云暎也瞧见了那笑容。

他深深看了她一眼：“你……”想说什么，却又改变了主意，最后垂下眼帘，语气意味不明，“算了，自己看着办吧。”

陆曈回过头，他已收刀归鞘，推门走了出去。

陆曈愣了一下，一低头，忽然瞥见自己手中还攥着裴云暎给的那只丝帕。银色雄鹰皱巴巴蜷成一团，血迹将雄鹰翅膀染红了。

她正想叫住裴云暎还帕子，就见刚走到院子里的人脚步一顿，似乎想起了什么，转身又回头走来。

陆曈下意识握紧袖中毒粉。

莫不是这几步路的工夫，裴云暎又反悔了？男子心海底针，权贵的恻隐做不得真，哪有他自己前程重要。

裴云暎在她身前站定。

陆曈心中警惕。

紫檀色衣袍在窗外那些艳色光焰中镀上一层华光，他眉眼也被照得流光溢彩，高深莫测、一言不发地看着她。

须臾，他从怀中掏出一方木盒，放在桌上。

檀木盒只有巴掌来长，做得很是精巧细致，盒盖上雕刻着漂亮的麻姑献寿图。

陆曈不知道这是什么，犹疑地抬头看他。

裴云暎揉了揉额心，提醒道：“子时已过，元日了。”

陆曈有些茫然，不明白他说的是何意。

裴云暎看了她一会儿，叹了口气，像是终于接受她确实没记起来的事实，把那只木盒扔进她怀里，忽地笑了。

“元日了。”他再一次强调，“陆三姑娘，生辰礼物。”

……

焰火还在继续。

西街老城，旧砖墙被头顶华焰映得五光十色，裴云暎离开医馆时，德春台的欢乐还未停。

远处偶尔飘来小孩子欢笑的声音，德春台的焰火要燃至下半夜，平民平日无从得见胜景，总要在今日看个痛快。

西街无人，靴子踩在薄雪上，发出窸窸窣窣细响，像盐粒清爽，不似黄泥黏腻。

被江水浸过的，沾满了香烛气息的坟土。

裴云暎的脚步停了下来。

前面不远处小巷里，墙边倚着个人，正抬头看远处德春台的焰火，听见动静，这人直起身转过脸，露出一张冷峻的面容。

“你怎么来了？”裴云暎走向萧逐风。

“你不是去仁心医馆拿人了？”萧逐风往他身后看去，长街空无一人，只有灯下雪地里拖长的人影。

“人呢？”

裴云暎沉默。

青枫去常武县的事，萧逐风也知道。陆曈的身份，与太师府的关系，对萧逐风不是秘密。

“下不了手？”男子很理解地点一下头，就要从他身边越过，“我去。”

一只手攥住他手臂。

萧逐风回首。

裴云暎抬眼："她要对付太师府，和我们没什么关系。"

"戚家现在有用，留着她坏事。"

"她一个医女能坏什么事？"

萧逐风皱起眉头："你到底为什么不动手？"

璀璨焰火照亮盛京夜空，抬头往远处看，隐隐能瞧见西北方德春台楼檐的一角。年轻人低头，不置可否地笑了一下。

"人情债总要还的吧？她救过姐姐和宝珠的命。"

"是情债还是人情债？"

裴云暎啧了一声："我是那种会被美色冲昏了头脑的人吗？"

"你夸她美了。"萧逐风平静指责。

裴云暎："……"

萧逐风脸色很臭："殿下如今正值关键，如果被老师知道……"

裴云暎看着他笑："好兄弟？"

萧逐风盯了他一会儿，侧身从他身边走过，只冷冷抛下一句："只帮你瞒这一次。"

"谢啦。"

萧逐风走了，巷子里又只剩下裴云暎一人。

花炮声仍在继续，似乎有隐隐笑闹顺着风飘来。年轻人面上笑容渐渐散去，神情变得平静，背靠小巷冰凉的石墙，仰头望向远处夜空。

那些斑斓的色彩在夜幕最中间轰然炸开，化为无数闪烁星辰，璀璨转瞬即逝，像砸落到女子手背上那一点温热晶莹。

很快被黑暗吞噬。

他想起狭窄医馆里摔碎满地的观音小像，滚了一地的供果香烛，坟土与江水，鲜血与名册。

女子坐在黑暗里，仰着头，任由指间的血一点点滴落。

“我告诉你什么叫公平，戚玉台杀了我姐姐，我杀了戚玉台，一命抵一命，这才叫公平。”

“我不需要帮忙，我自己就能找到公平。”

她明明是个杀人如麻、心机深沉的女子，他很清楚她绝不如表面看上去柔弱无依，但偏偏在那一刻，他还是对她不合时宜地起了恻隐之心。

仿佛有凌乱画面在他脑海浮起。

是谁的声音在空旷祠堂回响，稚嫩的，哀恸的，伴随着难以压抑的激愤与怒火。

“没有裴家，没有昭宁公世子这个名号，我一样能报仇。”

少年冷冷道：“来日方长，我们走着瞧。”

裴云暎闭了闭眼。

所有纷乱嘈杂瞬间褪去，眼前是冷寂长街，白玉覆雪。寒风依旧凛冽刺骨，天边烟焰温暖绚然。曈曈元日，有人闭户拥炉，有人古庙冷衾，有人阖家团圆，有人孑然独身。

裴云暎静静看着夜空。

那些耀眼银花映入他瞳眸，在他眼里碎成无数明亮星辰。

盛京同一片长焰下，人与人欢笑与悲恸从不相同。

就如子时那一刻，无数人家庆祝那瞬间如雨星河的灿烂美丽，而他在满地坟土中，被一滴泪打动。

元日，放过爆竹后，仁心医馆就继续开门了。

西街别的商铺能关门休息，医馆却不能——正月里各人屋里要有个头疼脑热的，还得来医馆瞧病抓药。

银筝在除夕夜醉酒后的第二日清晨醒来，发现摆在小佛橱的那尊白衣观音不见了，问起陆曈，陆曈只说是打碎了，当时便很是不安了一阵。

“无缘无故，观音像碎了，兆头不好。回头姑娘同我再去庙里烧几炷香，重新请一尊观音像回来。”

杜长卿听见银筝的话，立刻扒着椅子扭头来看陆曈：“不错，再去拜拜文昌君，下月春试，让文昌君也给你放放行呗。”

“拜什么神。”苗良方很是不屑，“我当年什么佛都没拜，照样一鸣惊人，考过那些太医局那些废物。”

“可不是吗，所以你被赶出来了。”

“……”

“老苗，人还是得有敬畏之心。”杜长卿循循善诱。

阿城嘀咕：“说得像偷放生鱼烤来吃的不是东家一样……”

“闭嘴。”

陆曈一面听着他们说笑，一面翻阅苗良方为她整理的医籍。春试迫在眉睫，趁着这些日子医馆没什么病人，她每日读书用功更甚从前。

银筝把洗好的帕子拿去院里晒，不多时又掀开毡帘进来，问陆曈道：“姑娘，这张帕子好像从前没见过？”

陆曈抬眼一看，银筝手里握着方月白色丝帕，上头刺绣的鹰纹华丽雄武，不过因之前沾染过血渍没能全洗干净，到底留下一点淡淡粉色。

是除夕夜那晚，裴云暎给她的手帕。

银筝端详着手帕：“摸起来料子蛮好，不过……怎么不记得之前买过？”

屋里的衣裳手帕采买全都交由银筝做主，陆曈心中暗忖，那日过后，她把帕子洗了，原本想找个机会还给裴云暎，不过后来裴云暎没再出现，她也就忘了将这帕子藏好，反被银筝一起翻出来拿去洗了。

杜长卿眼尖，狐疑地瞅上一眼："怎么看起来是男子款式？"

这种锐利冷硬的花纹，一向是男子用得更多。

陆曈端起茶盏抿了一口，面不改色："是之前裴小姐送来的谢礼。"

"噢。"银筝恍然大悟。

陆曈隔段时间要为宝珠准备成药，裴云姝的下人过来拿药时，除了诊银，也会送些别的谢礼，不算太贵重，几匹鲜艳布料，几盒精致点心之类。

"可惜了。"银筝摸了摸手帕，有些惋惜，"料子好，颜色也淡雅，就是刺绣太过冷硬，又沾了污渍，否则绣成绢花给姑娘正好。"

陆曈险些被茶水呛住。

真要把裴云暎的帕子做成绢花佩戴鬓边，若被此人瞧见，不知心中又要如何腹诽于她。

杜长卿闻言看了陆曈一眼："说起来，陆大夫，我每月按时发你月银，你倒是也给自己添置点首饰。别整那不值钱的花儿草儿戴头上，穿得披麻戴孝一般，不知道的还以为我们医馆死人了。"

"这几日上元灯会，到十八日晚才收灯，到处都卖蛾儿雪柳什么的，你也去买点儿插头上呗。实不相瞒，你脑袋上插的那几朵花，你不腻我都看腻了。"

陆曈本没将他这话放心上，却在听到"蛾儿"二字时顿了顿。

蛾儿……她寝屋抽屉的盒子里，还躺着一对金蛾儿。

陆曈至今都想不明白那天夜里裴云暎中途折返，送她一对金蛾儿，美其名曰"生辰礼物"究竟何意。当然，她不会自作多情到以为那是裴云暎特意买来送她的，想来多半是他买来要送哪位姑娘，却又临时改变了主意，借花献佛交到了她手中。

或许是看她可怜，激发了这位权贵子弟一点微薄的毫无意义的怜悯心。

陆曈正想着，耳边传来阿城兴奋的喊声：“不如我们今夜一起去灯会吧！陆大夫去年春天来的京城，那时灯会早结束了。今年正好赶上，一起去瞧瞧热闹！”

他这么一说，银筝眼底也生出几分期待来，悄悄碰了碰苗良方胳膊。

“呃……不错。”苗良方立刻会意，“小陆每日都在医馆里用功，是该出门透气放松放松。”

“老苗说得对，”杜长卿深以为然，“那鲜鱼行的吴秀才先前还捎人带话给你，叫你不要成天把自己关家里闷头读书，来，今日东家做主，一起去景德门看灯！”

屋中其他人偷偷瞅着陆曈。

陆曈摩挲着面前书页。

自元日以来，她的确还没出过医馆。她其实对灯火并无兴趣，不过……

不远处，阿城趴在桌柜上，一双眼睛殷切望着她。

陆曈收回视线，合上书，道：“我去。”

正月十五元宵日，家家点灯。

梁朝一直有“三元观灯”的习俗。

三元观灯，即正月十五上元节，七月十五中元节，十月十五下元节均有灯会。民间除观灯外，还要吃元宵，猜灯谜，放烟花，祭门祭户以庆佳节。

昭宁公府今夜亦是热闹。

席厅上方坐着的男子一身鸦青圆领长衫，虽已至中年，模样却生得清俊潇洒，眉眼间儒雅风流，一瞧就令人心生好感。

这男子是昭宁公裴棣。

坐在他身侧的妇人容貌姣美，模样温婉，手里抱着个三四岁的男童，笑着与裴棣说话：“老爷，今夜景德门灯会，晚些咱们抱着瑞儿看灯好不好？”

说话的是昭宁公夫人江婉。

昭宁公裴棣除夫人外，共纳过三房妾室。三房妾室中，只有一房妾室梅姨娘为他诞下庶子，是比裴云暎年幼一岁的裴云霄。

昭宁公世子裴云暎与胞姐裴云姝乃裴棣先夫人所出，先夫人去世后，裴棣另娶江婉，江婉后来诞下嫡子裴云瑞，今年四岁。

不等裴棣答话，江婉怀中的裴云瑞便先嚷起来：“叫上大哥！要叫大哥同我们一起去！”

江婉一惊，赶紧掐了一把怀中幼子，倒是一边的梅姨娘，闻言扑哧一笑。

“三少爷，世子每日忙得很，哪有看灯的时间呢？你二哥倒是闲着，不如叫他一起去。”

梅姨娘娇艳貌美，是当初同僚送与昭宁公的美人，因着这点缘故，梅姨娘在府中得人尊重，又因诞下裴云霄，地位比其他两房妾室高得多。

裴云霄今年二十，生得亦是清俊，容貌大多继承了裴棣的清俊，他性情亦温文尔雅，常常得人称赞。

同一屋檐下，年纪相仿又同样优秀的儿子，总是难免被拿出来比较。

裴云霄仿佛没听到梅姨娘的话，依旧提箸吃菜。坐在江婉身侧的裴云姝闻言皱了皱眉，看向梅姨娘的目光带了些薄怒。

谁都知道裴棣与裴云暎父子间矛盾不小。正月需祭祖点香，裴云暎得回裴家祠堂给母亲上香，是以难得回裴家一趟。但大部分时候他都在宫里值守，除了给母亲上香外，他从来不主动踏足裴家。

裴云姝也不想回来，所以尽量与宝珠待在自己未出阁时住的院子。若非今夜十五，裴棣让一起用饭，她也不会来这里看这一家子和睦友爱的糟心画面。

裴棣没说话，淡淡地看了梅姨娘一眼，梅姨娘一怔，随即噤声，低头不敢再言语。

裴云姝没来由感到一阵烦闷，草草用了点饭菜就道："我去瞧瞧宝珠。"离开宴席。

待出了厅堂，冷风吹到脸上，似才将方才宴席上的憋闷吹散了几分。

"小姐，"芳姿轻声道，"日后若无必要，实在不用与他们一起用饭。"

叹了口气，裴云姝道："无妨，总归也没几日就要走了。"

她是已出嫁的女儿，更何况在未出嫁前，从江婉进门开始，裴家便无她的容身之所。如今她与文郡王和离后也并未归家，而是住在裴云暎买的宅子中。

和离女子不回娘家而是开府另过，这在盛京也是头一遭。

要不是为母亲上香，她也不会回来。

正想着，芳姿看向前面，叫道："世子！"

裴云姝抬眸，就见裴云暎自长廊另一头走了过来。

"怎么回来了？"裴云姝又惊又喜，"不是说今日值守？"

"夜里轮值，我没事了，回来给母亲上炷香。"

裴云姝笑起来："正好，我同你一起去。"

祠堂在长廊尽头最后一间。门外新换了贴画与桃符，里头香烛辉煌，供奉着裴家先祖遗像。

裴云姝与裴云暎走进祠堂，里头无人，裴云姝取香才打算从右起一一祭奠，一转头，就见裴云暎径自燃了香，走到母亲牌位跟前。

他并不打算祭奠除母亲以外的其他人。

裴云姝嘴唇微动，想说什么，最终还是什么都没说。

裴云暎在母亲牌位前站定，拜身敬香。他神情平静，也没说什么敬辞，默默将香烛插于母亲香龛前，而后退后两步，看着被青烟模糊的朦胧牌位，露出一个如常笑容。

“母亲，”他笑说，“新年大吉。”

裴云姝瞧着他动作，忍不住心头一酸，忙背过身去，待平复好心情后，才同裴云暎一起上香。

正堂锦幔高悬，又站了一会儿，姐弟二人才慢慢往外走。

裴云暎问：“你打算带宝珠在这里住多久？”

“再过两日就走了。”

裴云暎没作声。

她便笑：“不用担心，我平日和宝珠待在自己院子里，没人烦我，也清净。倒是你，不开心就别回来了。母亲那头……”她回头看了祠堂一眼，“我会替你说的。”

才说完这话，迎面又走来一人。已是傍晚，天色渐黑，那人在裴云姝二人面前停步，长衫儒雅，神情温宁，长廊壁下悬着的灯笼照亮了他半个影子，于是那原本清俊的面容也泛出些凉薄。

裴云姝忙道：“父亲。”

裴棣微微点头，目光落在她身侧的裴云暎身上。

“回家了怎么也不说一声？”

语气自然柔和，仿佛慈父责备晚归的儿子，言语间都是关切。

裴云暎没说话。

“阿暎！”裴云姝紧张极了。

昭宁公裴棣与世子裴云暎父子关系不睦，整个盛京都知晓。外人只说裴云暎年少叛逆，所以一再忤逆生父，偏偏昭宁公是个温和宽容的性子，由着嫡长子胡来。

只有裴云姝知道，真相并非如此。

“姐姐，”裴云暎笑着看她，“宝珠还在屋里等你，快回去吧。”

“你……”

她仍有些担忧，然而裴云暎的目光很坚持，僵持片刻，裴云姝败下阵来，只得按下心中不安，对裴云暎投去一个叮嘱的眼神后，才忧心忡忡地离开。

檐下挂着的芙蓉彩穗灯精致富丽，把斑斓的华光投向檐下的人，年轻人如雏鹰挺拔，中年人若狼虎深沉，明明血浓于水的父子，却被一盏宫灯的花案在脚下分成光影两面。

泾渭分明。

渐渐起了风，裴棣开口，声音一如既往温和：“听说戚家找上你了。”

年轻人但笑不语。

“戚家是太子的人。”

裴云暎噢了一声，似笑非笑地开口：“可我不打算上船。”

裴棣没说话，沉默地看向眼前人。青年个子很高，站起来时已比他高了一头，他笑起来时唇边有一个小小梨涡，那是随了他母亲。而他目光却很冷漠，如他腰间凛冽长刀。

似乎在不知不觉中，或许是某个未曾察觉的一夕之间，当年追着父亲脚步看灯的少年，一转眼也就长大了。

裴棣盯着他看了很久，才开口：“裴家是站在太子一方的人。”

“所以？”年轻人淡笑道，“我所行之事，有损裴家利益，裴大人打算如何？”

裴棣不言。

“或许大义灭亲毒死我……”他上前一步，微微弯腰，在男子耳边压低声音，“就像当初毒死我的马一样。”

裴棣目光微动。裴云暎已直起身。他看着裴棣，目光生疏得像在看陌生人，语气十分平静。

“还有事，就不打扰大人尽享天伦了。”

言罢，侧身越过面前人，扬长而去。

宫灯被带起的夜风吹得摇晃，灯下点缀的彩穗像五颜六色的花。

裴云暎绕过长廊，被得了裴云姝令赶来询问的琼影追问：“大人这是要去哪？”

年轻人脚步微顿，瞟了眼檐下花灯下开得鲜艳的彩穗，不甚在意地笑笑。

“今日十五，灯夕热闹。”

“突然想去景德门看灯了。”

第六章

伊人

盛京景德门门前，城中内外张灯结彩。

城门大道，东西角楼，各处宫官寺院起棚设灯。御街两道人潮汹涌，各色教坊子弟表演“奇术异能，歌舞百戏”。

陆曈与杜长卿一行人走在景德门下御街上。银筝第一次瞧见这般热闹，忍不住赞叹道：“果真是盛京！”

苏南城中正月十五也爱看灯，但灯会远远及不上此地繁华。各式各样灯山看得人眼花缭乱，花灯扎成不同神仙模样，腾云驾雾于彩棚之上，或是大朵大朵灯莲庄严肃穆，其中巨大佛像含笑坐于灯山，俯视城中车水马龙。

阿城指着前方那条由数万灯烛结成的巨大金龙道：“看那儿！”

巨龙雄武，身躯蜿蜒盘踞河岸之上，两只眼睛炯炯有神，鳞片竟是以银丝绣成，远远看去，整条龙像是下一刻就要从水面跃起，腾云而去。

杜长卿看一眼走在身侧的陆曈，语气隐有得意：“怎么样，陆大夫，来这一趟不亏吧？”

陆曈低头笑了笑。

盛京的灯会极漂亮，比苏南更热闹，更勿用提常武县了。不远处有人在变术法，数十个人举着一只独木舟，只用一块黑布遮着，顷刻间当着人群消失无踪。

银筝哇了一声，挤到人前去看，惊奇不已。

还有人在“踏索”。一条悬空的绳索上，扎着红布巾的手艺人手持横竿，小心翼翼从上头慢慢走过，看得观者屏息凝神、心惊肉跳。

苗良方对这种博戏没什么兴趣，倒是被街边吐五色水的吸引了目光。那些人含一口水，仰脖维持一刻，噗地吐出来，吐出的水便成了青色。再含一口水，仰脖待几息，吐出来的变成了赤色，如此类推，黑色、白色、黄色……

苗良方看了半晌，总算看出了点门道，当着观者的面肆无忌惮评点：“嘴里含了都梁香，应当还有丘隆香、附子香、安息香……不然袖子怎么做得如此宽大，不就是为了方便喝水时含药丸嘛……”话未说完，就被那吐五色水的表演者怒目而视。

他们走到一处卖科头圆子的小贩前，周围已有食客等候。铁锅里沸着一汪水，白生生的圆子在水里浮沉，像膨胀珍珠，泛出点香气。

阿城瞧得嘴馋，同杜长卿要了几个钱也挤进去买。

杜长卿一面吩咐他：“慢点，人多别挤丢了。给陆大夫和银筝姑娘也买两碗。”一面回头对陆曈道：“这玩意儿不怎么好吃，你随意尝尝……陆大夫？”

面前空空如也，哪还有陆曈的影子。

陆曈发现自己与杜长卿他们走散时，离方才已过去好一段路了。

长街人来人往，观者如堵，被人推搡着往前走，很快就瞧不见身边人的影子。

她在原地站了片刻，没等来杜长卿他们，想了想，遂转过身继续朝前走去。

景德门前今夜有卫兵巡逻值守，倒不会有太大危险。各坊巷口也设了小影戏棚子，好防止本坊游人小儿走失。倘若杜长卿他们发现她不见了，应当会去前面的戏棚等她。

陆曈便没有回头，顺着人流慢慢朝前走去。

夜深了，灯色更亮，游人更多。

每走几十步都能遇到摆食摊的小贩，摊上卖些鹌鹑骨咄儿、白肠、水晶脍、旋炒栗子、盐豉汤什么的。还有人在使药法傀儡，傀儡偶人做得与真人一般无二，衣饰华美，在爆竹燃爆下旋转腾挪，比寻常焰火更好看。

陆曈慢慢地从人流走过，喧闹嬉笑的杂声里又飘来些涟漪似的乐声。那是教坊伶人们在弹奏奚琴，或许还有箫管的声音。

有什么东西从头顶飘过。

陆曈抬眼。

远处广济河里，密密麻麻漂浮着数万盏莲花河灯，而河面以上夜空，则漂浮数万盏荧色，一眼望去，夜幕如白昼明亮，光彩争华，霏雾融融。

河岸边还站着不少人，手持竹竿挑着手中灯笼，正将那灯笼往河面以上的长空送去。

是在……放浮灯?

陆曈怔然望着远处，目光有一瞬间的茫然。

她很喜欢灯，各式各样的灯。幼时自己性格不如陆柔沉静，爱热闹爱新鲜，父亲常说陆家三个孩子，偏她有几根反骨，个头最小，性情最躁。

她喜欢人多的地方，喜欢各种年节，每年正月十五灯宵，总要缠着爹娘带她一起去山上放浮灯。

常武县毕竟是个小地方，人不多，花灯种类也不如盛京繁华，最热闹的时候也没有眼下景德门灯会令人惊叹震撼。

那时为显出与别人的灯不同，陆曈总是央着母亲亲手给她做浮灯。

母亲手巧，做的浮灯带出去总能收获伙伴们一众羡慕嫉妒的目光。兔子的、鲤鱼的、白象的、花篮的，有一次她央母亲做了一只蟾蜍灯，蟾蜍做得过于逼真以至于有些丑陋，陆谦说这是“丑蛤蟆”，陆曈自己却很喜欢，放灯的时候依依不舍。

后来她就被芸娘带回落梅峰了。

芸娘对她很好，她的医籍、毒经、药理，陆曈都可以随意翻看，偶尔还会给陆曈做些点心，买新衣。

芸娘对她也不怎么好，她是芸娘试药的工具，三番五次生死关头全凭自己挣扎过来。芸娘还给她下毒，令她永远也无法离开落梅峰。

芸娘不做新药时都会下山，有时候陆曈很希望她永远也别回来，这样备受折磨的日子就此戛然而止。但有时陆曈却希望芸娘能待在山里同她一起，哪怕是沦为试药工具——譬如除夕，譬如元日，譬如正月十五的灯夕。

不过，芸娘一次也没在这种时候回来过。

在落梅峰的七年里，她一直是一个人过新年，一个人过生辰，一个人迎来正月十五的灯夕。

梁朝素有正月十五观灯传统，苏南灯夕这一日，百姓也会在城中设棚结彩，在河边放浮灯。那些明亮的浮灯从山脚慢慢悠悠浮上长空，苏南的风却会把它们推到落梅峰上来。

每年这个时候，陆曈就会站在落梅峰的山顶往下看，看那些人间的星辰慢慢飘落到山上来。

那是她唯一可以接近烟火气的地方。

她会在山顶看很久很久，对自己说：“再过一年，再过一年就能下山了。”

直到那些星辰从明亮变得黯淡，直至熄灭，直到从山顶俯瞰下去，星星点点荧光渐渐化为夜色里的虚无，热闹远去，黑暗渐渐从四面八方侵袭过来。

她回到草屋，屋里一个人都没有，只有她用野花编成的花环被风吹落在地，提示着今日原本是人间盛大节日。

陆曈坐起身，走到小桌前将油灯点亮。铜铸的油灯里，一小点灯芯摇摇晃晃，把灯油漾出浅浅涟漪。

一年又一年，一夜又一夜，只有生锈的铜灯陪伴着她。

少女拨动了一下灯芯，花穗从中间爆开，吐焰生光。

灯芯爆花，引为吉兆。

她盯着那盏油灯看了很久，最后在心里对自己道：明年……明年一定可以下山。

落梅峰的花开了又谢，浮云聚散如常，春日莺归树顶，夏夜凉月满山，深秋的夜雨，冬雪的清晨……月亏月盈，她重复着相同的日子。

又是一年过去。

漆黑冷清的山上，四下无人，她守着那盏小小的孤灯，眼眶慢慢红了。

“爹、娘、姐姐、二哥，”她啜泣着，哽咽散在风里，“我想……我想回家。”

轰隆一声，是河边的杂耍人在吐火。

青色火焰如一大朵蓦然盛开的花，引起四周人阵阵惊呼。那些闪烁火星落进河水，与无数流动的浮灯混在一起，像是天上银河倾泻而下。

“爹，快、快把我举高点！我看不见了！”

说话的是个五六岁的男童，坐在父亲肩头簇拥在看杂耍的人群中，怀里抱着包炒栗子，正望着吐火的手艺人喝彩。

抱着他的那位父亲尚很年轻，笑眯眯应了声好，将他托得更高，一面嘱咐儿子小心摔倒。

喧闹人群中，处处嬉笑，路过的年轻人经过此地时，无意间瞥见那对看灯的父子，神色微微动了动。

他看了那对父子很久。

直到有人不小心撞到他身上，低头道歉，裴云暎才回过神来，继续往前走。

正月十五，盛京人纵情夜游，景色浩闹。车如流水，软红成雾。年轻人从熙攘人流中走过，头上的华灯，身侧的行歌也不能将他沾染上一分笑意，依旧神色淡淡，意兴阑珊的模样。

不远处有乐坊歌伶抚琴歌唱，见这年轻人走过，丰神秀异，似珠玉处于瓦石耀眼，又衣饰华贵，一看就是出自金门绣户的贵族子弟，因此一面唱着，一面拿一双含情美眸笑着瞧他。

裴云暎不为所动。他行至人流深处，正欲继续往前，忽而动作一顿。

来来往往的人群中，不远处正站着个年轻女子。

大冷的天，她披着件银白底色翠纹斗篷，罩着里头的深蓝绣花锦衣，仿佛雪花落了满身。乌发垂至肩头，只在其中点缀几朵小小的、绒绒的雪白绒花。像只毛茸茸的小兔子。

小摊前人流嘈杂笑闹，而她正仰头在看夜空中闪烁浮灯。

她看得很认真，认真到近乎虔诚，四周绮丽灯火落在她脸上，那张俏丽的脸没了平日的冷清，看起来稚气又干净。

如坠于人间的明珠。

乐坊的伶人在唱：“蒹葭苍苍，白露为霜，所谓伊人，在水一方……”

所谓伊人，在水一方……

万街千巷，花灯如锦。十里长街喧天箫鼓，良辰美景难度。

隔着人来人往，他沉默注视着看灯的人，良久，低头笑了一下。

“还真是伊人啊。”

浮灯悠悠飞向远处，如星辰将夜色点亮。

陆曈仰头看着，直到身侧卖灯的小贩叫住她。

“姑娘，喜欢浮灯？要不带一盏走？”裹着羊皮袄的老板笑着张罗，“咱这什么款式都有，您可以慢慢儿挑！”

陆曈回过神，正想拒绝，身侧忽有人先她一步开口：“好啊。”

陆曈回头，对上的就是一个熟悉的身影。

裴云暎?

他今日穿了件深红团窠对鹰纹锦袍，越发仪表非凡，不似穿公服时那般锋芒毕露，更像那些出门夜游的贵公子，艳色动人。

陆曈退后一步，道：“裴大人？”

小摊上摆着各式各样浮灯，裴云暎随手拿起一盏，玩笑般开口：“没想到陆大夫也会来观灯，我以为你对这些不感兴趣。”

“偶尔为之，不如裴大人平时有闲。”陆曈不冷不热回道。

卖灯老板见裴云暎衣饰不凡，笑得越发热情，连带着对陆曈的称呼都变了：“小姐，今夜元宵，咱们小摊凑热闹。三支箭，您要是射中那个——”他一指对面，“就送您一盏花灯！”

陆曈顺着他指的方向看去。

这小摊原本就是在坊市中搭了个小彩棚，棚里棚外上上下下都挂满各式花灯，而彩棚里头的墙上，则悬了一幅红底黑字，是个圆润巨大的“福”字。在她手边，摆着一只漆黑油亮的牛角弓，箭羽缀了大团大团红色彩带，一眼看去，喜气洋洋。

“讨个好兆头！”

老板又看向裴云暎：“小姐喜欢灯，这位公子一看就箭术不凡，帮小姐赢一盏吧！”

裴云暎挑了挑眉，才接过对方手里长弓，冷不防手一空。

陆瞳将他手里长弓夺走了。

“我自己来。”她道。

裴云暎一顿。

因他二人姿容出色，方才停留在此已引了不少人注目。本以为裴云暎会帮陆瞳射箭赢灯，没想到陆瞳取了弓箭要自己上，一时间不少人驻足围观，瞧着陆瞳动作。

陆瞳举起弓箭。

牛角弓很沉很大，瘦弱女子拿起来，看起来有种异样的违和，简直要让人担心她那纤细的手臂会不会被这弓压折了。

持弓动作看起来稍显吃力，搭箭的手势也不算熟练，裴云暎看了片刻，上前握住她手臂：“别晃。”

陆瞳愣了一下。

清冽气息从头顶传来，他分寸保持得极好，动作不轻不重，只从身后虚虚扶着她，替她调整着持箭的姿势。

陆瞳抬头，能看见对方漂亮的下颌，他的手臂从背后伸过来，环住她肩头，像是若即若离的怀抱。

还是太过亲密。

陆瞳微微蹙眉，搭着弓箭的手一松。

嗖——

离弦之箭疾奔而去，斜斜射中“福”字边缘，彩带落于旁边。

四面响起人群的惋惜声：“哎哟，没射中！”

“还是不行啊。”

裴云暎目光动了动，有些诧异地看向陆曈。

陆曈望着射歪了的箭矢，眼底掠过一丝失望。

没中。

说起来，她并不是第一次拉弓。

当年在落梅峰上，芸娘做药需要尸体，陆曈时不时得去乱坟岗走动。有一次在那里见到了一具被狼咬死的残尸，大概是进山捕猎被雪困住的猎户，身子已经被吃空了，周围散落一地的捕兽夹，还有一把裂开的弓箭。

陆曈把尸体埋了，弓箭带回去用线重新缠好，想着能用弓箭捕猎一些狐狸兔子存作干粮，不过一次也没打中——山里的动物跑得太快，她箭术还没有高明到那里去。

但隔三岔五拿弓箭练手，多少也练出了些手感。只是后来那弓箭在几年后还是断开，芸娘入葬时，便一同埋在了落梅峰上。

时隔几年，再次拉弓，到底手生。

周围有看热闹的男子起哄：“小娘子，别白费箭了，快把弓箭让出来，让你情郎给你赢一盏啊！”

“就是就是！”

裴云暎冷冷看了起哄人一眼。

陆曈却并不在意，抬手拿起第二支箭。

这一次她持弓的动作就要比第一次熟练许多，看起来不那么生涩了。裴云暎后退一步，没再如方才一般握住她手臂指点，陆曈紧紧盯着远处的“福”字，再次松手。

嗖——

箭矢飞了出去。

“就差一点儿！”身侧围观的人群一拍大腿，懊恼得仿佛射偏了的是自己，“都靠近字了，真可惜！”

陆曈倒是面色如常。

卖灯小贩笑呵呵地拿起第三支箭递给陆曈：“小姐别气馁，不要紧，咱们还有一支，这回可要看准了射！”

裴云暎抱胸倚着柱子，含笑看着陆曈将这最后一支箭搭于长弓上。

四周渐渐静寂下来，周围看热闹的人群都忍不住屏住呼吸。一开始见这女子单薄柔弱，还以为她连弓箭都拿不起来，谁知连射两次，皆是出人意料。

陆曈搭好弓箭，前面棚里挂着的那个“福”字红彤彤，喜洋洋的，在周围斑斓灯色里有一种模糊的热闹。

她凝神注视着那团热闹，猛地拉弓——缀了红缨的箭矢像只拖长了尾巴的红喜鹊，雀跃地冲向终点。

准确无误地正中红心！

周围人群顿时爆发一阵叫好声！

连卖灯老板都对这看似娇弱的姑娘刮目相看：“姑娘好箭术！”

陆曈放下手中弓箭，裴云暎走到她身侧，侧头瞧她，道：“力气真大，怎么练的？”

“杀人埋尸练的。”陆曈一本正经回答。

裴云暎：“……”

他打量陆曈一眼，并不在意她方才的胡说八道，只问：“三次就射中，你之前就会？”

要说陆曈是什么步射天才，一见就会，确实有些太勉强了些。

陆曈转头看向他，微微一笑：“我也没说我不会。”

“……”他难得噎住了。

不知为何，瞧见裴云暎吃瘪的模样，陆曈心情莫名变好了一些。

她虽不是什么百步穿杨的神射手，普通拉弓射箭却也还勉强，毕竟福字就在墙上，不似山中猎物会跑会跳。捕猎死物，比活物简单得多。

“小姐射中福字，来挑一盏灯吧！”小贩的声音打断陆曈思绪，她抬眼往前看去。

小摊棚里棚外挂满各式各样的花灯，纱绸的、龙凤的、牡丹花的、白兔的……夜色下异常夺目，看得人眼花缭乱。

陆曈的目光落在一处，接过摊主手中竹竿，朝着上头挂着的灯丛中挑去。

摊主一看就笑了：“小姐好眼光，蝴蝶灯就剩这么一盏了，刚好给您带回家！”

悬挂在高处的蝴蝶灯做成只粉色蝴蝶模样，外罩一层薄纱，纱布上以金粉描摹彩绘，格外引人注目。

陆曈手中竹竿轻巧越过蝴蝶翅膀，却把旁边那盏灯挑了下来。

小贩一呆。

裴云暎微微扬眉。

半晌，摊主迟疑地看向陆曈：“小姐，您是不是挑错了？”

陆曈把竹竿前端勾着的蟾蜍灯取下来提在手里，道：“没挑错，我就喜欢蛤蟆。”

提在她手中的蟾蜍灯通体黄绿，因做得太过逼真巨大，连皮上褶皱都纤毫毕现，看起来实在与美人不搭。

偏她不以为意，看起来对手中的“丑蛤蟆”格外满意。

小贩一言难尽地看着陆曈，憋了半晌才憋出一句：“小姐眼光独特，与常人真是不同。”

陆曈提着灯，对摊主点头，就要离开。那摊主却手一伸拦住陆曈去路，道：“小姐，您还没付钱呢！”

陆曈怔了怔，蹙眉问：“你不是说，射中福字就送一盏灯吗？”

“是的呀！这灯不要钱，可射箭要钱嘛！”摊主一指棚里。

陆曈顺着他指的方向看去。

灯棚里摆放箭矢的大红箭筒上，果然写着一行小字，并不比蚂蚁大多少的字，用淡粉的彩墨写着：一箭三十文——

陆曈一时无言。

这字写得如此隐蔽，鬼才能看清楚。

身侧有人发出一声轻笑，陆曈侧首，就见裴云暎别过脸，肩头微微耸动。

是在笑话她上当吃亏？

陆曈气闷不已。

她出门时，银钱都在银筝身上，她自己也并没有打算买什么东西，谁知会在这里栽跟头。

手中那盏纸糊的丑蛤蟆突然变得重逾千斤，面对小贩仍旧热情的殷切模样，陆曈僵了片刻，把花灯往对面人手中一塞：“我不要了。”

“哎？”

小贩正要开口，又伸来一只手，在灯棚木桌上放下一锭碎银，裴云暎笑道：“给我吧。”

这银子可远超一盏灯的价钱，小贩顿时笑眯了眼，把蟾蜍灯递给裴云暎：“好嘞！公子小姐拿好灯，点了咱家的灯啊，来年吉祥如意，鸿运当头！”

陆曈：“……”

收了银两，摊主便转身招呼别的客人去了，陆曈站在灯棚前走也不是留也不是，盯着裴云暎手中的蟾蜍灯，只觉今夜在这灯棚前停留的片刻实在是很不应该。

裴云暎瞧着她脸色，有点好笑："陆大夫聪慧过人，怎么总在这种事上受骗？"

上次在清河街禄元典当行也是，一根成色不佳的花簪，轻轻松松就被人敲了竹杠。

陆曈只觉面前这人忍笑的模样刺眼极了，抛下一句："是盛京人太会做生意了。"转身就走。

明明说好灯不要钱，谁知射箭会要钱，将字写得那样小，分明就是骗人上当。果然古语说贪小便宜吃大亏，盛京人做起生意来，一个比一个狡诈。

身后传来一声轻笑，裴云暎几步追上，把那盏蟾蜍灯塞到她手中。

陆曈皱眉："殿帅的灯，给我做什么？"

"春试在即，蟾宫折桂的兆头，我可不敢要。"他悠悠道。

蟾宫折桂？春试？

陆曈心中一动。

蟾蜍灯的确有"蟾宫折桂"的美意，裴云暎以为自己是因为即将到来的春试才挑了蛤蟆灯，陆曈也没纠正他的误会。

手上握着的蟾蜍灯在夜色里发出幽绿淡光，陆曈默了默，开口："等下见到银筝，我会把灯笼钱还给殿帅的。"

"不用见外，算我提前送你的春试贺礼。"

贺礼？

裴云暎的语气如此自然，陆曈忍不住抬眼看去。

街市花灯如昼，四处灯火幢幢，裴云暎随着人流不紧不慢地往前走去，仿佛刚刚的话只是随口而出，并未放在心上。

但陆曈却忍不住深思。

那一日除夕夜，他二人在医馆中图穷匕见，裴云暎已知悉她上京来的目的。或许是一时恻隐，或许是他有别的目的。但有一点陆曈很清楚，自己要对付的是太师府，甚至地位更高的人。

裴云暎或许会可怜她，但绝不会在这件事上出手相助。

那他这是为何？因为可怜？

处在高位上的人施舍的那一点点无用的同情心，像是人看见路边可怜的流浪猫狗偶尔地驻足。人会给流浪猫狗施舍食物，却不会在意流浪猫在想什么，因此这驻足并不会让人感到欣慰，只会让人更厌恶这不对等的、居高临下的恩赐。

“裴大人。”她忽然道。

“怎么？”

“日后还是多注意自己举止吧，你总是这样，会让我误会。”

他有些莫名：“误会什么？”

“误会大人想帮我。”

裴云暎一怔。

他停步，垂眸看去，对上的就是陆曈平静的目光。

话语是暗示的、柔和的，甚至是有些讨好的。然而她的眼神却满含讥诮。

像是刻意要戳破其乐融融的假象，令彼此都不得不直面对方的虚伪和彼此的距离。

两街绵延的花灯从高处在地上投下斑斓的光影。他站在华光下，是天才英特、亮拔不群的高门世子，而她站在阴影里，是使心用性、剑戟森森的卑贱平民。

光与影，云与泥，贵族与平民。

他是要往更高处去的人，而她却一心想将高处的人拽下来踩进泥里。背道而驰之人，从来都不是一路，也注定做不成朋友。

风从河岸吹来，带起清夜的寒冷。许是他们在这里停留的时间长了些，吸引了四周小贩的注意。

几个扎双鬟的红裙小姑娘推着个竹架子从人流中穿梭出来，竹架子前后都挂了梅红镂金的小灯毬儿，几个小姑娘边拍鼓边叫卖：“菩提叶、蜂儿、雪柳、金蛾儿——”

陆曈回过神来。

这是卖女子头饰的游车。盛京灯市上常有卖头饰的，什么白绢梅花、乌金纸裁的蝴蝶、纸做的雪柳、菩提叶一类。无论贵族还是平民，这样的盛日里，妇人总要打扮得娇俏美丽。

红衣小姑娘推车至陆曈身边，仰头望着她脆生生笑道：“姐姐，买朵蛾儿吧！”

那些乌金纸剪的蛾儿颤巍巍插在堆满鲜花的竹架子上，金花枝叶中，紫艳纷繁，格外引人注目。

陆曈摇了摇头。

小姑娘有些失望，推着竹架子离去了。

裴云暎低头看了身侧人一眼。

陆曈提着灯笼，沉默地越过那些花团锦簇朝前走去。或许是今日灯夕，她的发髻梳得比平日精致一些，那些细小发辫顺着长发一起垂落至肩头，绒绒白花缀在其中，衬得女子肤色晶莹如玉，手中蟾蜍灯发出青碧幽光，像那些古庙壁画中的少女。

美丽但孤独。

裴云暎的目光在她发顶上那些雪白绒花上停留一瞬，突然开口：“新年了，戴白色不吉利。”

他避开了刚才那个话头。

陆曈奇怪地看他一眼，不明白他为何突然说这个。

裴云暎淡淡道："我以为你会戴那对金蛱蝶。"

她恍然，原是为了这个。

那对金蛱蝶还躺在医馆抽屉的盒子里，自除夕夜后，她甚至都没打开过一次。她本来就没心思梳妆打扮，更何况这还是裴云暎送的。

陆曈颔首："多谢殿帅好意，不过金饰不适合我，之后我会让人把东西还给殿帅。"

有些东西是不能收的，世上没有不要银子的午饭，这个道理，方才卖蟾蜍灯的小贩已经教过她了。

"不用，"他转过脸，"送出去的礼物没有收回来的道理。"

陆曈很坚持："我不习惯收人礼物，"顿了顿，又补充道，"像欠债。"

"那就当欠债。"年轻人微笑，"我是你的债主。"

陆曈哽住。

这人像是完全没察觉她的疏离与防备，随性友善一如既往，从旁人眼里看去，或许会觉得这位指挥使脾气好得过分。

陆曈想了一会儿，决定作罢。反正隔段日子裴云姝的人也要上门来取宝珠的药，裴云暎不收，她直接送到裴云姝手中也是一样。

借债经商，卖田还债。盛京人如此会做生意，还是不要欠人情为好。

尤其是裴云暎。

灯会还未结束，上元观灯要到正月十八才收灯。

陆曈越过百戏人流，前方出现一座灯山。

说是灯山也不对，原是一整条小街，头顶拉起长线，缀满无数纱绫扎成的花灯，每一花灯下挂着一小幅红条，红条上以黑字写了灯谜，若有猜中的，便取下字条，去一边坐着的老翁那换一块丝糖。

是给小孩儿们准备的。

那些纱灯悬在头顶，将整条街照得红彤彤、亮莹莹，无数人从旁走过，热闹得很。

陆曈正前方走着两个小孩儿，是对姐妹，姐姐约莫十二三岁，妹妹年幼，才五六岁的模样。小女孩跳着要去取头顶花灯，却因个子太矮够不着，还是那姐姐伸手握住花灯，就着灯色，仔细验看灯笼下缀着的字条。

“写的是什么？”妹妹着急地问。

“半放疏梅枝头开——”姐姐念出上头的字。

小女孩一脸茫然，姐姐却欣喜地笑了，把红字条撕下来，捏了捏妹妹的鼻尖：“我知道，这个是‘敏’字！走，给你换糖吃！”

姐妹俩欢喜地挤进人群中，身影渐渐不见了。

陆曈正看得有些出神，身侧传来裴云暎的声音，透着几分不经意：“陆敏是你的真名？”

她倏然回神，很轻地嗯了一声。

“是取‘敏于事而慎于言’之意？”

“不是。”

陆曈平静道：“是取‘聪与敏，可恃而不可恃也’之意。”

裴云暎眸色微动。

陆曈垂下眼帘。

家中三个孩子，陆柔，取“柔而立”之名。父亲希望她温和而有主意。

陆谦，取“谦者，德之柄也”之名，家人盼他谦虚有礼，不盲目自大。

而她因年纪最小，最得家中娇宠，性情难免急躁，又总爱耍些小聪明，父亲便取之为敏，愿她聪明敏捷，却又不因此自骄，脚踏实地。

她幼时其实不大喜欢这个“敏”字，觉得世上明明有那么多好听好看的字，父亲博学多识，却偏要给自家三个孩子取字如此平庸，没有半分特点。因此过去倒宁愿旁人以小名“瞳瞳”称呼自己。

瞳瞳，元日，一听就与旁人不同。

后来她随芸娘到落梅峰上，芸娘到死之前都没问过她名字，只叫她“小十七”。而她下山时旁人问起，她也只说自己叫“陆瞳”，好似说出“陆敏”二字就是辜负了爹娘对她的期待，好似那个在落梅峰上捡尸试药、在盛京城里杀人栽赃的陆瞳，与常武县爱笑爱闹、父母跟前承欢膝下的陆三姑娘原本就不是同一人。

自欺欺人。

“我还是更喜欢你现在的名字。”身侧人开口，打断了她思绪。

“瞳瞳，”他沉吟一下，笑着说，“有一元复始之感。”

陆瞳睫毛一颤。

他竟然猜到了。

也是，他手下人马消息通达，既能知道她生辰是元日，自然也能猜到瞳瞳这个乳名的含义。

陆瞳没说话，裴云暎想了想，道：“陆大夫好像读过很多书。”

如今男女都有官学，只不过那都是些贵族才能上得起的。寻常私塾，除非是家中富裕的富户，譬如聘请吴秀才做女儿西席的那位老爷，大部分平民都不会读书——读书也是很费银子的。

陆瞳慢慢地随着人流往前走：“我爹是教书先生，他认为姑娘应该多读书，以防日后被人骗。我和姐姐都是他亲自开蒙。”

父亲总是让她们读书。偏偏陆瞳幼时最讨厌读书。

她不明白念书有什么用，读书既不能像经商一样赚来银子，也不能在饿的时候当两个馒头吃。就连科考，常武县考上举人的也寥寥无几。更何况，她又不能像陆谦一样考状元做官。

隔壁家婶子笑着打趣她道：“三丫头要听你爹的话，好好念书，将来做个才女。你娘就是诗词做得好才被你爹喜欢的。”

陆瞳狐疑地看了看远处晒衣裳的母亲，断然否认：“不对，我爹喜欢娘才不是因为娘会作诗，是因为我娘长得好看！”

邻人哈哈大笑，母亲却羞红了脸，提着木棒过来追打她：“死丫头又在胡说八道！”

“本来就是！”

到了夜里，她躲在被子里，看母亲在床头灯下缝补旧衣，遂问：“娘，为什么要读书，我不喜欢读书。”

母亲停下手中针线，想了想，答道：“读书如服药，药多力自行。多读书呢，可以解惑。”

“解惑？”年幼的陆瞳撇嘴，“有不懂的，我可以去问爹，问姐姐，问二哥。”

“你呀，”母亲点着她的前额笑骂，“他们不在你身边的时候，如果你有不明白的事，可以从书里找到答案。”

“他们为什么会不在我身边？”陆瞳对这个答案不太满意，翻了个身，嘟囔道，“有姐姐二哥在，我才用不着读书。”

那时的陆瞳是这么想的，以为世上每一个问题都有父母兄姊为她寻到答案，所有的困惑都会迎刃而解，不喜欢的事可以不做，不喜欢读的书可以不读。

而家人永远都会在她身边。

直到和芸娘到了落梅峰后。

无数个夜晚，她辗转难眠，被当作药人的痛苦，独自生活在山顶的孤独，芸娘那些恶意的嬉笑，以及对家人的思念化作无数浓郁暗沉的雾霾，丝丝编织结网，将她罩在其中。总觉得下一刻理智就会分崩离析，总觉得人撑不到下一刻。

困难的日子里，她突然想起了母亲的话。

“他们不在你身边的时候，如果你有不明白的事，可以从书里找到答案。”

茫然瞧不见的未来，不知何时会停下的惶惑，在那样的日子里，她拿起了书。

芸娘的屋子里有很多书。

大多是毒经药理，少部分是书史经纶。她认字，却不懂得其中意思，只能硬着头皮看下去。这样日复一日，年复一年，渐渐也就明白了书里的含义。

她不知道读书究竟能不能解惑，但在那些年里，读书使她打发了不少日子，使得那些惶然无依的时日没那么难熬。

母亲一定没想到，当年家中最不爱念书，躲着将功课丢进池塘谎称被偷了的小女孩，后来在山上读了那么多书，学了那么多道理。

身侧人道：“令尊很有见地。”

在梁朝，寻常人家的父亲大多认为女儿家不必读书，在家绣绣花做做女红就好。

陆曈淡淡一笑：“可惜没什么用。”

裴云暎微顿。

“我姐姐书念得比我好多了，她写的文章拿到二哥书院中去，先生也交口称赞。她若是男子身能下科，常武县说不准早就出了个状元。可还是被骗得命都没了。”

“我们一家都是读书人，但你看结局，仍然如此。”

陆曈笑笑，那笑容也透着几分自嘲：“读书换命，只是穷人自欺欺人的说法而已。世上最没用的，就是读书人。”

她说这话时，语调平静无波，像是看透了世情，还有一点对自己无能为力的憎恨。

读书，像是人在被病痛折磨之时饮下的一味麻沸散，可以暂时减轻痛苦，却无法使痛苦消失。

“我倒不那么认为。”

身侧突然传来年轻人的声音。

“盛京能将《梁朝律》研读至如此透彻，似乎也只有你了。”

宛如被什么击中，陆曈下意识抬头。

青年低头看她，头顶悬挂着的纱灯柔和光芒跃入他眼底，给他身影四周勾勒出一层深深浅浅的暖意。

连目光也变得柔和。

“不是所有的人都能在我眼皮底下杀人还不被发现。”他盯着陆曈的眼睛，“陆大夫，你很厉害。”

很……厉害?

陆曈愣住了。

不是调笑，也没有讥讽。裴云暎的语气很认真。

周围人流来来往往，四周灯色幢幢，乌靴锦衣的年轻人笑着看着她。真诚的，没有半分虚伪。

沉默片刻，陆曈正要说话，突然发现裴云暎目光越过她身后凝在了某处，神色有些异样。

他是看到什么了?

陆曈下意识想要回头，才一动，就被裴云暎按住肩膀，没等她反应，一片阴影覆盖下来，陆曈的脸颊碰到对方冰凉的衣襟。

裴云暎挡在她身前。

来往的人群并未朝这头多看几眼，上元灯节，多得是有情人夜游。

陆曈几乎被包裹在他整个人阴影之下，头抵着他胸膛，极度亲密的距离，似乎能听见对方柔和却有力的心跳，一下又一下，在汹涌人潮中分外清晰。

不知过了多久，按着她的手力道小了一些。

裴云暎松开了陆曈。

“你刚才看见了谁？”陆曈转头看身后，身侧是花街游人，看不出有什么可疑之处。

裴云暎突如其来的举动，十有八九是看见了旁人。他把陆曈拽到身前的刹那，陆曈并未忽略裴云暎眼底的冷意。

“一个你不想见到的人。”裴云暎不以为意地笑笑，没有正面回答陆曈的问题。

陆曈抿了抿唇，不太喜欢这种被蒙在鼓里的感觉。

大概是察觉到她的不虞，裴云暎后退一步，突然道：“陆大夫。”

“怎么？”

“戚家在查你。”

陆曈盯着他，没说话。

“只查到陆柔，还没到你的地步。”他语气很淡，像是不经意的提醒，“但长此以往，未必不会暴露。”

他这么一说，陆曈便明白过来。

太师府的人或许会怀疑到陆家人身上，甚至会怀疑到那个多年音讯全无的“陆敏”身上，但暂时不会怀疑到她陆曈身上。只因陆曈名义上只是个外地来的平民医女，仁心医馆的坐馆大夫，和常武县陆家没有半分关系。

但她若要报仇，一旦接近戚玉台，身份迟早会暴露。

裴云暎这是在提醒她。

“我知道了。”陆曈道，“戚家还有什么动作？”

裴云暎挑了挑眉，盯着她看了半晌，见她神色坦坦荡荡，终于啼笑皆非地开口：“你现在是在我面前装也不装，破罐破摔了是吗？”

这样明目张胆地问他要情报，丝毫不遮掩。

“裴大人不是说过，我们是一伙的吗？”

“现在不是了。”

陆曈心中轻嘲。不知道她身份时，负伤强买强卖地留在医馆，一口一个“一伙的”，如今知道她为复仇而来，便一副恨不得立刻划清干系，以免惹祸上身的模样。

贵戚权门之子，惯会权衡利弊。

正心中腹诽着，耳边远远传来熟悉人声：“姑娘！姑娘！”

陆曈回头，就见人群另一头，银筝在戏棚前的人群中朝她用力挥手，见她看来，便提着裙裾从人流中朝她走来。

“你朋友来了。”裴云暎也瞧见了银筝。

陆曈转身看向他，他该走了。

他目光在陆曈手中那盏蟾蜍灯上顿了一下，又移到陆曈脸上，最后道：“三月春试，祝陆大夫一切顺利。”

陆曈颔首：“承蒙大人吉言。”

裴云暎没说什么，直身离开，走了几步，突然又停了下来，叫住陆曈。

陆曈问：“大人还有何事？”

他沉默了一下，开口：“今后会有更多危险。”

“陆大夫，”他说，“自己小心点。”

男子身影消失在人群中，陆曈站在悬挂的灯群里，直到耳边有声音响起。

“姑娘，可算找到你了！”银筝总算越过重重人群挤到了陆曈身边，拍着胸口感叹，“阿城买完圆子，回头说你不见了，吓了我一跳。杜掌柜说你会在戏棚这边等着，还好他没说错。”言罢又诧异地盯着陆曈手里的蟾蜍灯，“这灯哪来的？姑娘你都没带银子……”

“别人送的。”

“噢。”银筝不疑有他，点了点头，又往四周张望了一下。

“怎么了？”

“多半是我看花眼了，”银筝不好意思地笑笑，“方才人多，我没看太清楚，只见姑娘身边站着个人，还以为是裴大人呢！”

“我刚刚……好像瞧见了裴世子。”

华盖马车驶过熙攘人群，有人放下手中车帘，轻声开口。

“裴大人？”婢女将暖炉递给身边人，轻声道，“小姐可瞧清楚了？”

马车中坐着的女子微微摇了摇头，玉色翠叶云纹绣裙上绣了极美的鸾鸟刺绣。马车里灯笼光落在她脸上，衬得雪白的脸越发娇媚，如盛京所有的高门贵女一般，典雅而娇艳。

这是当今太师府上千金戚华楹。

当今太师戚清府上一妻一妾，膝下一儿一女皆由第二任妻子所出。第二任妻子过世后，戚清并未再续弦。嫡长子戚玉台如今在户部挂了个闲职，小女儿戚华楹今年十七岁。

因戚清算是老来得女，又怜惜小女儿幼年失母，因此待戚华楹格外宠溺。盛京世宦家族常说，戚太师自己节俭勤勉，但对女儿尤其大方，戚华楹素日所用器服，穷极绮丽，公主不能比之。

譬如此刻，戚华楹想要独自乘车前来灯夕逛逛，戚太师表面应承顺着女儿心意，暗地里却命数十暗卫跟从马车周围，以免发生意外。

戚华楹握紧手中暖炉，一双美眸盈满心事。

方才马车经过灯棚，她好奇地掀开车帘来看，看到一个熟悉的影子，似乎是裴云暎，他走在一个陌生女子身侧，正低头与对方说着什么。

那一瞬间，戚华楹的呼吸险些停止，一阵喜悦袭上心头，可再看去时，远处只有来来往往的人流和花灯，再无刚刚人影。

是……看错了?

戚华楹自己也拿不定主意，失落迅速代替喜悦，又有更深的疑惑从心中传来。若真是他，那他身边的女子又是谁?

婢女瞧出了她心思，抿唇一笑："裴大人每日那么忙，大少爷送去那么多帖子也没见他接，怎会有时间来逛灯夕呢？应当是小姐看岔了吧。"

闻言，戚华楹握着暖炉的手紧了紧，有些怅然地叹了口气："是啊。"

自打在宝香楼遇刺，得昭宁公世子搭救后，于公于私，于情于理，戚家都应对裴云暎表示感谢。哥哥在户部任职，也有意与裴家走近，可是帖子下了许多次，这位殿前司指挥使愣是找不出一点闲时，一次也没来过太师府。

戚华楹心头有些发涩。

"小姐何故叹气，大少爷不是说了，殿前司公务本就冗杂，要实在是想见，只要小姐同老爷说一说……"

"住口！"

戚华楹猛地打断婢女的话，身侧人立刻噤声。

“这话也是你能说的！”戚华楹厉声斥责婢子，有些羞恼地别过头去，脸却渐渐红了。

她十七岁了，早到了该择婿的年纪，父亲不是没同她说起过她的亲事，但每次都被她打断。实在是因为那些所谓的青年才俊，一个都入不了她的眼。

除了……除了那个人。

戚华楹的心扑通扑通跳起来。

马车里一片寂静，婢女垂首坐在一边，没敢说话。

戚华楹咬了咬唇。

或许，正如丫鬟所说，她应该主动找父亲谈一谈了。

十五的元宵，十八就收灯了。

收灯后，陆曈把灯会得来的那只蟾蜍灯挂在屋檐下，一到夜里，翠绿蛤蟆在黑暗里发着幽幽青光，看起来怪瘆人的。

苗良方因要指点陆曈春试，每日在医馆留得很晚，夜里上茅房的时候吓了一跳，摔了个结实，原本只有一只腿瘸，这下两只腿都不怎么样了。

他明里暗里同杜长卿说了许多次陆曈挂的蟾蜍灯丑，提议换个灯更好，被杜长卿一口拒绝：“换什么换！你没听见别人怎么说的，蟾蜍，蟾宫折桂！这灯至少要挂到春试放榜。”

“我警告你，”杜长卿恐吓他，“如果你偷偷把灯拿下来，害得陆大夫春试落第，你就是医馆的罪人，西街的耻辱！”

苗良方：“……”

他一甩袖子：“无理取闹！”

要说无理取闹也不尽然，仁心医馆众人对陆曈这次春试确实挺紧张上心的。

银筝每日去戴三郎那里挑选新鲜猪肉炖汤给陆曈补身子，杜长卿拉着阿城去万恩寺求了个文殊菩萨的开光符。陆曈每日坐馆时，苗良方就在一旁边看陆曈治病开方，边纠察指点——有时候，太医局春试也要考查临场辨症。

就连吴有才得知此事，都托胡员外送信给陆曈，倒也没说别的，只说让陆曈千万别紧张，顺心就好。

陆曈自己并不紧张，紧张的是医馆里的其他人。

这紧张情绪在春试前一夜冲至巅峰。

所有要用的金针都已备好，杜长卿怕打扰陆曈第二日春试，早早关了医馆大门，带着阿城回家去了。苗良方倒是还留在医馆里，帮陆曈提点最后要注意的事宜。

“春试呢，共有九科，一共要考三日，比那秋闱也差不了多少。若是体力差点儿的，待上一两日也觉吃不消。从前也有医行推举的平民医工去春试，因为年纪太大，考着考着人就没了。当年我去春试，三日下来，脸都瘦了一圈，磨人得很。”

“这九科里，唯有针刺科需当面辨症。答在考卷上的题，多读些医经也有理。可太医局里有最擅长针刺科的‘王金针’给学生讲课，年年春试，都是太医局的学生针刺科成绩最佳，平民医工针刺之术，一直比不上太医院。”

“小陆你的针刺术自成一派，与盛京太医局那头不同，我虽教了你一些，但也要看具体辨症，最后成绩如何，倒也不好说。”

“还有……”

他絮絮说个不停，蟾蜍灯的青绿幽光洒在他脸上，衬得他那张脸显出几分惨淡，还有焦躁。

“苗先生，”陆曈打断他的话，“你很紧张吗？”

苗良方转过脸来，半晌，挤出一个勉强的笑：“笑话，又不是我上场，我紧张什么。”

“刚刚你说的话，之前已说过一遍了。”

苗良方一滞，不说话了。

“苗先生到底在担心什么，不妨告诉我。”陆曈把包裹着金针的绒布收进医箱，“我也好提前做打算。”

从今日一大早起，苗良方就显得格外反常。

他平日里除了指点陆曈医经药理之外，大部分时候都慢悠悠的。但今日一早，苗良方上蹿下跳、抓耳挠腮的模样，连银筝都怀疑他是被杜长卿附身了。

迎着陆曈不解的目光，苗良方终是叹了口气：“我听说，今年太医局春试的点榜人，换成了崔岷。”

“崔岷？”

“崔岷乃当今翰林医官院正院使。”苗良方搭在膝头的手紧了紧，“他……最不喜平民医工，由他点榜当年，从无平民医工登上春试红榜。”

陆曈蹙眉，看向眼前人，忽而有些明白了什么。

她问：“他就是害你之人？”

苗良方一愣，紧接着，神色迅速变化，像是窥见极其痛恨之事、痛恨之人，激愤难以遮掩，过了很久很久，才渐渐平复下来。

再抬起眼时，他眼中便只剩疲惫，仿佛刹那间苍老十岁。他的声音也是悲凉的，带着点无能为力的苦涩。

“是，他就是害我落到如今田地的人。”

苗良方年轻时很是骄矜自傲。

他出生自云岭一带一处名不见经传的小村落，家中世世代代赤脚行医。他是家里最小的儿子，哥哥姐姐们都没能继承父亲的医术，偏他出生后于此道天赋异禀，青出于蓝而胜于蓝。年纪轻轻就能独自行医，许多外地人慕名前来求诊。

旁人都说苗家村出了一个“小神医”。

“我二十岁那年，听闻京中有太医局春试，家中替我筹齐银两，送我上京赴考。”

年轻的苗良方怀揣着对未来的憧憬和对翰林医官院的向往来到京城。因距离春试还有约半年时间，他便找了一处药铺做工。

医行有许多药铺，他所在的那间药铺铺子不算小，因缺人手，便将他招来做抓药的伙计。伙计月银很低，不过包吃住。吃得不算好，住嘛，就在药铺后院堆药的柴房里扫出一块空地，随便铺张席子就能睡了。

“当时，一同在柴房住的还有一个人。”

“那个人就是崔岷。”苗良方道。

崔岷也是在药铺里打杂的伙计。

他与苗良方年纪相仿，生得瘦弱，不爱说话，总是被掌柜的呼来喝去，动辄打骂。苗良方有时看不过眼，想帮他出头，都被崔岷拉住——崔岷父母早逝，身边又无亲眷，若无这份差事，恐怕要流落街头。

“那时每日药铺关门后，夜里我都会躲在柴房里再看看医经，为春试做准备，就如你现在一样。”苗良方说起过去，目光隐有怀念，“崔岷从不打扰，就安静坐在一边，替我添灯油。”

直到现在，苗良方偶尔也会想起那个画面——两个打杂的伙计，缩在铺着破席子的地面捧书夜读，没有倨傲的掌柜，没有白日的喧嚣，薄毯遮不住冬夜寒气，也遮不住年轻人对未来的向往。

崔岷是认字的。他在药铺里打杂了十多年，苗良方没来之前，从抓药到扫洒全由他一手包揽。大腹便便的掌柜恨不得将一个人当十个人用，但有一点宽容，就是允许崔岷去看药铺里的医书。

耳濡目染，每日看大夫辨症抓药，崔岷也学到许多，他又很聪明机灵，苗良方与他交谈几次，发现这人懂得的医理并不在那些大夫之下。

这令苗良方感到很惊喜。

许是因为都来自普通人家，又同在药铺干活，苗良方对崔岷除了亲切之余，还有几分惺惺相惜的体谅，除了瞧不上崔岷胆小怕事、隐忍懦弱的性子。

“后来有一日，药铺有客人闹事，说是我们抓错了药。掌柜的想息事宁人，推说是我干的，我和他们吵了起来，崔岷替我说话，结果我俩一道被扫地出门。”

“我当时自己倒觉得没啥，大不了回苗家村。不过崔岷是替我说话才被赶走的，心里总过意不去。那时还有三月就要春试了，我突发奇想，提议让崔岷也去试一试。”

陆曈问：“他答应了？”

苗良方苦笑：“一开始，他拒绝了。”

苗良方将心底的打算说给崔岷听时，对方吓了一跳。

“不行……我没学过……通过不了春试的。”崔岷小声道，“而且，没有医行推举名额，我也参加不了。”

苗良方一拍胸脯：“这有何难？不就是银子嘛，我替你出就是！”

当时平民医工春试不像这些年这般艰难，只要给医行的人塞点银子就能加在名册上。苗良方把剩下的银子和在药铺干活攒的月银全拿出来，拼拼凑凑攒齐了。

崔岷还是很抗拒：“这是浪费银子……我只是个打杂的伙计，没可能考过。”

“阿岷，”苗良方苦口婆心地劝他，“信我，你比那些大夫强多了，真要觉得对不起我，就好好考，考上翰林医官院，第一个月俸禄请我吃酒去！”

银子已送了出去，名字也加在了春试名册上，这般赶鸭子上架，崔岷只得无奈应下。

“他很努力。”苗良方叹了口气。

崔岷的性情与苗良方截然不同，苗良方自傲冲动，凡事都往好处想。崔岷忧郁谨慎，总是力求事事尽善尽美。因怕银子打了水漂，又或许是珍惜这来之不易的一生可能只有一次的机会，崔岷每夜只睡两个时辰，其余时间都在看医经。

他们白日帮码头那些船舶搬货赚些零散工钱，夜里住在废弃荒宅里席地读书。这样的日子一直持续到那年太医局春试。

陆曈道：“他通过了春试。”

苗良方笑了笑：“不错，那一年春试，平民医工里，只有我俩进了医官院。”

放榜那一刻的激动心情，苗良方到如今还记得。他与崔岷站在红榜下，一个个去寻自己的名字。苗良方的名字排在第三，一眼就能看到，崔岷在后面，看到崔岷的名字也出现在红榜上时，苗良方比自己考中了还要高兴。

好友呆呆站在红榜下，像是不敢相信自己眼睛。

苗良方一拳擂在他肩上，兴奋溢于言表：“我就说你能行！”

崔岷揉了揉眼睛，盯着那张红榜看了许久，才恍然回神，喃喃道：“我……通过了。”

他通过了当年的春试。

“我们……一起进了翰林医官院。”苗良方道。

一个是来自偏僻山村的赤脚大夫，一个是在药铺里打杂了十多年的无名伙计，却双双考上翰林医官院，于他们二人来说，可谓颠覆命运，一时传为佳话。尤其是苗良方，在当年的医官院，风头无两。

“小陆啊，”苗良方苦笑一声，“你只见翰林医官外表光鲜，却不知平民进了皇城，和他们太医局的学生进了皇城是不同的。咱们这种人在皇城里，那就是被欺负的命。”

“好事儿轮不到你，脏活累活全丢给你干。一遇到问题，所有人溜个精光，全把你推出来扛事。你知道医官院这些年死了多少医官吗？这死的医官里，十之八九都是平民医官，那是因为他们医术不好吗？那是因为他们命贱！”

“在这里，不长点心眼，被人卖了还帮人数银子的多得是！”

这话像是恐吓，陆曈没说话，安静地等着苗良方说下去。

“我刚进医官院时，侥幸有机会帮太后她老人家治好多年咳疾，时常得太后召见，一时出了些风头。当时便自恃医术高明，受贵人看重，狂妄了些，常常得罪人，每次都亏得崔岷在旁提点周旋才能全身而退。”

“不过那时我没看出来，还以为是自己本事。每次崔岷在一旁劝我的话，我都当耳边风，后来他也就不说了。”

是什么时候与崔岷渐行渐远的，苗良方已经不记得了。

那时他总是很忙，今日给娘娘调药膳，明日给将军瞧旧疾，翰林医官院就数他最忙。别人都说他日后肯定要做翰林医官院院使。苗良方自己也是这般想的。恭维他的、妒忌他的人总是围绕在他身侧，他看不见崔岷的影子。

直到有一日，他见完皇上回到太医院，正好撞上崔岷。崔岷正被几个医官欺负，他大声斥责了那些医官，崔岷望着他，恭恭敬敬叫了他一声“副院使”。

他才发现，不知不觉中，他们已这样陌生了。曾无话不说的朋友，一起在柴房中点灯念书的伙伴，远得像是上辈子发生之事。

苗良方的声音变得很轻。

陆瞳问：“你们决裂了？”

苗良方回过神：“没有。”

与其说是决裂，倒不如说是亲密无间之人渐渐走散了。

“后来皇上宠爱的颜妃娘娘服下我送去的药膳，忽然昏迷不醒。医官在药膳中发现有损心脉的毒物，我被打入地牢。”

“颜妃？”陆瞳微微皱眉。

她记得颜妃，文郡王府孟惜颜的表姐，也是颜妃将“小儿愁”给了孟惜颜，孟惜颜才有机会对裴云姝肚子里的孩子下手。

后来“小儿愁”一事暴露，颜妃已被处置。陆瞳没料到会在苗良方这里听到颜妃的名字。

苗良方没注意到陆瞳的神情异样，接着说道：“我知道此事是颜妃陷害我。十年前颜妃刚进宫，后宫明争暗斗，她想拉拢我帮着她害人，我不肯，她因此恨上了我。”

“但我没想到她买通了崔岷。那碗药膳里，是崔岷下了毒。”

苗良方还记得那天，是个夏日午后，空气闷热又潮湿，闪电在云层忽隐忽现。他正熬着药膳，不知为何腹中剧痛，本想忍着等药膳熬好再去，谁知越来越难受，眼看着就忍不下去了。

就在这时，崔岷走了进来。

宛如瞧见了救星，苗良方想也没想地道：“阿岷，你帮我看着药膳，我去去就来！”

崔岷很自然地接过他手中竹扇，在他的位子坐下：“你去吧。”

他从未想过崔岷会害他。纵然他们现在已不像从前同住一间柴房时那般亲密无间，但在苗良方心中，崔岷一直都是朋友。

不会背叛的朋友。

所以后来出事时，院使问话，旁人问崔岷有没有进过药膳房，崔岷说自己从未进过时，苗良方才会那般惊讶。

他被关入地牢，原本是要丢了性命，但因当初颇得太后喜爱，太后发话免了他死罪，只杖责五十，逐出医官院。

行刑人打得很重，他又在狱中受人欺凌，折了一条腿，也就是在狱中，他得知崔岷替了他，成了新的医官院副院使。

就此真相大白。

“你恨他吗？”陆曈问。

苗良方怔了一下，点点头，又摇头，最后神色复杂地笑了笑：“是我轻信他人，身为医官却把药膳推给别人，落此下场也是咎由自取，但是……”他语气沉了下来，“崔岷，他拿走了我的《苗氏良方》。”

“《苗氏良方》？”

“是我苗家祖先传下的一本医籍，记载苗家这些年行医所制药方。我爹把它传给了我，当年我进翰林医官院，本打算将这些药方加上这些年我自己行医研制的方子编纂成册，以利天下医工。我被驱逐出医官院的第二年，听说医官院的崔副院使编纂了一本《崔氏药理》，盛京医行医工人人赞颂，崔岷正是因为如此，从副院使一跃成为正院使。”

陆曈若有所思：“你的意思是……”

“我看过那本《崔氏药理》，和我的《苗氏良方》一模一样。”

说到此处，苗良方搭在膝头的手不觉攥紧。

和崔岷同住柴房的日子，与崔岷一同刚入医官院的日子，甫进宫的平民医官屡屡被人刁难的那些日子，他不止一次地对崔岷说过自己的梦想。崔岷陪他一起整理药方，有时甚至会为一个药方中所用药物争执不休。

崔岷从未表露出一丝一毫对这药方的觊觎，在苗良方心中，对方一直是当年柴房里为他添续灯油的小伙计，他没料到崔岷做事会如此狠绝。

“我试图找过他，但他已经是医官院高高在上的院使大人，我根本接近不了。没人相信一个罪人的话，他们说我满口胡言。往日奉承我的人一个都不见了，生怕被我连累。”

“十年了，你是第一个，”苗良方看向陆曈，“你是第一个说会帮我报仇的人。”

那日在仁心医馆，他为自己身份暴露而气急败坏，就如长时间缩在阴暗中的地鼠被掀开洞穴堆积的瓦石，对阳光总是不觉适应。偏偏陆曈坐在他面前，平静对他说“我可以帮你报复回来”。

报复。

苗良方闭了闭眼。

如他们这样没有身份地位的平民，要报复贵族官宦何其困难。若说当年的他尚且对高贵的昭宁公小世子有拒绝的傲气，如今十年磋磨，早已使他认清现实。

根本不可能成功的。

但他还是对陆曈的提议可耻地心动了。或许是因为陆曈的语气太过冷静，让人莫名想要信任，又或许十年磨平了他的性子，却没有磨平他的不甘。

“小陆，我告诉过你，平民进入翰林医官院，不像你想的那样轻松。皇城，是吃人不吐骨头的地方，你还年轻……即便要和太府寺卿赌气，也不值当赔上一生。”苗良方道。

他其实一直希望陆曈能通过春试，临到头了，得知今年考官是崔岷，陆曈十有八九落选后，却又莫名松了口气。

那是个火坑，修缮得再花团锦簇，也改变不了吃人的事实。他不希望陆曈也像自己一样，白白葬送在那里。

何况复仇本身就是一件遥不可及的事。

陆曈道：“我说过，你若助我通过春试，进入翰林医官院，我可以帮你报复回来，说到做到。”

她望向苗良方：“苗先生，你只管助我。”

苗良方有些迷惑。

他只知道太府寺卿府上来人羞辱陆曈，陆曈激愤之下夸下海口。但这些日子与陆曈相处起来，他觉得陆曈并不似意气用事之人。

这样的人，怎么会为了些口舌之争而一意孤行将自己送入险境呢?她明明比任何人都能冷静地权衡利弊。

犹豫片刻，苗良方才按下心中疑惑，耐心劝慰：“崔岷不会让平民通过……”

“试试吧。”陆曈打断他的话，“结果总要试了才知道。”

第七章

红榜

这一夜陆曈睡得很沉。

第二日一早，天刚蒙蒙亮时，陆曈梳洗完毕，方打开门，就看见银筝坐在院里石桌前打呵欠。

听闻动静，银筝转过头，起身走来，把两块热好的白糕塞到陆曈手里：“姑娘且垫垫肚子，咱们路上吃。”

陆曈愣住了。

太医局的春试地点同秋闱一样，都在贡院，考生却没有参加秋闱的多。

开考时间是巳时，陆曈卯时就起了床，中间两个时辰在路上已足够，再者，她想独自前去贡院，不想杜长卿和苗良方他们相送。

一个人，她习惯一个人。

银筝见她怔忪模样，露出个得意的笑，过来挽她臂膀，笑道：“姑娘休想抛开我，也让我送送你，我还没见过春试是什么模样呢！让我开开眼呗！”纤细手指紧紧抓着她手臂，仿佛生怕她一眨眼就跑了似的。

陆曈看着停在臂上的那只手，过了一会儿，道：“走吧。”

“好嘞！”

马车是昨日就已找好的，在巷口早早等候。

从西街到贡院，说近不近，说远却也算不得远，路程不到半个时辰。陆曈在马车里同银筝吃完两块白糕，喝了些水，没过多久，就听见车夫道："两位小姐，到了。"

马车停住了。

陆曈与银筝下了马车。

来盛京一年，陆曈还是第一次来贡院。已是初春，万恩寺山上的积雪还未化完，盛京的春柳却已经有了摇曳的影子。贡院四周栽了细柳，才冒出青茬，一片嫩绿青葱。

门口矗立着两根巨大的朱红柱子格外醒目，其中一侧以墨字分别雕刻"宝剑动连星，金鞍别马鸣"，另一侧则刻"持将五色笔，夺取锦标名"。

笔锋遒劲，意气飞扬。

这便是贡院的大门了。

门口有巡逻考官护卫，陆曈走过去，将春试文牒给对方看，对方拿起册子翻看两下，对陆曈挥了挥手，示意她进去。

银筝不能跟着，只能在院外等候，握着陆曈的手有些用力。

陆曈安抚地拍拍她手背，背着医箱走了进去。

贡院门口，此时正站着些待考学生。因时候尚早，号舍门也还未开，空地以布幔搭起长棚，长棚下放了许多把竹凳供来早的考生休息。

竹棚下坐着不少学生，一些温习手中医籍，打算在开考前再多看几眼。更多的则是聚在一处，闲谈着近来轶闻。

为首的年轻人一身太医局学生特有的青衫，正眉飞色舞地说起最近听来的闲话："听说了吗？今日春试里，有一个平民医工，还是个女子。"

坐在另一头翻医籍的男子笑嘻嘻抬起头："我也听说了，那女子先前和太府寺卿府上董麟不清不楚的，董麟还和他娘闹翻了呢！"

“曹槐，你说的是真的？”

此话一出，周围人顿时称奇。

太府寺卿的这位小少爷从小懦弱，将母亲的话奉为圭臬，整个盛京无人不知。如今却为一个女人与家里闹翻，实在惹人好奇。

“能让董麟反抗他娘，不知是何等姿色动人？”

又有人倨傲回答：“不过一介村野女子，妄想攀高枝罢了，为让董麟死心塌地不惜参加春试，将春试置于何地？你我进学太医局，应当耻于与此女同伍才是！”

太医局学生一向自视甚高，瞧不起那些平民医工，如今又听闻是为男人赌气才参加春试，难免心生轻蔑。

正说着，前方忽有人指道：“你们看……那是不是就是那个平民医女？”

众人顺着他目光看去。

自号舍前走来一年轻女子，穿件半旧深蓝裙裾，背着只木医箱，乌发半挽，发间只插一简单花簪。

早春春寒未褪，浅色日光照在她脸上，若金阳微洒冰山冷峭。而她容色娟好，不言不笑，不疾不徐款款行来，颜色胜过三月春柳。

方才还讥嘲讽刺的年轻人们，一时间都说不出话来。

盛京女子多高挑明艳，这女子身材纤细单薄，更似江南美人，却又不如江南美人温柔婉约，如泠泠春雪，溶溶秋月，眉眼都带着几分孤芳自赏的冷艳。

没有半分讨好婉媚之气。

陆曈走到长棚前，抬眼看向周围。

这群人看上去都很年轻，罕有一两个年纪大些的，穿着皆是圆领青色长衫，连身上所背医箱都是同样黄木刻丝纹箱子，似乎彼此认识，姿态熟稔。

只疑惑一瞬，很快她便明白过来，这大概就是太医局的学生了。

医行推举参试的平民医工与太医局学生光从衣着就能很容易区分出来，而四周并无其他如自己一般的人。

想来今年参试者，只有她一人是“外人”。

正想着，面前突然传来一个声音：“姑娘？”

她抬眸，见面前站着个青衫幞头的年轻人。

这年轻人生得也算端正，但一双眼睛瞧人时不住打转，他上上下下将陆瞳打量一番，嘴角笑容亲密得过分，道：“姑娘也是来参加春试的？”

陆瞳看他一眼，从他身边越过，没有与他交谈的意思。

周围看热闹的人群顿时爆发出一阵哄笑：“曹槐碰壁了！”

“哈哈，他爹是判少府监事，哪比得上太府寺卿呢！”

那个叫“曹槐”的年轻人也听见了周围的调笑，面上笑容一僵，脸色变得难看起来。

“我在和你说话！”他收起笑容，恶狠狠上前一步，意图去抓陆瞳的手。

下一刻，有人从身边经过，一把打掉他那只不安分的手，伴随着一声呵斥：“干什么呢，想打架？”

声音清脆，是个女子。

陆瞳侧首。

说话的是个青衫少女，约莫十七八岁，五官深邃明丽，一双水眸活泼灵动，一瞧就让人心生好感。她没戴幞头，只用同色发带将长发束起，衬得明媚秀丽的脸庞格外朝气。

刚刚她环顾四周，今日参加春试的女子不多，算上陆瞳，总共也没几个。这少女双手抱胸挡在陆曈跟前，俨然一副保护者的姿态。

“林丹青！”曹槐气急。

“叫这么大声干什么？”叫林丹青的少女眨了眨眼睛，露出一个无辜笑容，“都马上要春试了，你一个大男人还在这为难姑娘家，懂不懂什么叫怜香惜玉？举头三尺有神明，当心文昌君瞧见了，觉得你这人粗鲁，让你落榜哦。”

“你！”曹槐脸色变了几变，不知是畏惧少女身份还是忌讳她这话的诅咒，狠狠剜了陆曈一眼，转身怒气冲冲地走了。

周围看热闹的人也散了一些。

陆曈收回目光，看向面前少女：“多谢。”

“不用谢，”青衫少女笑眯眯看向她，“我叫林丹青，说不准日后大家进入翰林医官院，同为医官共事。”

顿了顿，陆曈点头：“承蒙吉言。”

“相信我，妹妹，”林丹青一脸认真，“我嘴巴开过光，很灵的！”

正在这时，外面长铃响了几声。

“春试快开始了，”林丹青回头望了望，“我们也过去吧。”

陆曈点头，站起身，随她一同往号舍走去。

号舍前，主考官看文牒叫名字，众人一一按名字找到自己所分到的号舍。

陆曈分到的那间号舍在中间，不远也不近。她把医箱放在门外，只拿了笔墨，径自走进号舍。

因去年秋闱舞弊一事，连带今年春试也严苛许多，号舍墙内外被重新整理修缮，显得更加狭紧，一眼看过去，像一间间小牢房。

考官分发下卷题，足足一大摞。不知是不是错觉，陆曈总觉得分发考题的考官路过她号舍时，看她的目光有些同情。

她没在意，提起面前考卷，将其一份份整理好。

一，二，三……春试一共查考九科，分别为大方脉、小方脉、伤寒科、妇人科、疮疡科、针灸科、眼科、咽喉科和正骨科。

苗良方也是这么教她的。

然而……

八，九，十。

陆曈翻查考卷的动作骤然一停。

十份。眼下的考卷足足有十份。

她微微皱眉，重新拿起考卷再数了一次。

仍是十份。

没数错，多了一科。

陆曈注视着眼前多出的那份考题，想起方才那位主考官看她时古怪的眼神，心头微沉。

为何会突然多出一科?

与此同时，方才给陆曈分发考卷的那位考官站在长棚下，叹了口气："今年春试恐怕合格的人不多。"

"那是自然，"另一位主考官走来，望向不远处的号舍，有些唏嘘，"纪珣纪大人出的题目，就是翰林医官院的医官都未必能答上，何况是那些毛头小子？"

今年太医局春试，是由翰林医官纪珣亲自出题。纪珣精通医道药理，但为人严苛，先前有几次去太医局给学生上课，回头学生都抱怨他所讲医理太过深奥，难以克化。他这回亲自出题，今日分发考卷时几位主考官看了一眼，纷纷咋舌，抛去那些太医局所学课业，其中偏难怪题也不少。

“何止。”主考官道，“今年还多了一科验状科，真是疯了，衙门有专门的仵作，咱们医官院凑什么热闹。”

今年春试多了一科，从九科变为十科，多了一科验状，主验尸体情状。

盛京府衙有专门的仵作官，按理说与太医局医官院无关。然而仵作地位低下，大多出自鬻棺屠宰、殓尸送葬之家，后代又不允参与科举，人人不愿入行，是以这些年盛京府衙出色仵作越来越少。

去年年初，朝廷有意新增仵作官，提高仵作在府衙中地位，于是在太医局中新增验状一科。但因此科需与死尸打交道，太医局这帮学生虽不算位高权重之家，却也生来养尊处优，没吃过什么苦头，更勿提费心钻研死尸，于验状一科，几乎成绩都不佳。

没想到今年医官院会把“验状”也安排进春试。

“咱们太医局的学生还好，再不济，多少都学过点。那平民医工就惨喽，从前没学过，突然增加这么一科，怕是一句也答不上来。”

主考官想到那位坐在号舍里的年轻医女，忍不住生出几分同情。太府寺卿的那档子事，他们医官院的人多少都听过一点。他自己也是平民出身，兢兢业业多年才在医官院坐稳位置，眼见着今年好不容易有个平民参加春试，却因春试突然改革而与医官院无缘，未免可惜。

“同情她啊，犯不着，也不怕告诉你，董家早来医官院打过招呼了。”身侧同僚压低声音，“别说她考不过，就算考过了，也进不了翰林医官院。”

主考官一愣：“为什么？”

“你也不想想，真要她进了翰林医官院，董家的脸往哪搁？咱们就做好咱们该做的事，上头的心思，别打听喽。”同僚拍拍他的肩，抱着水壶巡考去了。

主考官呆了半晌，心有戚戚地叹了口气，跟着往号舍那头走去了。

时间过得很快。最后一科考卷答完，主考官收完考卷，持续三日的春试正式落下帷幕。

考完的学生们纷纷站在贡院里伸胳膊踢腿，满脸痛苦之色。在狭紧的号舍里答完三日题，的确是一种折磨。

陆曈倒还好，等走出贡院，一眼就瞧见门口柱子下正站着几个人——杜长卿和苗良方埋头蹲着数蚂蚁，不知在此地等了多久。

“姑娘！”银筝瞧见她，眼睛一亮，用力朝她挥了挥手，待陆曈近前，心疼道，“眼见着瘦了不少，这贡院也没什么可吃的。阿城在医馆里炖了猪骨汤，咱们回去吃。”

苗良方和杜长卿面上却没什么欣喜之色，尤其是杜长卿，简直称得上如丧考妣。

“小陆，”苗良方瞅着她脸色，“春试增设一科‘验状’，我们都知道了……这……没考过也不打紧，重在参与，是吧？”

“是个鬼啊！”不说还好，一说此事，杜长卿勃然大怒，“你不是对春试了如指掌吗，怎么连考什么科都不知道！庸医害人！”

苗良方崩溃：“我怎么知道？我当年在医官院任职时，有个屁的验状科！谁想到太医局还管看死人呐！”

他一急，粗话都蹦出来了。

三日前，陆曈去贡院参加春试。

陆曈这次参加春试，在西街闹得挺大的，又关系到太府寺卿那点恩怨，连医行都惊动了。因此，有点风吹草动都有人过来看热闹不嫌事大地递话。

陆曈参加春试的第二日，爱打听的孙寡妇就从医行那头得了则新鲜消息，匆忙跑到仁心医馆来传话来了。

孙寡妇带来的这则新消息让苗良方如遭雷击。

今年太医局春试，增设一门“验状”科！

验状科，那可是仵作看死尸的验状科！他原先参加春试时可没有这么一科，一直到他被逐出医官院，这些年里的春试也没有考这一科的。

谁家好人没事去看死人哪！

太医局的人不干人事，偷偷增设新学科，却没有对外告知。参加春试的平民医工毫无准备，怎么可能答得上来?

陆曈本就出身野路子，能不能通过今年春试还不好说，再加上一科从来未接触过的医科，落第是板上钉钉之事！

医官院的人就是，戴着面具进棺材——死不要脸！

得知这桩事，西街众人都很同情陆曈，杏林堂的老树皮子白守义却扬眉吐气了一回，专门来仁心医馆阴阳怪气了几句，被杜长卿一扫帚捅咕出大门。

杜长卿表面骂骂咧咧，一回头气得青头白脸，呼吸不畅，苗良方连灌了两碗汤药才缓过来。

“这些当官的，上下嘴皮子一碰就变卦，根本就是不想平民进医官院。”杜长卿冷笑，“也好，一帮庸医臭味相投，也省得你去遭罪。”

他打量陆曈一眼，见陆曈神色如常，倒没有想象中沮丧失落之色，稍稍放心了一点，一甩袖子：“我看你还是安心待在医馆，有东家一口饭吃，也饿不着你。”

银筝蹙眉：“掌柜的，结果还未出来，你怎么知道我家姑娘考不过？”

“废话，难道她能过？”

“当然！”银筝十分自信，“我相信姑娘。”

她一向对陆曈信任得盲目，陆曈微微一笑，没说什么。

杜长卿受不了这二人，转身翻了个大大的白眼，道：“别磨蹭了，马车就在门口，先回医馆吃饭。再晚，骨头汤都熬干了！”

太医局春试增设一科“验状”，有人对此痛骂跳脚，有人却心中舒畅，甚是满意。

太府寺卿府上，董夫人倚着软榻，正听身前丫鬟的回禀。

“……奴婢同医行的人打听过了，说是新增的那科‘验状’，太医局学生们素日都觉得难，加之今年又是纪大人亲自出题，陆曈铁定是过不了的。夫人无须担忧。”

闻言，董夫人神情舒展几分。

“难就好。”她笑笑，揭开茶盏盖，凑近唇边呷了一口，“陆曈不过是仗着自己有几分医术便眼睛长到天上去了，真以为盛京就她一个会治病的。太医局那些学生哪一个不比她懂得多？偏她自以为是，还敢嫌弃……”

话到此处，倏尔住嘴。

婢女忙低下头。

谁都知道少爷董麟被仁心医馆的医女勾得眼里没有旁人，不惜与董夫人大吵一架。董夫人派下人去医馆门口羞辱陆曈，试图让陆曈知难而退，谁知那医女竟不识好歹，同西街一帮贱民反唇相讥，说董少爷容貌平平，身材不显。

话里话外的意思，竟是她陆曈瞧不上董少爷！

下人将话传回来时，董夫人登时气得不轻。

要知董夫人呵护董麟如珠似宝，纵是天仙配她儿子尚觉不满，陆曈一介身份低微的医女也敢众目睽睽下羞辱她儿子，简直就是明晃晃地打董家的脸。

董家和如今翰林医官院的院使崔岷也算有些交情，董夫人就托人与崔岷打了个招呼，今年春试进宫的名额里，一定不能出现陆瞳的名字。

崔岷管着整个翰林医官院，一个名额对他来说不过是顺手小事。对没有身份背景的平民来说，其前途命运，也不过是权贵的一句话而已。

微如尘埃。

董夫人问：“少爷近来如何？”

“仍是整日将自己关在屋子里，不理会旁人。”

董夫人禁了他的足，董麟也出不去，一开始倒是想绝食抗议，但不过一日就放弃了，于是以沉默无声对抗母亲的“暴政”。

“冥顽不灵。”董夫人冷笑，“随他去，看他坚持得到几时。”

“对了，”她又想起什么，吩咐丫鬟，“你去仓库里取两方上好洮砚，叫人送到崔院使手中。”

丫鬟应下，想了想，又开口：“其实医行的人已说过，今年题目难，陆瞳肯定过不了，夫人先前已送过银子，何必……”

“你懂什么。”董夫人轻嗤，“那医女可不简单。”

虽她口口声声称陆瞳“贱民”“山野大夫”，可心里却还记得先前陆瞳治好了董麟的肺疾。

她家麟儿肺疾多载，多少名医束手无策，偏偏陆瞳汤药喝上一年，就已近痊愈。还有前文郡王妃裴云姝，那劳什子“小儿愁”，宫里医官都没瞧出来，陆瞳一眼就瞧了出来，还保得裴云姝母女平安。

虽然她讨厌陆瞳，却也不得不承认，陆瞳并不是招摇撞骗的骗子。

太医局的学生的确得名师教导，可谁知会不会又出什么意外。

还是万无一失更好。

“愣着干什么，还不快去？”她催促丫鬟。

“是，夫人。”

盛京太医局春试过后，所有的考卷都会送到翰林医官院，由挑选出的十位医官批阅。为期七日的批阅期间，所有阅卷考官不得外出，吃宿都在偏殿，以抓紧时间在七日后出春试红榜。

今日是阅卷最后一日。

常进是阅卷主考官的一员。

今年春试与往年不同。一来是由那位最严苛的纪珣亲自出题，刚考完就听号舍出来的学生鬼哭狼嚎；二来新增一科“验状”，太医局学生本就于这门新医科学得勉强，素日还好，一到春试，交上来的考卷惨不忍睹，一下就现了原形。

偏殿里摆了一张巨大长桌，左右各自坐着医官，每人面前都摞着一叠排得高高的考卷，不时有叹气声传来。

“将青蒿㭊细，加水三升，童便五十升，同煎至一升半，去渣留汁再煎成膏，做成丸子，每服二十丸，空腹时，卧下用温酒送服……童便五十升……五十升……”

说话声陡然尖厉：“五十升，这是治痨病？我看这是要把人送走！”

常进看了说话的医官一眼，摇了摇头，又疯了一个。

长时间待在偏殿里没完没了地阅卷，时日长了都受不了。尤其是看到有些错漏百出的考卷，时常把人气得不轻，也为医官院未来新进的这批医官感到担忧。

“这么简单的题目都错，他成日在太医局都学些什么！”方才发疯的医官捂着胸口吸气。

旁边医官递了一杯水去，宽慰道：“气大伤身。今年送来的考卷就没几份能看的，要我说，还是纪医官的错。”

常进抬起头问：“这与纪医官何干？”

“关系大了！他把题出得这么难，太医局那帮小子，一看就心生退意，勉强答几题，后面可不就破罐子破摔乱写一通了？”

这话倒是事实。

对面一医官托着腮：“没几份考卷过得去眼，不知今年二十个医官名额能不能凑够。”

今年春试由上至下取二十考生，这二十考生一部分进御药院，一部分进翰林医官院。往年挑选二十位医官并不难，然而今年纪珣题目出得太难，以至于真要点出二十位医官，还叫人有些心虚。

“嗨，你这算什么，你瞧常医正那头，那才是卷卷难看！”

说话人幸灾乐祸，被点到的常进顿时面露痛苦之色。

别人便也罢了，他负责批阅的医科恰好是今年新增的那门“验状”。

这本就是一门新医科，老实说，就连医官院的医官们也不敢说精通。之所以由他负责批阅，还是因为他少时曾跟着一位仵作官干过一段日子，比别的医官更懂验状。但即便如此，常进也觉得纪珣这题目出得有些超过了。

连他都觉得超过，更勿提太医局那群小子了。有的答了半截便不答，有的一看就是胡编乱造，更有甚者干脆交了白卷，上面一个字都没画，俨然自暴自弃了。

整整五日了，他就没见着一份把试题答完的考卷。

所有人都一样的烂。

“今年连范例考卷都选不出来，上天啊，能不能出现一位天才，救救今年的春试吧！”说话的医官双手合十。

常进不以为意地一笑。

这世上哪有那么多天才，绝大部分人不过资质平庸，盛京这么些年也就出了纪珣一个天才，和这天才比起来，他们就像只知吃饭的草包。

人与人到底不同。

常进感慨了一番，一边拿起一份新的考卷批阅起来。

一打开这份考卷，常进就忍不住皱了一下眉头，原因无他，字迹实在太潦草了些。

太医局学生们答题都要被教导字迹清晰端正，阅卷考官批阅起来也赏心悦目，这考卷上字迹却龙飞凤舞，一看就格外不羁。

常进有心想瞧瞧是哪家公子如此狂放，奈何考卷名字都被黑纸黏蒙，批阅完毕前不得揭开，只能按捺下来。

罢了，这人虽笔迹潦草了些，好歹考卷上写得满满当当，管它对不对，态度还算端正，比那些交白卷的好多了。

常进皱着眉头继续往下看。

看着看着，常进的表情逐渐异样起来。

这考卷竟然答得相当漂亮!

“验状”一科，顾名思义，检验尸体情状。太医局先生上课时，会以真尸来现场教导。然而太医局那帮学生年纪太小，经验不够老道，一见到真尸，个个都往后头缩。学得都战战兢兢，怎么能提精通？是以一个两个卷面一塌糊涂。

然而眼前这份考卷，虽字迹潦草，竟然每题都答对了。一开始常进还以为是答卷学生凑字胡乱一写，没想到一一看去，竟然答得相当正确。

尤其是那道“人死后七日尸体腐化情状”，这学生竟然写了大半张考卷，从外表到内脏，四肢以及脑部，简直……简直像是守在一具尸体前，认真钻研了七日，一点点亲眼看着这具尸体腐化一般!

让人不寒而栗!

莫名地，常进哆嗦了一下，赶紧呼唤各位同僚：“你们、你们来看下这份考卷！”

周围人见状，纷纷放下手中考卷聚拢过来，往他手里那份试题一瞧，先是被那狂放字迹吓了一跳，待看见写得满满当当的试题后又会心一笑：“哟，都答完了，态度不错。”

“你再仔细看看，”常进抖着手中考卷，“他可一题没错！”

“我瞧瞧，日光下以赤油伞遮尸，以水浇湿尸体，伤痕即现……”

四周渐渐安静下来。

这是纪珣出的最后一题，提问尸体并无明显伤痕时当如何处理，当时诸位医官争执许久未下定论，还是纪珣最后说出答案。

他们以为这最后一题不会有人答出来的，纪珣纯粹是多此一举。没料到竟有人将答案清清楚楚地写在考卷上，一字不差。

再看这份考卷上别的题目，答题者每一题都认真作答，那潦草的字迹如今也变得顺眼，倒像是游刃有余之下的潇洒自如。

这是一份完美答卷！

“太医局何时出了这么位人才，不是说验状科无一人拿得出手吗？”常进喃喃。

先生们隔三岔五在他们医官中抱怨，说朝廷增设这么一科实在费力不讨好，但如今看来，答题者分明是位天才嘛！

一位医官急切道：“快看看，把名条撕掉，瞧瞧是太医局哪位学生，验状学得这样好，不会是林家那位小姐吧！但她不是最擅长妇人科吗？”

常进回过神，忙拿起面前考卷，急急忙忙揪住名条一扯——反正现在这份考卷已批阅完毕，看看也无妨。

众人都伸长脖子盯着名条下的名字。

黑色字条被撕掉，露出一个“陆”字。

紧接着，完整的名字显现出来。

陆曈。

“陆曈？”常进疑惑，转头看向各位同僚，“这名字怎么这么眼生？是太医局哪位大人的亲戚？”

因医官有时也会给太医局的学生授课，对于每个学生名字也算耳熟能详。但陆曈这个名字却让常进感到无比陌生，他想不起来此人样貌。

有人问：“我也没听过这个名字，咱们太医局有这人吗？”

“废话，太医局没这人，难道是医行里的平民学生啊？”

“今年参试的平民医工就一人，你在做梦！”

四周七嘴八舌地讨论起来，就在这一片嘈杂中，人群中一医官突然想到什么，大叫一声。

众人齐齐朝他看来。

“那个，我突然想起来一件事……”

“何事？”

那位医官看了众人一眼，弱弱道：“今年医行推举的那位平民医工……”

“嗯？”

“好像就姓陆……吧？”

崔岷收到手下医官回禀时，刚给如妃娘娘诊完脉象。

颜妃因“小儿愁”一案被处决，陛下便又想起被忽略许久的如妃，一时间，如妃宫里热闹起来。

夜幕低垂，医官院门口静悄悄的，只有几声微小蛙鸣。崔岷远远瞧见院门下灯笼里站着个人，原是医官常进。

“院使。”常进手里捧着一叠纸卷，恭敬开口，“春试所有考卷都已批阅完毕，下官有要事禀告。”

“进来吧。”

进了屋，点上灯，房间里就亮起来。

常进把手中考卷置于桌上，垂手立在一边，偷偷去看坐在桌前的人。

翰林医官院院使崔岷今年已过不惑之年，生得瘦削白净，蓄美髯，神情安宁，总是一身青衣，衬得人姿态高朗。

这个年纪能做到医官院正院使，已是很不容易。崔岷虽年轻，医术却颇得宫中贵人喜爱，尤其是他带领医官院众人编纂一本《崔氏药理》，造福无数盛京百姓，是真正的君子大善，有济世心肠。

常进也很佩服他。

崔岷坐于桌后，只将常进带来的考卷略略一翻，问：“怎么？”

“禀院使，今年春试新增一科‘验状’，学生们交上来的考卷卷面不佳，唯有一人卷面可称完美，无一题目出错。”

“哦？是谁？”崔岷来了点兴趣。

“是一位平民医工，陆瞳。”

有医官教导的太医局学生竟比不过一个自学成才的平民，常进甚至不敢抬头看上司脸色，只能硬着头皮继续说道：“所有考卷都已批阅完毕，下官找到陆瞳其他医科考卷，一同呈上给院使判看。”

崔岷闻言，目光一闪：“可有不对？”

如果此人所有医科卷面都堪称完美，医官们实在无须多此一举要他过眼。

“是，”常进抬起头，“这医女大约没正经跟人学过，全凭自己摸索，除了验状科挑不出瑕疵外，其他科目均有不对。若询问药理医经的，她皆能答对，可到辨症开方的题目，她开的那些方子，我们也没有听过。且不提方子是不是真的，但看用药，相当大胆霸道，与寻常方子截然不同。”

常进一口气说完，见崔岷脸色尚算平静，这才稍稍放心了些。

紧接着，他心中生出疑惑。

偏殿里的医官们搜罗出陆曈所有的考卷放在一起，对比着一看，立刻觉出陆曈与其他考生不同之处。

那些医经药理，她答得熟稔完整，但那些方子却闻所未闻。翰林医官院的传统一向是求稳，不求医官个个妙手回春，但至少不能捅娄子连累别人，毕竟都是给贵人行诊，一个不小心出了差错，是要扛罪的。

按理说从上至下取二十名，陆曈一定能榜上有名，但瞧她这开方子的手笔，说不准又会招来祸患。阅卷医官们争执不休，到最后也没拿出个结果，索性让常进带着考卷找崔岷，由院使大人亲自裁定这医女留还是不留。

崔岷把那一叠考卷放在一边，没有要继续看的意思，只淡淡开口：“辨症开方须谨慎，既然此人对行医缺乏敬畏之心，便不必再留。”

不留吗?

常进怔了怔，虽是意想之中的结果，但不知为何，听到崔岷的回答时，心中却鬼使神差生出一丝可惜。

确实挺可惜的，那张验状的考卷，几乎可以称得上完美。

除了字迹狂放了些。

正想着，耳边传来崔岷的声音：“还有事吗？”

常进回过神，忙道：“无事，下官先告退了。”

崔岷拂袖，常进躬身退出去，临出门时，目光掠过崔岷桌上的洮砚。

洮砚温润如玉，融翠欲流，灯色下自带清辉。

常进退出屋门，心想，崔院使收的这两块洮砚，真是漂亮极了。

盛京的三月，渐渐开始有了细雨。落月桥新柳又冒出许多青茬。

就在盛京的第一场春雨里，太医局春试放榜了。

许是因为考生不像秋闱那么多，十日时间足够出春试结果。不过谈论的人倒很少。

百姓们对谁中了状元，谁做了探花颇感兴趣，却对谁中了春试名榜成了翰林医官并无多大好奇。

一来，翰林医官是给宫里的贵人或是世宦贵胄瞧病的大夫，离普通人生活太远。二来么，年年都是太医局学生中榜，说到底和平民也没什么关系。要知道当初有一平民医工力压一众太医局学生得了春试第三，但那也已经是二十年前的事了！

二十年，田里的韭菜都不知道换了多少茬了！

德春台下的红榜还未张贴，和医官院相熟的人先得了消息。

仁心医馆里，陆曈正坐在桌前擦拭瓷罐。

又是一年春日，盛京的杨花快开了，御药院收了方子，今年做不得春水生，她得备些别的药茶。

正擦着，外头忽有马蹄声传来，陆曈抬头，就见一辆马车停在医馆门前。

车帘被掀开，从上面跳下几个熟悉的人，为首的正是太府寺卿董夫人身边那位王妈妈。

上回王妈妈来医馆还是替董夫人带话，提醒陆曈不要攀高枝，之后就再没来过仁心医馆，连带着董麟的药也不拿了。不过董麟的肺疾也好得七七八八，剩下的温养，别的大夫也能做。

大概正因如此，太府寺卿才会如此肆无忌惮地过河拆桥。

“王妈妈。”陆曈颔首。

王妈妈走进医馆，打量陆曈一眼，露出个不怎么热络的笑来。

“今儿是春试放榜日，夫人关心陆大夫春试结果，特意差老奴送上贺礼。”她把一只大红喜篮放在桌柜上，往陆曈跟前推了推，又左右看了看，佯作惊讶道，“哟，怎么没见着传信儿的人？”

杜长卿和阿城去城南收药了，医馆里只有苗良方和银筝。银筝在后院烧水，一边坐着的苗良方见状不对，拄着拐杖站起身，问陆曈：“小陆，这谁啊？”

陆曈还未说话，门外又响起一道声音：“还能为什么，当然是因为没考中喽！”

说话的是隔壁杏林堂的白守义。

自打陆曈来了仁心医馆，做出几副出色成药后，仁心医馆蒸蒸日上。杏林堂三番五次想下绊子，最后都搬起石头砸自己的脚，再加上陆曈得了昭宁公小姐那副织金锦旗，每日招招摇摇地高悬医馆正堂之上，杏林堂生意一落千丈，眼看着就要成为当初的仁心医馆，离倒闭不远了。

偏在这个时候，陆曈得罪了太府寺卿，还不自量力参加太医局春试。哈，这简直是自寻死路！

白守义穿着件雪白长衫，笑得眼睛眯成了缝，胖脸上满是欣喜。

他高兴啊，自己的成功固然令人欣喜，但敌人的溃败还是更让人感到高兴。

王妈妈讶然：“不可能吧？老奴瞧陆大夫胸有成竹，还以为陆大夫万无一失呢！”

陆曈不说话。

白守义笑意更浓了些，故意顺着王妈妈的话说：“咱们这些普通人，哪敢和太医局那些公子小姐们比呢？人总要有自知之明的嘛。可惜啊……"

医馆门前渐渐有人围拢过来，太府寺卿的马车立在门口，这回却没人敢替仁心医馆出头了。

陆曈进不了医官院，便还是西街一个小小的坐馆大夫，平民对官家的畏惧，似乎与生俱来。

"这不还没出结果，怎么就先替我家姑娘可惜上了。"银筝听见外头动静，跑出来挡在陆曈身前。

苗良方也嘀咕："考不考得上关别人什么事，真是天上选县令——管得宽。"

这嘀咕声被白守义听见了，他瞟一眼苗良方，故意叹口气："要说陆大夫也是病急乱投医，什么乱七八糟的人都敢拉来做先生，实在不行，都是街坊邻居，我去医行替她请一位老大夫来就是。让不明不白的人教医理，也不怕走歪了。"

这话说得诛心，苗良方脸色一青："你说谁不明不白？"

看热闹的人越聚越多，陆曈把手上瓷罐往桌上一顿。很轻的一声，却让四周渐渐安静下来。

她看向面前妇人："王妈妈已看过红榜？"

王妈妈一愣。

她今日一早得了董夫人的消息就来西街了，自然没看过红榜。不过也没关系，因为在这之前，医官院相熟的医官就已看过今年选取的二十位春试通过名额，告诉董夫人里头并没有陆曈的名字。

"既没看过，就等结果出来再送礼吧。"陆曈说着，把那只红色喜篮推回王妈妈面前。

女大夫反应冷淡，并未因周围聚拢的人群而感到半分不自在，医馆墙上那张金光闪闪的织毯挂在她身后，而她素衣出尘，眉眼在这春日里如水墨画般，透明得恰到好处。

明明落了第，却要装作一副云淡风轻的模样。

莫名地，王妈妈心中有些烦躁。

虚张声势又矫情造作的平民女子，装得再清高，也改变不了身在泥地里的事实。西街这样的破落户，放在往日她都懒得瞧上一眼，而今却因自家少爷三番五次往这地方跑。

翰林医官院？女医官？就凭她？和这医馆里看着就不三不四的人？

王妈妈心中轻蔑，正要再讽刺几句。

“陆大夫！陆大夫！”

忽然有轻快声音自远而近传来。

陆瞳抬眼，见医馆前正有人奋力拨开人群往里挤。这人一身巡铺屋公服，满脸笑容，竟然是军巡铺屋的申奉应。

“申大人，”银筝讶然，“您怎么来了？”

“我来恭喜陆大夫！”申奉应瞅瞅周围，一眼瞥见桌柜上那只格外鲜艳的喜篮，笑逐颜开，“这么多人，看来我不是第一个恭喜的人啊。”

“恭喜？”王妈妈不认识申奉应，但从这人话语中直觉不妙，忙出口询问，“恭喜什么？”

“恭喜陆大夫春试红榜第一啊！”

四周鸦雀无声。

申奉应莫名其妙：“怎么，你们不都是来恭喜陆大夫中榜的吗？”

仁心医馆前一片安静，落针可闻。

白守义笑容僵住。

银筝呆了呆，就连苗良方也愣在原地，一时没说话。

申奉应后知后觉察出气氛不对，有些疑惑看向众人。

“你说谁中榜了？”白守义问。

“陆大夫啊！”

王妈妈脸色一变：“不可能！”

申奉应不认识王妈妈，被人反驳不高兴：“怎么不可能？景德门下的红榜都贴着。今年春试出了个天才，说送去的考卷连翰林医官院的院使都挑不出错！红纸黑字写得清清楚楚，陆大夫就是第一，不信自己看呗！”

申奉应今日在外巡逻，路过景德门附近，恰好撞上宫里人贴红榜。他本是凑热闹，没想到在红榜上看见一个熟悉的名字。

陆瞳！

仁心医馆的陆大夫哎！

热衷四处逢迎交好贵人的申奉应绝不会放过任何一个升迁机会。陆大夫日后就要进医官院做医官了，俗话说，医官并太史官，谓之‘文官头，武官尾’，万一陆大夫运势到了，说不准日后得了机会混成入内御医，还能帮着他在贵人面前说几句好话，前途岂不是一片光明？

反正他之前已和陆瞳打过几次交道，关系也比旁人亲近些。思及此，申奉应就屁颠屁颠来仁心医馆报喜来了。

王妈妈不可置信地盯着陆瞳，心中翻江倒海。

怎么可能？这怎么可能？

张贴红榜之前，相熟的医官分明已告诉董夫人今年榜单上没有陆瞳的名字。可眼下当着这么多人的面，看对方信誓旦旦的模样，也不像在说谎。

为什么陆瞳会突然上榜？夫人明明已经同崔院使打过招呼，送去的银子与洮砚也都接了。

崔岷怎么敢？

周围轰然响起西街街邻热闹的贺喜声。

在西街这样的小地方，能出一位入仕医官是想都不敢想的事。贫穷的、市侩的、混着杀鱼的血水与菜市污泥的旧巷，与堂皇的、金贵的、高高在上的宫阙高门是两个截然不同的世界。

西街众人虽然对陆曈春试一事一直鼓励，但那只是一种善意的谎言。在大伙儿心中，鸡窝里永远飞不出金凤凰——

“王妈妈。”陆曈开口。

王妈妈抬头，对上面前女子的目光。她眸色平静，眼神凉薄。

像是被她眼底的冰雪冻住，王妈妈下意识后退一步。

陆曈却伸手越过她面前，提起那只喜篮。

她把那只喜篮在手中掂了一下，对着妇人轻轻颔首。

“现在，”她说，“我可以收下你的贺礼了。”

景德门前的红榜一贴，医行里先传开了。

消息传到殿前司时，段小宴正在院子里喂栀子。

新鲜的棒骨煮过了，又香又硬，用来给黑犬磨牙正好。听闻消息，段小宴手一抖，盆差点没拿稳，他呆了片刻，把石盆往旁边桌上一放，匆匆跑进屋里，徒留黑犬眼巴巴望着桌上骨头流下一地涎水。

“哥，你听说了吗？太医局春试陆大夫得了第一，第一哎！”一进屋，段小宴就嚷了起来。

正在处理公文的裴云暎蹙眉：“关门。”

“哦哦。”段小宴忙回身把门关上，见裴云暎仍旧无动于衷，一旋身凑到桌前，“你不惊讶吗？听说今年可是纪珣亲自出题，太医局那帮学生都叫苦不迭，她居然得了第一！”

裴云暎没搭理他，坐在另一边看文卷的萧逐风抬头：“纪珣？”

这位纪医官医术天赋极高，年纪轻轻已做到入内御医，表面位卑而名显，深究起来，有纪家在背后撑腰，地位不比院使低多少。

只是纪珣为人清高冷傲，难以接近，既然今年春试由他出题，难度自然不低。

“是啊，”段小宴目露兴奋，“听说景德门贴红榜时，榜下一众太医局学生脸色都不好看。这回太医局那帮人估摸着脸都不知道往哪搁！”

医官教导，医官出题，最后却是一个市井里的平民医女得了第一，听起来多少不怎么光彩。

“哥，我们要不要准备贺礼送去西街？”

裴云暎瞥他一眼：“你不是怕她吗？”

自打上次在仁心医馆被陆曈用乌蛇戏弄过后，段小宴就对陆曈敬而远之。虽然那条蛇其实没毒，但段小宴总觉得当时陆曈看向自己眼中的杀意是真的。

段小宴打了个冷战，道：“就是因为怕才送的嘛。想想，日后她进医官院了，万一咱们有个头疼脑热，偏被安排了她医诊，岂不是将性命交由她手中？一不小心——”他比了个杀头的姿势，“找谁说理去？”

见识过对方的疯狂后，段小宴觉得陆曈什么事都做得出来。

裴云暎嗤笑：“送，不拦你。”

得了裴云暎首肯，段小宴兴高采烈地出去了。

萧逐风若有所思地看着对面人。

裴云暎扬眉：“看什么？”

“你不打算阻止一下吗？陆曈要进医官院了。”

裴云暎翻过一页卷轴，心不在焉回答：“我说过了，不会包庇她。”

“你已经在包庇了。”

裴云暎抬眸，眉心微微蹙起：“我怎么觉得，你好像对她的事格外在意。”

萧逐风冷笑：“是你太不理智了。”

裴云暎放下手中卷轴，看向窗外。

三月了，殿前司院前的梧桐叶又绿了起来，有风时，翠叶沙沙作响。

他看了一会儿，收回目光，笑道：“放心吧，我知道自己在做什么。”

“最好是。”萧逐风哼了一声，起身离开屋子，出门时，与要进来的青枫碰了个正着。

青枫愣了愣，回头看了一眼萧逐风，才对裴云暎道：“萧副使他……看着不大高兴。”

裴云暎视若无睹：“不用管他。”

青枫沉默。

也是，不是第一次了。每当萧逐风与裴云暎意见相左而无可奈何时，都是这样摔东西拂袖而去，以沉默表达反对。

一个毫无威慑，一个我行我素。从来都是各做各的。

裴云暎问：“东西找到了没有？”

青枫：“已全部找到，一样不差。”

裴云暎点头：“去吧，送到仁心医馆。”

“是。”

西街的坐馆医女春试一鸣惊人，力压一众太医局学生登上红榜第一，令盛京整个医行大吃一惊，御药院、翰林医官院以及太医局都乱成了一锅粥。

有人闻讯拍马逢迎，有人备礼备得犹犹豫豫，不过受此消息冲击最大的当数太府寺卿府上那位傲慢母亲。

“怎么可能？崔岷收了我的礼，怎么可能让陆曈进红榜，还是第一！”

花厅里，董夫人满面怒容，手中茶盏猛地掷向一边。

啪！

上好的莲纹青花瓷盏，瞬间四分五裂。

花厅里跪着的人垂着头，将手中木匣往前一呈，恭声道：“院使令小的将东西送回，辜负夫人一片心意，请夫人谅解。”

“谅解？”

木匣里两方青翠洮砚并着满匣金锭，璀璨欲夺人眼。

董夫人不怒反笑：“崔岷既不愿承我董家的情，这声谅解董家可不敢受。”

相熟的医官明明都已告诉过她，此番红榜并无陆瞳名字，崔岷也早已收下送去的礼。她都已安排好王妈妈去仁心医馆狠狠羞辱陆瞳一番，以报当日西街那些长舌妇污蔑她儿子之仇，谁知道最后关头红榜有变，陆瞳不仅榜上有名，还成了红榜第一！

盛京城里不知多少人在背地里嘲笑他们董家。

真是颜面无存！

一腔怒火无处发泄，若非崔岷是医官院院使，董夫人真想亲自登门面斥他为何言而无信。

婢女们眼观鼻鼻观心，大气也不敢出，倒是医官院来传话的那位下人语气顿了顿：“其实……”

“其实什么？”

“其实，并非院使大人不愿，将陆瞳划入榜中的，其实另有其人。”

董夫人冷笑：“崔岷这是找替罪羊来打发我呢？”

姓崔的身为翰林医官院院使，春试名额最后都要过他的手。只有他安排旁人的，能安排他的，难道是皇上吗？

董夫人一个字都不信。

“是纪医官。”

董夫人一愣。

下人埋下身去，将头抵于地面：“今年题目是纪珣纪医官所出，陆医女验状一科考卷答得完美，因此得纪医官看重，亲自寻来她其他考卷一一批阅。”

“纪医官对陆医女极为赏识，赞不绝口，非要定下陆医女头名之位。院使试图阻拦，可是……”

“您知道，纪医官颇得圣上喜爱，在朝中地位纵是院使也不能比。他的话，院使也不敢不听，是以明明崔院使已将陆医女名字划去，最后却仍被纪医官加在红榜之上，还成了第一……”

下人惶然道：“夫人，那位陆医女，日后恐怕要得纪医官靠山了。”

纪珣成为陆曈的靠山?

董夫人后退两步，坐回座位，眸中神色不定。

她知道纪珣，整个盛京医行没人不熟知纪珣的名字。那位少年天才医官，家中皆学士大儒，偏他一心学医，医术远在老医官之上。

当初得知今年春试由纪珣出题时，董夫人心中还暗暗高兴。纪珣的题目，陆曈未必答得上。

没想到兜兜转转一圈，竟为陆曈作了嫁衣?

“你说的可是真的?”董夫人将信将疑。

纪珣此人高傲严苛，众有耳闻，为何会青睐一小小平民医工?莫不是看中陆曈美貌?

也是，那个女人惯会用美貌勾引男人，先是裴云暎，后是她儿子，现在轮到纪珣了。董夫人心中不无恶意地想。

“千真万确，若有欺瞒夫人，叫小的天打雷劈，魂飞魄散!”

董夫人皱眉："起来吧。"

极为赏识，赞不绝口？这话听起来格外刺耳。

"好一个纪珣！"董夫人冷冷道。

太府寺卿与陆曈那点恩怨医行无人不知，这个纪珣如此帮陆曈，就是要与董家为敌。

董夫人沉下脸。

一时间，那位青年医官清冷俊逸的模样，也变得令人厌憎起来。

夜幕四合，深院格外安静。

吱呀——

医官院大门被人打开了。

有人快步走进院使书房，对着屋中人轻声道："大人，银子与话都已带到。"

闻言，桌前坐着闭目养神之人骤然睁开双眼，眼中满是精光，并无一丝疲态。

"好。"崔岷点头，拿起桌上一本医籍翻阅。青衫长袖拂过桌前，似一片青色淡云，简洁舒宁。

下人道："董夫人很是生气，小的将责任推至纪医官名下，董夫人并未起疑。"

崔岷："嗯。"

下人轻轻松了口气。

纪珣在翰林医官院人缘并不好，又自恃清高，旁人难以接近。这些日子他忙着为御史中丞府上那位老大人治病，根本没来医官院，董夫人只要不去找纪珣亲自求证，不会发现端倪——当然，以董夫人的习性，也根本不会与纪珣对上。

这个梁子，纪珣是替崔岷与太府寺卿结下了。

纵然纪珣根本没看过陆曈的考卷。

不过……

“院使，为何会在最后红榜中加了那个医女的名字呢？”心腹忍不住问道。

与董家交好的医官提示春试榜上没有陆曈的名字，这其实并不是假话。因为一开始，崔岷的确是将陆曈名字划去了。

陆曈的考卷，验状科虽然完美，但其他医科并非挑不出瑕疵。真要计较起来，哪怕是拿到整个医行面前，也足有理由站得住脚，不会有人说崔岷是乱判卷。

偏偏在出红榜的前一夜，崔岷重新换红榜，陆曈就此有名。

心腹不解，陆曈只是一个平民医女，一点身份背景都没有。院使大人分明最讨厌平民医工，为何要冒着得罪太府寺卿的风险，在最后关头加上陆曈的名字呢?

还是红榜第一。

灯色葳蕤，中年人的脸在昏黄光晕下，模糊出一层虚影，像层薄薄的假壳。

心腹咬牙：“院使大人，为何要留下她？”

“崔岷为何会留下你？”

医馆里，苗良方看着陆曈，目光难掩震动。

夜已深，天色暗了下来。应付完前来道贺的各路街坊，杜长卿已带着阿城回家休息去了。

银筝把大门关好，挑了下桌上银灯，见灯色明亮起来，便掀开毡帘先进了小院。

苗良方看向陆瞳，再次重复道：“小陆，崔岷到底为什么会留下你？”

苗良方百思不得其解。

今年新增一门验状科，人人喊难。就算陆瞳天赋奇才，真就在验状一科上才思横溢，一鸣惊人，但崔岷作为医官院院使，竟然亲自点了陆瞳进红榜，还是红榜第一，就怎么看都让人觉得古怪了。

要知道崔岷点了陆瞳红榜第一，就是得罪太府寺卿。陆瞳有什么值得崔岷得罪太府寺卿的?

“难道……”苗良方目光一动，“是因为昭宁公世子？”

上回裴云暎来医馆时，瞧着与陆瞳格外熟稔。虽然陆瞳否认了，但苗良方总觉得他二人关系不似陆瞳嘴上说得那般生分。

陆瞳道：“不是。”

“那是为什……”

“因为我在每科考卷辨症方题目下，写了新方子。”陆瞳说得平静，“十副新方，崔岷不是圣人，自然会动心。”

十副新方子?

她说得如此轻描淡写，却让苗良方大吃一惊：“你在同我说笑？”

苗良方知道陆瞳脑子里有许多奇奇怪怪的新方子，那些药方倒也不能说不对，只是多少带些毒性。深知医官院习性的苗良方在春试前对陆瞳耳提面命，让她千万不能在答卷时写出那些新方子，陆瞳也乖巧应下了。

而眼下陆瞳却说，她不仅写了，还一口气写了十副！

一时间，苗良方简直不知道是先气这姑娘阳奉阴违，还是该震惊她胆大包天。

陆瞳看了他一眼，主动解释：“当年崔岷盗走你的《苗氏良方》，据为己有，以此博得功名升迁至医官院院使。你曾说过，崔岷当上院使后，这些年不再研制新方。也就是说，这十年来，崔岷自己无法研制新药方，也无法窃取别人的方子。”

“我猜，是因为医官院新进医官多是太医局学生，并非无背景之平民，崔岷不好下手。”

夜色中，她神色恬然，不疾不徐娓娓道来。

“一个贪慕名利，却多年未有所出之人，纵然表现得再如何云淡风轻，心中也多半伴随不安。”

“所以我写了十副新方，诱他上钩。”

苗良方喃喃：“诱他上钩？”

“我只是个毫无背景的普通人，却能写出别人写不出的新方。崔岷谨慎之下必然会选取其中几副来尝试，等他发现那些药方是真的后……”

“在他眼里，我就是下一个你。我赌他会为了更大的利益，点我入红榜名。”

苗良方听得心神大乱：“那可是那么多方子！”

一副药方有多珍贵，苗良方比谁都清楚。如果崔岷不愿意为陆曈得罪董家，那些药方就算白白送与他了。

寻常人得一好药方总舍不得送出去，一副好药方有时甚至能保一人富贵半生。陆曈倒好，大白菜也没这么给出去的。

“舍不得孩子套不住狼。”陆曈笑笑，“况且，我赌赢了不是吗？”

苗良方说不出话来。

扪心自问，若换作他自己，要为了报复仇人做到如此地步，恐怕没有陆曈的决心与魄力。

如果自己当年也有陆曈这份决心，或许这些年里，他就不会跟老鼠一般龟缩在那间阴暗草屋里，整日与黄酒杂草为伴，过得浑浑噩噩吧。

心中蓦然生出一股惭愧，踌躇半晌，苗良方艰涩开口：“我承诺帮你通过春试，你便替我报仇。不过，我没能帮上什么忙，所以，你也无须把我之前的话放在心上。”

苗良方心一横，道：“小陆，咱们之前的话，就算了吧。”

陆瞳能通过春试，同他确实没什么关系，苗良方到底要脸，做不出“挟恩图报”的事。

说完这句话，苗良方就低下头，心情很是复杂。一方面，他并不想将陆瞳牵扯到自己的恩怨中来；另一方面，眼看着希望再一次落空，说不失落也不可能。

到底不是圣人，私心难灭。

“不。我会遵守与苗先生的约定。”

苗良方讶然抬头，心中浮起一丝隐秘的欣喜，很快又被理智压住，摇头道：“不，你能上红榜与我无关……”

“怎么会无关？”陆瞳打断他的话。

暖色灯火浅浅覆在她脸上，却把那双黑眸映出几分迷离冷色。

女子微微笑起来。

“苗先生。”

她开口：“我还有一件事情，想请您帮忙呢。”

接下来的一段日子，仁心医馆空前热闹起来。

街邻得知陆瞳即将进翰林医官院任职，除了杏林堂的白守义外，几乎人人前来道喜。银筝收的腌肉咸鱼几乎要堆不下。

孙寡妇背着戴三郎把陆瞳拉到角落里，让陆瞳在医官院里给她寻年纪合适的俊男，无须财富背景，只要高俊壮硕。

就连何瞎子都被胡员外请到医馆来，让陆瞳抽支行路签，以挑个好兆头。

漆黑签筒被摇晃几下，长签在里头哗啦啦作响。

何瞎子摸索着把签筒往陆瞳跟前一推：“姑娘请抽。”

众目睽睽之下，陆瞳也不好拂了胡员外一片好意，于是随手从签筒摸出一支。

长签细长，黑底红字写着两行字。

银筝站在陆瞳身后小声念道：“棋逢敌手要藏机，黑白盘中未觉时……这是什么意思？”

“哎呀呀，姑娘竟然抽到一支‘谋’字签！”不等陆瞳开口，何瞎子就先喊起来。

陆瞳：“‘谋’字签？”

“嗯，这有些奇怪，”何瞎子一捋长须，“姑娘是进医官院做医官，怎会与人对峙藏机，此签有杀伐之气。怪哉，怪哉。”

杜长卿没好气开口：“姓何的，你该不会说陆大夫当官后会有血光之灾吧？”他本就对西街神棍半信半疑，闻言越发不悦，连带着对胡员外也没好脸色，“叔，大喜日子弄这么出，晦不晦气？”

胡员外赶忙道：“先生赶紧给解解。”

何瞎子轻抚长须：“虽是‘谋’字签，却是一枚上上签，问题不大。只是有此文提醒，加之签上杀气重，陆大夫年轻，理应画枚化煞符，可保逢凶化吉，否极泰来。”

陆瞳盯着他：“画符？”

何瞎子高深莫测地点了点头，从怀中摸出一枚三角黄符递过去：“由贫道亲自为姑娘画的化煞符，有三清祖师保佑，魑魅魍魉遇则退散，亦可助你遇贵人护佑，辟结良缘。”

陆瞳犹豫一下，接过黄符：“多谢何先生。”

何瞎子迅速摊手：“二两银子，不赊账。”

众人：“……”

等何瞎子拿了银子心满意足离去，杜长卿还在医馆里骂骂咧咧：“我就说了那是个骗子来骗银子的，二两银子……他怎么不去抢！我这医馆坐馆一月才二两，到底是谁瞎？”

“好啦好啦，”银筝笑着打圆场，“破财消灾，姑娘都要进宫了，放张黄符保平安，东家一向大方，不会是舍不得二两银子吧？”边说边对阿城使了个眼色。

阿城回过神，拉着杜长卿往里铺走：“东家，你不是说有东西要给陆大夫吗？”

陆曈：“什么？”

杜长卿轻咳一声，走到里铺去，从桌柜下头抽出一只小匣子，把匣子往桌上一拍：“给你的。”

陆曈微微一怔。

匣子不大，一打开，里头整整齐齐放着银票，最上头一层是散碎银子，看着不少。

“这是……”

“你不是明日就要去医官院了嘛，”杜长卿往躺椅上一歪，双手抱胸，一副烂泥模样，“我同宫里的兄弟打听过了，你们医官俸银不多，还少不了四处打点。本少爷好歹当了你一年东家，这二百两银票就当送你了。你可是西街第一个走出去的医官，不能丢了仁心医馆的脸面，出门在外大方些，别让人轻看了。”

阿城惊讶：“东家，您还有宫里的兄弟呢？”

“去去去，”杜长卿没好气，“你不知道的事多着呢，少瞎打听。”

阿城撇嘴，银筝见陆曈没动，先眼疾手快地一把将匣子抱起来，笑道：“东家真是人俊心善，难怪别人都说西街东家最大方了。旁人哪比得上？”

杜长卿对这追捧十分受用：“那是自然。”

陆曈抿了抿唇，没说话，起身进了小院，不多时又走出来，把一封信交到杜长卿手里。

“明日我就走了，走之前，这个给你。”

杜长卿酸得龇牙：“咱们之间就不必写那些叫人起鸡皮疙瘩的话了吧。”

“这是四副方子，每隔三月，你按方子做一味成药。仁心医馆想要在医行有一席之地，光靠‘纤纤’是不够的。”

杜长卿一愣，猛地坐直身子，失声开口：“方子？”

若真是成药方子，其价值恐怕远远高于他赠给陆曈的百两白银。

苗良方也颇感意外。方子这样珍贵的东西，为何陆曈总是如此随意就送出？她那位高人师父究竟还有多少不知名的医方，看到好徒儿如此浪费，九泉之下真的不会心痛吗?

陆曈没理会杜长卿的震惊，看向站在一边的阿城，笑笑：“杜掌柜有闲时，不妨也教教阿城读书写字，能教点药理医经更好。”

“读书……还是有用的。”她轻声道。

阿城不明所以，下意识点头。

苗良方看着眼前一幕，忽觉有些眼酸，正揣测是不是自己年纪大了，见不得这些分离场面，就听见陆曈叫自己：“苗先生。”

他陡然打了个激灵，警惕开口：“我都送过礼了，现在全身一个铜板都没有！”

陆曈没说话，伸手取走他腰间葫芦。

“怎么，你是要送我酒……”

他话未说完，陆曈就干脆利落松手，酒葫芦咚的一声，掉进屋中废桶里。

“哎——”苗良方吓一跳，忙忙地伸手去捡，“你扔我葫芦做什么？”

陆曈拦住他动作：“坐馆行医，不可饮酒。”

“我坐什么馆……”苗良方说着，声音突然一滞，不可置信地抬起头来。

陆曈站在他身前，语气如常：“我已同杜掌柜说好，今后由你在此坐馆行医。”

苗良方一震，猛地扭头看向杜长卿。

看起来没个正形的年轻人横躺在椅子上，跷着的腿抖得老高，一副欠揍语气：“先说好了，你长得太老，虽然曾经是医官，但好汉不提当年勇，还瘸了只腿，所以月银减半。一月一两银子，包吃不包住。哦，得空顺带教教我和阿城。”

“干得好了，涨一涨月银也不是没可能。要偷懒嘛，隔壁杏林堂左转不送。”

“还有……”

杜长卿后面说了什么，苗良方一句也没听清，脑海中只反复回响着最开始的那段话。

他们要他在这里坐馆行医。

怎么可能呢？苗良方浑浑噩噩地想。

不可能的，他们一定是在捉弄自己。他是被皇城赶出来的罪官，背负骂名，一旦坐馆行医，医行文牒上头自然会显出过往。没有任何一间医馆敢冒这样的风险请他来坐馆行医。

所以这些年里，他也只能躲在西街的破落茅屋里，在屋前侍弄些野蛮生长的药草。

但现在他们说，要他在这里行医。

苗良方蜷缩一下手指，感到自己那颗沉寂心房处如被春雷惊开细种，有什么东西正从其中破土抽芽，重新鲜活过来。

杜长卿看了他一眼，眉头一皱："我知道我这条件很好，但你也不至于感动哭了吧？啧，能不能擦擦鼻涕，淌地上了！"

半老头子泪眼蒙眬，手忙脚乱拿帕子擦脸，不忘愤怒反驳："呜……那是口水！"

杜长卿："那你到底干还是不干？"

"干！"苗良方说完，发觉自己喊得过于铿锵有力了些，忙添了一句，"看在小陆的面子上。"

杜长卿翻了个白眼："呵。"

这一日就在交代事宜和收拾行囊中过去了。

黄昏后，杜长卿带着阿城归家去了，苗良方也走了，陆曈关上大门，掀开毡帘进了小院。

又是一年三月，春夜清寒，小院却比当初来时热闹了不少。

屋檐四角都挂着阿城从灯市上买来的六角风铃，有风时，铃声清脆作响。一大只翠盈盈的蛤蟆花灯蹲在窗前梅花树下，把树下青石地照得一片清幽。

一阵风吹来，院中悬晾的浣洗衣裳上淡淡的皂荚香气散得满院都是。角落里还堆着宋嫂和孙寡妇送的腌肉和鹅蛋，喜篮上扎着的红布还未拆，常惹得野猫顺着墙溜进来偷上一两块。

还有银筝种下的山茶和春兰……

不过短短一年，这里竟越来越像常武县陆家的院子。像得让人离开时，心中也生出些微不舍。

银筝从外面进来，见陆曈站在院中出神，笑着将晾好的衣裳收回屋里，一面对陆曈道：“今日有太阳，进医官院前晒晒更好。也不知这些衣裳够不够，该叫葛裁缝多做几身的……”

陆曈要去医官院了，银筝提前许久就在给她准备鞋袜里衣。

陆曈进了屋，银筝正把衣裳一件件叠好，放到陆曈要带走的包袱里去。

“对了姑娘，”银筝边叠衣，边头也不抬地开口，“殿前司的青枫侍卫送来了一个木盒，我放您桌上了。”

陆曈看向身后，窗前桌上的确摆着只木盒。

默了默，陆曈转身，走到桌前，打开柜子，从里面拿出一只匣子——那是今日杜长卿送她的二百两银票。

她拿着这二百两银票，走到银筝面前。

银筝动作一停，迟疑道：“姑娘这是做什么？”

陆曈把匣子放到她手上。

“我要进医官院了。杜长卿给你的月银不多，你若不想留在这里，可以拿着这些银子离开。”

“……离开？”银筝愣住，随即摇头，“我就在这里等姑娘旬休，要是有什么可帮忙的……”

“无须等我，之后我的事，也同你无关。”陆曈说得很平静，“你我本是萍水相逢过路人，共行一段路缘分到头，当好聚好散。”

银筝眼眶顿时红了：“奴家的命是姑娘救的……”

“这一年来你的帮忙已将救命之恩还清，无须背负此债。”

银筝咬唇，有些挣扎：“姑娘是要赶我走吗？”

陆曈没说话。

银筝望着眼前人。女子坐在床前，神色冷淡，从银筝认识陆曈开始，陆曈似乎一直如此，永远与人保持着这份疏离距离。

但银筝知道，陆曈并非冷情之人。冷情之人不会从阴冷森然的乱坟岗将她背回山上，冷情之人也不会悉心照料自己，为自己一一调配膏药涂抹——那具连鸨母都嫌弃的身体。

她从来都没有因为自己烟花女子的身份而低看自己，反而耐心至极。

银筝不是傻子，心中清楚陆曈之所以说得这般凉薄，是怕连累自己。所谓要赶她走，也是希望她能不为恩情自缚。

只是心中清楚是一回事，听起来伤人又是一回事。

银筝垂下头，嗯了一声，低声道："我知道了。"

她起身就要出去，才走到门边，就被陆曈叫住。

银筝一喜，这是改变主意了？

她回头，就见陆曈走到面前，把手中匣子塞进她怀里："银子忘了。"

银筝："……"

她抱着匣子，有些着恼地轻跺一下脚，转身出去了。

银筝走后，屋里重新安静下来。

床上还摊着收到一半的包袱，陆曈走到床边，把未收完的衣裳叠好装起。

银筝很细心，除了里衣鞋袜外，连不同色样的绒花和绢帕都做了十来朵，那些姹紫嫣红的花在昏暗里异常艳丽，热热闹闹挤在人眼前。

屋中反而更冷寂了。

陆曈垂眸盯着那些绒花看了许久，才慢慢伸手把那些绒花细心一朵朵收进行囊。

她又起身走到桌前，把刚刚银筝说青枫送来的盒子拿到灯下。

嗒的一声，盒盖被打开。

借着幽暗烛光，四只巴掌大的瓷罐并列放在木盒里，陆曈拿起一只，指尖摩挲至罐底处似有凹痕，低头一看，才发现那是隐秘的姓氏。

四只瓷罐皆刻上姓氏。

陆曈握着瓷罐的手紧了紧。

裴云暎没有食言，果如他所说的那般，替她重新寻来家人的坟土。

不过……

小佛橱处空空如也，自那只白瓷观音打碎后，陆曈没有再买新的观音像供奉。她即将离开这里，今后也无须在此地继续上香了。

西街算卦的何瞎子为她解的那只卦签上写“棋逢敌手要藏机，黑白盘中未觉时”，其中杀伐荆棘，恐生异变。

她并不畏惧，只因无论她去往何地，家人们总会陪在她身边。

盛京春夜，街鼓初残，离离轻风吹散寒意。

女子低头，指间温柔拂过冰凉瓷罐，神情依恋不舍，仿佛即将离家的游子临行前聆听亲人叮嘱，眉眼都是安宁。

“爹，娘，姐姐，二哥放心。”她认真地、仿佛承诺般，一字一句，“我会好好‘谋’的。”

第八章

毒花

永昌四十年，三月初十。

天气晴好，浮云褪尽。宣奉门后苑，撷芳园中群芳吐芽，红杏如倾。

一大片融融春色里，两个内侍正在园林中行走，小心翼翼挑选枝头新鲜桃花采下。

宫里的如妃娘娘近来颇得圣宠，每日要摘取数篮新鲜桃花花瓣沐浴。清晨犹带露珠的桃花瓣最好，娇艳粉嫩，似美人无瑕。

内侍正采摘着，前方隐隐有脚步声传来。顺着声音抬头看去，就见一女官领着一行人向东廊深处走去。

这群人有男有女，容貌陌生，行走间四下打量，脚步杂乱，不似宫中规训般整齐。

小内侍心中疑惑，问身边人：“那是些什么人？”

“是新进宫的翰林医官使。”年迈的内侍顺着他的方向看去，“今儿是医官院进新人的日子。”

“医官使？”

这名字对新来的内侍有些陌生，只摸着头望向那群人，眼带艳羡：“这么年轻就做医官使了……那位姐姐长得真好看！”

落在人群身后的女子看上去年纪不大，只有十七八岁的模样，圆领窄腰青袍穿在她身上越发衬得人单薄纤瘦。她肤色很白，眉眼秀美却神色冷淡，如一朵冷冷盛开的青色桃花。

陆曈正随领路女官往前走。

皇城华丽。她原以为详断官范正廉府上已是极尽奢丽，和眼前一比，不值一提。

东廊更远处，宫墙巍峨，碧瓦朱檐，长廊蜿蜒萦行，处处雕栏玉砌。楼阁鲜碧琉璃瓦于日色下，粲然生光，朱檐上盘旋巨龙神色炯炯，金碧辉煌。

几步开外的地方是园林，一大片嫣红桃花铺天盖地，一行禁卫从前走过，这群禁卫皆身材高大，英武不凡，为首的年轻禁卫一身深绯公服，腰佩银刀，身姿如柏，风神美劭。

“好看吧？”身侧有人在陆曈耳边低声絮叨，“那是殿前司的裴殿帅，盛京城里一等一的美男子，我封的。”

才说完这句话，这行禁卫就冲这头走来，与他们这群人迎面相撞。

领路女官立刻低头行礼，新来的医官使们也忙侧身相避。

禁卫从陆曈他们这行人面前走过，公服袍角带起暗风，低头的时候，陆曈抬眸看了一眼。年轻人目不斜视从她身侧走过，仪容贵峻，高不可攀。

宛如高高在上的陌生人，并不为错肩之人停留。

一直到禁卫们的影子渐渐远去，医官使们才重新放松下来。

有年轻些的医官使为方才禁卫风姿所感，兴致勃勃地小声谈论走过去的人。

方才在陆曈耳边开口的人也跟着感叹：“生得真是俊俏，就是眼睛总从上往下看人，傲得很！妹妹，你觉得呢？”

她转头问陆曈，脸上笑容明媚，却让陆曈一时无言。

陆曈是在宫门前遇着林丹青的。

林丹青来得早，一眼瞧见陆曈，便拉着陆曈自来熟地说话。

也就是在这时，陆曈才知当初春试考场上曾为她解围、与曹槐争执的少女，也通过了此处春试，是今年新进医官使中的一员。

因陆曈是这批进宫的医官使中唯一一位平民医工，又是以红榜第一的名次将一众太医院所谓天骄都压了下去，是以其余医官使多少对她带有些敌意。

林丹青大概也意识到这一点，主动来找陆曈说话。不过，在陆曈看来，有时候过分热络反而使人更不自在。

“妹妹，你别担心，我爹当年也在医官院干过活的，我对这里很熟。今后有什么事我罩着你，保管不让你被欺负。”

正说着，前面女官脚步一停，对着众人道：“到了。”

众人抬头，就见眼前出现一处官院。

大门往上，朱色立额上书“翰林医官院”大字。院内有大堂五间，大堂左侧南厅为医官办公处，再往后医庙内供奉伏羲、神农塑像。听说后头隔着药林，还有药库。

一个矮胖的掌事医官站在大堂前，正翻看手中名册，在他身侧还站着两个医官，手捧官印，正翘首等着他们一行人进门。

女官迈进大堂，对掌事医官行礼道：“大人，人已经到齐了。”

掌事医官眯了眯眼，把名册交到身边医官手中，转身往堂厅里走，道：“记名吧。”

新进的医官使们排好队依次上前，将代表身份的文牒交到记名医官的手中。轮到陆曈时，手中文牒一递过去，面前那个穿戴得一丝不苟、连胡子都根根分明的医官便神情古怪地看了她几眼，仔细将陆曈与名册上的名字对了好几遍。

排在陆曈身后的林丹青等得不耐烦了，问：“大人，可有什么问题吗？”

“没、没问题。”常进回过神，招呼陆曈，“进去吧。”

陆曈依言进门，常进抬手，在名册上勾去陆曈名字，心中仍难掩诧然。

这就是那个验状科得了第一的陆曈？怎么跟想象中完全不一样？

他原以为陆曈既能引得董家小公子与母亲闹翻，必然举止轻浮浪荡，容色妩媚，或是阴气森森，状如女鬼——毕竟这人极有可能师从仵作官一段日子。

哪个好人家儿女没事学仵作验状啊！

常进好奇得昨夜一宿没睡，就是想看看这位奇女子是何真容。

没料到一见之下，却和自己心中所料判若两人。她很年轻，生得朴素秀艳，神色间没有半丝佻达，反而有种淡淡书卷气，倒是很适合医者的平和温宁。

和她狂放的字迹完全不符嘛！

果然人不可貌相。常进心里这样想着，就把陆曈的文牒放进了一边的竹筐里。

记名很快结束，二十名新进医官一人不少，全在此地。接下来就要安排这些新进医官要做事宜，所分医科宿院。

新进来的这批医官使暂且还无法直接供事应诊，称之为“医士”，得在医官院验查一段时日，挨次顶补，确认通晓医理，才可正式奉值。御前医官们会按医官使们春试考卷所擅长医科，分别将他们送往不同科分厅候任。

医官使们恭敬站在堂厅中，期待着能分到一个心仪的所业专科。

掌事医官从里走出，捧着长长卷轴，慢声慢气开始公布分科宿院名字——

“曹槐，大方脉、小方脉科，南厅玉清房——”

“赵庆，眼科、口齿科，南厅上善房——”

“陈明，针刺科……”

“李彤……”

“……”

“林丹青，妇人科，北厅西寿房——”

站在陆曈身后的林丹青长舒了口气，她最擅长的正是妇人科，平日给贵人们调个身子足够了。

一个个名字念过去，始终不见掌事医官提到陆曈。林丹青都等得焦急，却见陆曈一副不骄不躁的模样，仿佛对结果并不怎么在意。

“陆曈——”掌事医官突然叫到陆曈的名字。

林丹青悄悄扯了一下陆曈的衣角，示意陆曈认真听。

“陆曈，南药房。”

此话一出，不止林丹青，堂厅里其他医官使都愣了一下。

南药房不属于任何一科，是医官院中分拣药材的地方，给御药院制售药材的低等医士才会去那里。让春试排名第一的医士去南药房，无异于暴殄天物。

事实上，这种事交给药师做就行了，平日里根本轮不到医官。

纵观今日在场医士，各有各的业科，唯有陆曈一人分到了南药房。

陆曈看向掌事医官，身后的林丹青已经忍不住开口：“大人，名册会不会弄错了？新进医官使怎么会去南药房呢？”

掌事医官瞪了一眼林丹青：“大人安排，岂容你置喙？”言罢，手中卷册一合，负手走进堂厅里，“收拾收拾东西，各自寻地方吧。”

掌事医官走后，堂厅中重新热闹起来。相熟医士雀跃地谈论着自己所业医科，也有不少人朝陆曈这头看来，目光或同情或喜悦。

先前在贡院调戏过陆曈的曹槐见状，假意惋惜道：“真是天意弄人！红榜第一却分到了南药房，听说进了南药房的人就没有出来的，陆姑娘该不会一辈子待在里头给人捡药吧？”

林丹青怒道：“曹槐，你给我闭嘴！”又转头看向陆曈，“他狗嘴吐不出象牙，别着急，妹妹，等我想办法打听打听，说不定是院使大人对你的考验。”

陆曈摇头：“不用，我没事。”

林丹青是一片好意。不过，就算去问崔岷也不会有任何改变。

崔岷就是故意的。点了她做红榜第一，却又厌恶她平民身份，就算为了给董家一个交代，他也不会让自己好过。

只让自己去南药房坐冷板凳，这已经比陆曈设想的要好多了。

“可是……”

“不用担心。”陆曈笑了笑，“我很快就回来。”

宫中诸司各院，各有各的忙碌。

宫里禁卫轮值后，裴云暎回到治所时，天色已经不早。

屋里屋外点了灯，一片通明。青枫见裴云暎进门，将食篮交到他手中：“大人，小姐令人送来的点心。”

裴云暎应了声，接了过来。

裴云姝在年后就搬出裴家，住在裴云暎相邻的宅子里。裴云暎宫中轮值时常常不归，裴云姝有时会托人送些点心饭菜给他，叮嘱他好好吃饭。

当然，这些饭菜糕点都是从酒楼里买的，裴云姝不会下厨。

裴云暎提着饭菜进了厅里，萧逐风正在看书，听见动静，抬起头看了一眼，目光在那只精致食篮上顿了一顿。

裴云暎打开篮盖，里头有荤有素有点心，花花绿绿煞是好看。他拿起一块荷花酥，见萧逐风看来，道：“羡慕？”

萧逐风忍了忍：“酒楼厨子做的而已。”

裴云暎懒洋洋点头：“那也没你的份。”

知他惯来如此，萧逐风懒得理会他幼稚把戏，只道：“今日新进医官使进宫。”

“嗯。”

“陆瞳进宫了。”

裴云暎：“知道。”

早晨陆瞳刚进宫时，他还与陆瞳见了一面。不过那一面，应当称不上愉悦。

萧逐风打量着好友，见他神情散朗，看不出与平时有何区别。

顿了顿，萧逐风才道：“你不关心她分去了哪个院？”

新进医官使都要分院的，从某种方面来说，一开始所分医科厅院，甚至会决定这些医士未来的前程。

竞争，从一开始就存在了。

裴云暎笑笑：“哪个院？”

“南药房。”

南药房？

裴云暎一怔，眉峰渐渐蹙起。

南药房是整个医官院最没前程的地方，每年只有最不被看好的或是犯了错的医官才会被分去药房。去了南药房的人，几乎不会再有应奉的机会。

这简直是不能再糟糕的开局。

萧逐风看着对面人：“崔岷应该是为了向董家示好。不过，被驱逐至药库，你那位陆大夫应当没有报仇的机会了。”

他说得揶揄。对萧逐风而言，陆曈是颗不安分的、本不该出现在棋局上的错子，一着不慎，大局都会被影响。如今她出局，再好不过。

“两个错误。”裴云暎道。

“哪里错？”

“第一，她不是‘我的’。”

萧逐风终是没忍住，翻了个白眼：“第二呢？”

“第二。”裴云暎抬手，手中糕点在烛色下，呈现浅浅的淡粉，像朵真正的盛放新荷。

他盯着眼前漂亮的荷花，透过晶莹的花瓣，仿佛看到了别的什么影子。

“第二，你未免小瞧了她。”

“机会不是等来的，我猜这位陆大夫很快就会自己创造机会。”他道。

陆曈到了宿院时，天色已然暗了下来。

白日里在医官院整理记名，一待就是半日，后半日又被常进带着众人在厅里讲学，通知轮奉事宜。等众人散去时，已是黄昏。

引路女官在药园门口为她指完路就离开了，陆曈带着行囊往里走。医官使进院第一日不必奉值，只需熟悉宿院和同厅医士，第二日起才正式干活。

没有同行医士，陆曈顺着女官所指方向往前。药园很大，一眼望过去草木郁郁无边，一些修剪得整齐，还有一些则如野草灌木般随意零落生长。

绵长野草地之后，隐隐开着一大玫色花海，夕阳晚霞下极其娇艳，远远望去，如一片鲜绯云雾。

陆曈只看了一眼就收回目光。

又走了约半炷香时间，药田渐渐变少，直至消失，眼前出现一排院落。

最后一丝夕阳隐没于地面，漆黑院落里只点了几盏昏暗灯笼，凄凄照着地面。

院落分为左右两头，左边是药库，漆黑大门紧锁，右边就是宿院，门开着，院落已经很陈旧了，下过雨，檐上屋瓦被冲走几片，墙角处有厚厚蛛网。

陆曈来之前曾路过医官院的宿院，瞧上去干净整洁，院落宽敞，与自己眼前这处破败截然不同。

早知南药房是医官使们最不愿被分到的地方，眼下看来果然如此。若将整个翰林医官院比作皇宫，各厅为后宫，那么南药房看上去大概就是无人问津的冷宫了。

陆曈走到门前轻敲几下，无人应答，遂推门走了进去。

一进屋，一股潮湿朽气扑面而来。

屋子不大，靠窗摆着一大扇旧木柜，四面泥墙上溅满不知是血还是什么污迹，抑或霉点，凑近一看，密密麻麻令人心惊。

靠墙则放置一张又一张木床，木床狭窄，挨得很近，铺着褥子，是有人睡在此处的痕迹。

陆曈回首望去，数了数共十二张床，心中有了计较。她把医箱放在一张空床上，打算拿帕子擦擦床上灰尘，才一翻开包袱就愣住了。

叠得整整齐齐的衣物下，不知何时藏了几张银票，最上头是一只灰褐色的麻布香囊，洗得发白，沉甸甸的，陆曈打开来看，里头装着散碎的银角，一粒粒剪得很细。

陆曈握紧布囊。

离开西街时，医馆众人来送她，在杜长卿喋喋不休的衬托下，银筝显得比往日沉默许多。她以为银筝是在为昨夜自己说的重话生气，不承想是银筝又偷偷把银子送了回来。

甚至还添了一布囊的散碎银两。

她不知道银筝攒这一袋碎银需要多久，总归不太轻松。

怔忪间，身后传来人说笑声，陆曈眼疾手快地拉过包袱皮一扎。

说笑声戛然而止。

陆曈转过身来。门口站着一行女子，这群女子年纪都不算小，身上的医官使袍服与医官院那些医官又有不同，颜色是深褐色，上头不知沾染了些什么污迹。每个人看上去都眉眼焦躁，气色黯然，没什么精神的模样。

为首女子约莫三十来岁，细眉凤眼，脸白而窄长，一头乌发盘得高高在脑后，显得有些刻薄，正站在门口阴影下目光不善地打量着她。

她不说话，周围人也不说话，屋中本就昏暗潮湿，被一行人冷漠地打量，那些目光如墙上霉点，附上人身，湿冷又黏腻。

陆曈回视着她们，并不在意。

似是对她这般平静有些意外，为首女子微不可见蹙了一下眉，随即朝陆曈走来，问："新来的，叫什么？"

"陆曈。"

女子点头，走到陆曈身边，提起陆曈的包袱扔到一边，开口："你的床在那里。"

她指向房间最里头的一张床。

那张床已经很老旧了，处在最深处，一点日光都照不到。最重要的是，正对床的头顶破了一个洞，有残余雨水从上头滴落下来，在木床上积出一小块湿渍。

今日是没下雨，一下雨，这床根本没法睡。

陆曈抬眸看向女子。

女子气势昂昂地对着她，一双死沉沉的眼睛像是盯着即将陷入泥潭的人，莫名闪着兴奋。

屋中气氛顿时紧张起来。

沉默片刻，陆曈弯腰捡起被扔到地上的包袱，转身走向角落里的木床。

她能感到身后的目光一瞬变得失望，但很快，方才死一般的寂静骤然被打破，屋里重新变得喧闹起来。

有嘻嘻哈哈说笑声传来，还有咒骂诅咒药库做不完的活计的声音，女子们纷纷上床，但那喧闹声也是死气沉沉的，像一汪被遗忘的已经腐烂发臭的沟渠，被风吹得偶然掀开几丝涟漪。

窒闷得让人喘不过气来。

陆曈走到木床边，拿起被褥铺床。原先被雨水淋湿的地方虽用帕子擦净，但夜里睡起来难免发潮。

包袱里都是银筝准备的衣物，她舍不得拿来垫在身下。正皱眉间，眼下突然出现一方深灰麻布，那只手把麻布往陆曈床上一扔，飞快缩了回去。

陆曈一愣，侧头看去，身侧床上的女人若无其事地背过身，钻进了被褥里。

沉默了一会儿，陆曈把那方灰麻布仔仔细细叠好，铺在湿渍上，再铺床褥，等一切做好后，屋子里喧闹声也渐渐安静下来。

有人吹熄了灯，于是那一点点暗光也被吞噬，整个屋子都陷入死一般的寂静。

木床窄而硬，仅仅能容一人睡下，分到的被衾也很单薄，散发出淡淡潮气。

陆曈侧身蜷缩在床上，怀里抱着包袱，枕头边是医箱，黑暗隔绝了四周不怀好意的目光，反而令人安心。

这是她进医官院后的第一夜，住得像间牢房。

来之前，苗良方千叮咛万嘱咐，要她在医官院小心行事，外头生活不易，并非寻常人所见般光鲜。不过苗良方大概没想到，她会“不易”到如此地步。

没能见到戚玉台，没能找到复仇机会，先被远远扔到南药房，连仇人的袍角都摸不着。

周围渐渐响起轻微鼾声。

陆曈静静听了一会儿，闭上了眼睛。

第二日一早，天才蒙蒙亮，陆曈就被人叫了起来。

昨日让她换床的女人站在床前，嘴唇涂得极艳，冷冷道：“新来的，起来干活了。”

陆曈起身梳洗，一走出房门，就见院子里一群人已规规矩矩站好。除了女子外还有男子，这些男子也身穿褐色衣袍，大多上了年纪，眉眼耷拉，面色蜡黄，个个无精打采。

正前方则站着个大腹便便的男子，穿绸着绢，容貌痴肥，面上也似腻着一层油光。瞧见陆曈从屋中走出，此人眼睛一亮，目光肆无忌惮地在陆曈身上逡巡。

昨日刁难陆曈的女子见状，脸色沉了沉。

痴肥男子记名之后，叫众人去药库整理药材，独独留下陆曈一人。

临走时，那女子又狠狠瞪了一眼陆曈，才快步离开。

“陆曈。”男人叫陆曈名字。

陆瞳垂首：“大人。”

这男人是南药房的医监，叫朱茂，所有采摘整理好的药材都要经过此人之手验看，一年到头的考察也归他管，在南药房中地位很高。陆瞳注意到，就连昨日那位看起来跛扈的女子，在朱茂面前也很是恭敬。

朱茂扫了陆瞳一眼：“你是新来的，这些日子就去红芳园采摘整理‘红芳絮’吧。”

红芳絮？陆瞳心中一动。

她跟随芸娘多年，大多药草都有所耳闻，却没听过‘红芳絮’的名字。

“红芳絮珍贵，”朱茂神情慈善，一张笑眯眯的脸，语调却难掩轻慢，“何秀会和你一起采摘。注意，采摘时不要伤了花瓣，一株红芳絮出一朵花，园中都有记载，要是少了，卖了你也赔不起。”

言罢，男人又伸出肥厚巴掌，在陆瞳肩上不动声色摩挲几下，这才笑眯眯地去了。

肩上似乎还残留着某种滑腻触感，陆瞳抬眸，就见昨日给她麻布的女人正站在不远处，讷讷朝她招手。

陆瞳心中了然，看来，这位就是将要与她一同采摘“红芳絮”的何秀了。

她走到女人身边。

何秀抬起头，露出一张蜡黄的脸，对着陆瞳干巴巴笑了一下，把木板推车往前一推，小声道：“跟我来。”

药园离宿院有一段距离。

何秀推着木车走在前面。

陆瞳沉默地注视着前方微驼的背影，似乎注意到陆瞳的目光，女人回过头，不自在地抿了抿唇，主动与她说话。

“红芳园靠药园最里，还要走上一段路。等采完，摘下的红芳絮要清洗整理出茎叶，送到药库，运往御药院。御药院会拿药材做成药。”

何秀小心翼翼看了陆曈一眼，见陆曈并未表现出排斥的情绪，才继续道：“每日采摘红芳絮都要记录在册，你刚到南药房，手法不熟练，采摘不够晚上怕是会被朱大人责怪……进药园后，要抓紧时辰。”

陆曈问：“清洗整理也由你我负责？”

何秀点头。

陆曈明白了。这大概是件不大容易的苦差事，朱茂也许是得了崔岷授意，又或许只是想先杀杀她的气焰，所以把这苦活交给她。

“如果完不成会如何？”陆曈状若无意地问，“有什么惩罚？”

闻言，何秀打了个冷战：“……完不成的话，没有饭吃，也不能睡觉……还、还要被朱大人训斥。”

听起来似乎没什么大不了，何秀看起来却很紧张，陆曈若有所思，没再说什么。

二人一路同行，沿途路过药田，偶有一些医士弯腰采摘。越往里走，药田越稀少，四处长满无人打理的杂草，也不再见到其他医士。

正思忖间，何秀停下脚步：“到了。”

陆曈抬眼看去，不由一怔。

乱糟糟的野草过后，陡然出现一大片粉色云雾，竟是一处玫红色花田。其中生长大片大片茂盛花卉，花朵娇艳欲滴，浓丽出奇，一阵风吹过，一股浓郁芳香扑鼻而来。

陆曈目光凝住。

昨日她寻宿院时曾路过此地，远远见到一片绯色花海，没想到这里就是红芳园。

这些花朵生长极其茂盛，若要一一采摘，并不是件容易事。

陆瞳没再犹豫，推过木车就要往里走，被何秀一把拦住。

“等等！”

陆瞳转身：“怎么了？”

何秀从怀中掏出一张皱巴巴的面巾，塞到陆瞳手中：“红芳絮的香气和花粉都有毒，用这个遮住口鼻会好些。”

陆瞳低头一看，面巾布料粗糙，不知用了多久，边角被洗得破了边。

陆瞳问她：“你呢？”

“我不用了。”何秀局促地笑笑，“我也是今早才知道你会来，没来得及多拿张面巾，回头扯张布也是一样的。”

陆瞳目光在她眼下密密麻麻的红斑上停留了一会儿，想了想，把面巾塞回她手里：“我不用这个。”随后拉过木车车柄，转身踏入那片绯色花海。

何秀吓了一跳，忙道：“不行！红芳絮有毒，你会没命的！”

她叫的人却没回答，只推着那只沉重的木板车，从容往烟霞深处走去。

……

另一头，南药房宿院深处一暖阁，屋中熏香袅绕。有嘎吱嘎吱的声音响起，隐隐夹杂着男女喘息。

不知过了多久，摇晃的幔帐停了下来。有人掀开帘帐，露出一条修长白皙的腿。

女子披着衣裳从榻上坐起身，脖颈间红痕点点。

倘若陆瞳在此，就会发现眼前这眼带春意的女子不是别人，正是扔她包袱要她换床的那人。

“二娘……”

身后传来男人含糊的低吟，仿佛饕足余韵。

梅二娘厌恶地皱了一下眉，再回身，已换了一副含嗔佯怒的模样：“大人许久不来找我，我还以为大人是喜新厌旧了呢。”

这声音三分委屈，七分娇媚，问得朱茂心都酥了，遂一把将她拉回怀中，嬉笑道：“我的乖乖，南药房中就数你最招人疼，哪来的新？”

“怎么没有新？”梅二娘扬扬下巴，“昨日新来的那个，大人今晨看了她许多眼。她是年轻貌美，大人看上她也很寻常。”

朱茂一愣，过了一会儿才反应过来梅二娘说的是陆曈。

他攀着梅二娘的肩，不以为意笑了一下：“她啊，她哪能和你比？刚进医官院就得罪人，日后苦日子长着哪。”

“得罪了人？”梅二娘眸色动了动，“谁啊？”

朱茂但笑不语，眼中闪过一丝精光。

要说，姓陆的女医士生得的确标致，弱不胜衣的模样看着就叫人心痒。若换作以前，陆曈来药房当日他就会想法子把她弄到手。

可惜她偏偏是院使交代下来的人。

朱茂心里有些惋惜。

不知这位医女究竟得罪了什么人，刚入皇城就被送到南药房，几乎是头一遭。崔院使的人话里委婉表示要磨磨这女子锐气，朱茂便只能照做。是以，他把人人都避之不及的红芳园派给陆曈。

那可是要命的差事。

梅二娘道：“红芳絮有毒，她撑不了多久就会求饶。到了那时，大人一定也会怜香惜玉。”

朱茂回过神，摸了一把面前美人的脸蛋：“再怜香惜玉，也得看看是什么人。总归不能要她好过就是了。”

他是存着占便宜的心思，反正去红芳园采摘的女子都撑不了太久，要折磨一个无依无靠的弱女子何其简单，她若主动示好，自己也不好拒绝。不过嘛……

“可我瞧着那位陆医士心高气傲，一心想离开南药房。”梅二娘道。

“离开？”朱茂忍不住大笑起来，“进了南药房的大门，哪有离开的道理，何况她这样的。还是一辈子老老实实待在药园，别做些美梦了。”

梅二娘睫毛一颤，一股凉意从心头慢慢升起。

朱茂却看了她一眼，笑着拉她倒在榻上，头埋在她颈间含糊道：“放心，你与她可不一样……”

……

红芳园中，日头渐渐升起。

何秀坐在青石上，呆呆看着花丛中采药的人。

一大片浓重艳色下，女子麻衣黯淡，眉眼却澄净，弯腰摘下一簇簇艳色花朵时，神情专注，动作娴熟。

何秀只觉得自己是在做梦。

红芳絮有毒。

这花艳丽风情如美人，花如其名，枝叶上生长无数粉色细絮，有风吹过时，粉絮铺天盖地如层丝雾，牢牢将人包裹，然后从鼻尖飞进去，顺着咽喉进入体内，日积月累，毒素蔓延。

单是这样也就罢了，红芳絮的花香也有毒，馥郁香气会使人浑身无力，在这里待久了，行动会逐渐迟缓，渐渐口鼻流血，若不及时退出歇息，或许会不省人事。

何秀便是如此，进入红芳园约莫半个时辰便觉天旋地转，所以立刻退到药园边上。她以为陆曈也会一样，然而已过去一个时辰，陆曈神色如常，穿梭于整个药园之中，将成熟的红芳絮挑选摘上木车。

何秀有些茫然。

陆瞳摘得很快，比在药园待了三年的何秀快得多，她摘得也很干净，没有浪费枝叶，甚至面巾都没戴。

一个没戴面巾的人，却根本不受红芳园中花絮与香气的影响，行动自如，莫非……

何秀心想：这位陆医士没有嗅觉吗?

可红芳絮的毒性，难道只要失去嗅觉就能失效?

何秀也不明白，她离开医官院太久，每日都是采摘清洗同样的药材，什么医经药理，早已抛之脑后。

正想着，耳边响起车轮碾过泥地的倾轧声，何秀抬头一看，陆瞳正把木车往药园边上拉。

木车大半已经被新鲜的红芳絮堆满，叠成一座小山高，何秀看得瞠目结舌，一时有些结巴：“你……你……”

“我看过册子，”陆瞳道，“足够今日采摘量。”

何秀有些不知所措。

放在平日，这样的采摘量，她要从早做到晚才能完成。纵然她们现在有两个人，可其实这些都是陆瞳一人采摘。

陆瞳甚至都没休息过。

陆瞳把木车上原本放着的一大张粗布展开，铺在采摘下的红芳絮上，以免花絮飞舞，也遮盖了那些花香。

何秀嗫嚅了一下，小声问：“你要不要歇一会儿？”又赶紧解释，“以往我都是傍晚才做完，回去得太早，医监会分别的活儿给你……”

南药房总是如此，人在这里不是人，是牲口，活着就行。

陆瞳想了想，回身走到药园前，找了块石头坐下，道：“歇歇吧。”

何秀松了口气，又想起什么，从随身包袱里掏出块干饼递给陆瞳。

陆曈接过来。

“来药园前咱们吃过东西，往日我都是晚上干完活回去吃。一日长，吃两顿会饿，所以带了些干饼。”

陆曈点头，咬了一口，饼子粗粝发涩，难以下咽，里头有股奇怪的苦味。

陆曈问：“你放了草药？”

何秀眼睛一亮：“你吃出来了？”

她有些高兴：“我在里头放了解毒药草，药库有时会剩下一些残枝碎叶，我把能用的挑出来，借了厨房自己做了饼子。红芳絮有毒，药饼吃了虽不能解毒，却能缓解些毒性。”

她又从包囊里掏出一个，小心翼翼咬下一口，仿佛在品尝珍馐，又望着陆曈不好意思地笑笑：“是不怎么好吃？但对身体有益，陆医士多吃点。”

陆曈低头看着手里的药饼。

唇间残存着药草的苦味，其药性已经微乎其微，想要用它解毒，无异痴人说梦。事实上，大概能缓解毒性也做不到。

陆曈侧头，见何秀吃得很小心，一点饼渣掉在衣裳上，被她小心捡起送入口中，仿佛是难得的美味。

因为吃东西，那张粗糙的面巾便揭了下来，她年纪应当不算小，瞧上去三十五六岁，五官枯槁似张陈旧黄纸，眼下那些密密麻麻的斑点则在那张黄纸上添了不少风霜劳碌。

见陆曈盯着自己，何秀有些不自在：“怎么了？”

陆曈问：“你脸上的斑点，是红芳絮导致的吗？”

何秀一愣，下意识背过身，不想让陆曈看清自己的脸。但很快，她又意识到这样无非掩耳盗铃，过了一会儿，慢慢回转脸来，低低嗯了一声。

“红芳絮有毒，毒香闻久了不仅有性命之忧，还会毁容。”她小声道，“南药房的医士们没人想来这里。我是因为……”

她是因为没有银子，姿容也平庸，更没有背景相熟的人帮忙说话，于是整整三年，红芳絮的采摘都由她完成。

陆曈是第二个。

思及此，何秀也有些好奇，她问：“平日采摘红芳絮，就算佩戴面巾也会中毒，为何陆医士你安然无恙呢？”

陆曈道：“我幼时曾见过这种花，服过解药，或许因为如此，花香于我无害。”

何秀惊讶：“原来如此！”又羡慕开口，“真好。”

没人愿意毁容中毒，命不久矣。陆曈生得美丽，那张无瑕的脸若是也生出密密斑纹，实在是一件很可怕的事情。

陆曈垂下眼，默默咬了一口手中粗粝的干饼。

她当然见过红芳絮，只是那时候红芳絮不叫红芳絮，叫恶香果。

芸娘费心弄来恶香果的种子，要她在屋后栽种，只为做出一味香料的药材。她每日精心侍弄，栽种培育着它们，又将它们一一采下。

寻常毒药影响不了她的身体，园中恶香于她而言只是寻常花香。

陆曈问：“你何时来的南药房，不能离开这里吗？”

像是没料到陆曈会问这个问题，何秀愣了好一会儿，才讷讷回答：“我是三年前来这里的……进了南药房的医士，从来没有离开过的。”

陆曈微微一怔。

何秀面露苦涩。

“南药房平日不收人，”何秀低着头，“只有人死了，医士不够就会让人顶补。这里大多都是医官院中犯错被冷落的医官。我在医官院中很寻常，当时南药房人手不够，就让我顶补上了。我到这里三年，没有一位医士从这里出去过，除非死了。”

何秀看向陆曈：“她们说你是新进医官使，可是南药房中近来并未死人，医士是够的，新进医官使来这里……陆医士，你是犯下什么错或是得罪什么人了吗？”

何秀问得小心，陆曈没有回答。

其实就算她不说，其他医士也猜得到。

何秀叹了口气，没再继续追问了。

陆曈问：“我刚来南药房那日，让我换床的医士是谁？”

“你是说梅二娘？”

“梅二娘，”陆曈沉吟一下，“梅二娘和朱茂是什么关系？”

何秀吓了一跳：“你怎么知道？”又左右看了看，“陆医士千万别往外说！”

陆曈点头。

“二娘也是个可怜人。”何秀叹道，“她当年不小心损毁了一支药参，被赶到南药房。听说她原先在医官院医术很好，又生得年轻漂亮，刚进南药房时，万般不愿，总想着有一日回去。”

“朱医监哄着她，说能让她回到医官院，所以她才委身朱医监，结果……”

结果到如今，她仍未能离开南药房。

陆曈沉默了一会儿，才道：“既然这些年都如此，她应当已经看出朱茂根本无法让她离开，为何还要与朱茂在一起？”

陆曈看得很清楚，自己刚到南药房的那晚，以及第二日朱茂与她说话时梅二娘眼中的敌视都不是错觉。

“陆医士，”何秀捏着手中药饼，黯然开口，“朱医监哄着梅二娘，梅二娘还有希望活下去。如果他连哄也不愿哄梅二娘，二娘才是真的没了指望，会死的。二娘……是自己选择了自欺欺人。”

苦日子里，有人选择清醒，有人选择昏昧，或许最后都是同一种结局。

“陆医士，我同你说这些，不是想为二娘开脱，”何秀嚼了一口饼子，“朱医监也许会打你的主意，你不要被他骗了，他不会带你离开南药房的。”

何秀看着陆曈，眼中闪过一丝担忧。

陆曈幼时服过解药，所以红芳絮对她无用。这对陆曈来说是好事，因她不必忍受毒素对身体的侵蚀，也不必毁容。但同样，这对她来说也是一种灾难。

一位美貌女子日日在眼皮子底下，朱茂如何按捺得住，只怕终究会对陆曈下手。

陆曈看起来单薄柔弱，又得罪了医官院的人，该如何在此地自保?

何秀在心底轻轻摇了摇头。

或许，她会成为第二个梅二娘。

陆曈与何秀直到傍晚才回到南药房。

托陆曈的福，何秀今日的采摘完成得很轻松。过去每次去红芳园，香毒总要令她难受一整晚，头一次，她在回去路上甚至觉得轻快。

为表感谢，何秀便自告奋勇要帮陆曈去药库整理收用药材。她道：“记名整理还要一会儿，我包里有馒头，你去厨房找点剩饭热热吃。”

南药房不同于医官院，医士们的饭菜都在厨房，据何秀说，有时候回来得晚了，只能剩一点冷粥。

何秀盛情难却，陆曈便只好答应。

厨房离药库还有一段距离，陆曈穿过一片长廊，绕过空地，才找到了厨房。

外头一个人也没有，陆曈推门，提着灯笼往里走，只见冷锅冷灶，案板上随手搁着些空碗，不见剩菜的影子。

何秀说过，南药房医士们过得清苦，菜色也一般，但即便再糟糕，一碗冷粥还是有的。

陆曈的目光落在厨房正中的一口大铁锅上。

铁锅上罩着锅盖，陆曈伸手掀开，锅底干净分明，被人仔细清洗过。

没有冷粥，没有馒头，连热水都没有一碗。

陆曈哐地一下搁下锅盖，皱了皱眉。

他们一粒米都没给她剩。

……

南药房外长廊下，两个医士正往药库的方向走。

“听说红芳园的人回来了，新来的神志清醒，没多受香毒影响。阿秀倒是对她很照顾，主动帮她整理库房。”说话的是其中一名医士。

另一人踢开面前碍路的小石子儿，跟着附和：“这才第一日，哪到哪呢。阿秀也是，何苦自找麻烦。也不知得罪了什么人，朱大人吩咐下来，我今日见他们将厨房里的吃食都拿走了，估摸今夜免不了饿肚子。”

正说着，被踢开的小石子儿顺着路面滴溜溜向前，滚至一双靴子前陡然停住。

说话的医士抬眸，待看清来人样貌后忙低头行礼：“裴殿帅。”

眼前是殿前司指挥使裴云暎。

廊庑附近，禁卫常在夜里走动，偶然遇到也是常事。这位裴殿帅常在御前行走，院使大人见了也要礼让三分。

年轻人微一点头，脚步未停，从他二人身边走过。

待他走过，医士才拍拍胸：“吓死我了，方才你我谈话应当没被听见吧？”

“听见了又如何，裴殿帅哪有那个闲工夫管这些琐事。”

“说得也是……”

说话声渐渐远去，裴云暎脚步一停。

不远处就是南药房的宿院大门，门口两盏昏黄灯笼在夜风中摇曳，让人想起风雪夜中被李子树枝掩映的旧牌匾。

如出一辙的冷寂。

裴云暎静静盯着那点模糊的光。

他办完差从东廊路过，途经药园，闲谈的医士声音实在太吵，让人想不听到也难。

于是他倏然记起那位年轻医女，今日应当是来到南药房的第二日了。

她身负仇恨，冷静决绝，看似理智却疯狂。然而皇城毕竟不是西街，这里等级森严，人与人的距离被一道道官职、身份以及各式各样的规矩礼仪隔开。刚进医官院便被发配到无人问津的南药房，如果不出意外，她一辈子都不可能接近仇人。

恐怕她还未复仇，便要老死宫中。

不知她现在可有后悔？或是已经想到别的办法？

正想着，身后突然有人开口：“你在干什么？”

裴云暎一顿，转过身来。

春夜冷寒，女子一身褐色麻衣，衣裙上沾染不少泥泞，唯有那张脸仍然干净瓷白，眉眼胜过夜色冷峭。

见到是他，陆曈眸中闪过一丝意外，道：“裴大人？”

寂寞春庭，冷月成霜。

风吹起青年绯色的袍角，他站在疏散树影里，眉眼被枝隙透出的一丝月痕照亮。

陆曈微微蹙眉，裴云暎怎么在这里?

裴云暎走到陆曈身前，道：“陆大夫。”倏尔又停顿一下，盯着她笑道：“不对，现在应该叫陆医官了。”

“医官”二字，落在眼下狼狈的她耳中，听起来像是个无心的嘲讽。

陆曈左右看了看，见四下无人，突然伸手拽住裴云暎袖腕，快步走向另一头。

裴云暎目光落在她拽着自己的衣袖上，没说话，任由陆曈将自己带进不远处一间旧药房。

药房不大，堆满了一些不常用的药材，甫推开门，带起细细灰尘。陆曈把裴云暎推进房中，反手关上门，一回头，就见这人靠着窗，正四下打量屋内陈设，见她关门，才故作惊奇地开口：“陆大夫这是何意？”

陆曈转身朝他走去：“裴大人怎么会来南药房？”

“路过。”

“路过？”

他低头看着陆曈，语气有些奇怪：“陆医官不会以为我是特意来看你？”

陆曈一噎，道：“我没那么自作多情。”

她当然不会以为裴云暎是过来看她，不过大晚上出现在南药房，难免不令人多想。这人行事神秘，先前申奉应大晚上带人搜捕刺客一事陆曈还未忘记，如今初来乍到，自然不想多生是非。

裴云暎笑了一下，后背靠窗望着她：“所以，你拉我来这里做什么？”

陆曈收拾好心中思绪，抬头道：“我以为裴大人不愿被别人知道你我相识，所以特意避开他人，以免给大人添麻烦。”

她说得讽刺，却叫裴云暎微微怔了怔，思索了一会儿才不确定地开口：“你这话听着像在怪我当日没和你打招呼？”

陆曈进医官院当日，记名路上曾遇到殿前司禁卫一行，与裴云暎擦肩而过，那时他高高在上，余光也吝啬给旁人一眼，漠然从她身边走过了。

“怎么会？”陆曈露出一个虚伪的笑，“宫中规矩多，裴大人与我身份有别，这份自知之明，小民还是有的。”

陆谦曾说过她，在阴阳怪气一事上怪有天分的，如今看来，这份天赋还没有被埋没。

裴云暎盯着她看了一会儿，陆曈坦然与他对视。

过了一会儿，他叹口气，没在这个问题上继续纠缠，只道：“所以你拉我来这间黑屋？”

“不错。”

裴云暎啧了一声，点头道：“有道理。”随即话锋一转，“不过黑灯瞎火，孤男寡女，不知道的，还以为你我在这里私通呢。”

他唇角梨涡在微弱灯火下若隐若现，有种恶意的捉弄，语气却慢悠悠的，半是认真地提醒：“这要是被人撞见，没什么也有什么了。”

陆曈无言。

明明是才器俊秀、高傲不群的银刀殿帅，但每每这种时候，他这不正经的模样总让人恍惚，仿佛当初乖戾冷漠在郡王府血溅纱帐的是另一个人。

惯会做戏。

心中这样想着，陆曈的目光就落在他身边一只竹编食篮之上。

那只食篮很眼熟，陆曈记得自己去裴云姝府上出诊时，裴云姝常叫人给裴云暎送些点心，用的篮子就是如此样式。竹篮把手上有一对翘尾巴的红喜鹊，生动又喜庆。

这下陆曈相信裴云暎的确是路过南药房的，没人要做大事的时候还随身带着食篮。

裴云暎顺着她的目光一看，随口问：“吃饭了吗？”

“没有。”

他笑笑：“尝尝？”示意陆曈取用。

陆曈本想拒绝，腹中却轻微一颤。方才她从厨房里两手空空回来，白日里只吃过阿秀给的一块药饼，今夜注定要饿肚子了。

她倒也不是不能饿肚子，不过……

能吃饱当然最好。

陆曈走过去，揭开食篮盖子。

裴云暎微微扬眉。

食篮里放着糕点，掐丝珐琅黄底红花碟子里盛着几只精致荷花酥，一块只有小半个巴掌大，除此外再无其他。

陆曈心中有些失望，又恶意地想，裴云暎一个高高大大的男人，却吃这么点精致点心，实在有些违和。

裴云暎不知她心中腹诽，见她不动，问：“不喜欢？”

“没有。”陆曈拿起一块荷花酥放入嘴中。

裴云暎顿了一下，似是没想到她这般干脆，笑着开口：“不怕我下毒？”

“不怕，”陆曈道，“我百毒不侵。”

她吃得很平静，仿佛只是为填饱肚子，并不在意滋味如何。

裴云暎看了一会儿，像是看不下去，道：“小心噎着，要不要喝点水？”

“不用。”

南药房的人扫光厨房剩菜，无非是故意为难，若是惊动旁人反而惹来事端，还不如就在这里凑合。

这么一想，脑海里就浮现起当初和陆柔、陆谦在深夜的厨房里背着爹娘一起烤地瓜的日子来。

与现在何其相似。

手上动作不觉慢了下来，直到耳边传来裴云暎的声音：“你的簪子……”

陆曈下意识抚上发间那只木槿花发簪。

银色的木槿花发簪——姐姐的发簪冰凉坚硬。进宫那一日起，她将它簪于发间，时时提醒着自己要做什么，为何而来。

裴云暎靠着窗，仿佛不经意地问：“发簪是你姐姐的？”

“是。”

他点头：“难怪你当时花重金也要赎回。”

那时清河街禄元典当行，她欲盖弥彰收下许多旧首饰，其实也不过是为了这根簪子。

裴云暎的目光落在她发间，道：“很适合你。”

适合？

嘴里的糕饼突然变得难以下咽，陆曈垂下手，沉默了一下才开口：“裴大人可知道，木槿是低贱的花。”

裴云暎一怔。

她发髻已有些松乱，衣袍也算不得整洁，狼狈姿态却丝毫无损那张美丽的脸，银色花簪插得略微歪斜，越发衬得她如一株被风雨摧折的花，芳容病怯，铅华消减。

而她的声音却很是冷淡：“此花朝开暮落，仅荣华之一瞬之义也。

只会生长在边篱野岸，富贵人家的庭院林园，是瞧不上这种花的。”

人常说木槿是花中最贱，也许在那些贵客豪门眼里，姐姐和她，抑或是陆家，都如这低贱之花一般，只存在一日，活着或是死去，都不被人放在眼中。

裴云暎看着她，似乎想说什么。

陆曈低头，继续吃那块没吃完的糕饼，直到一碟酥饼吃光，她把空盘放回篮子，盖上篮盖，对裴云暎道：“多谢裴大人的点心。”

他靠窗看着她笑：“我可不是来给你送吃的。”

陆曈想了想，从怀中摸出银筝塞给她的荷包，从里倒出一把碎银，思忖一下，从里头掏出最小的一粒递给裴云暎。

裴云暎看着那粒碎银一会儿，目光从银子移到她脸上，叹道：“陆医官也太小气了一点。”

“刚进宫，需要银子的地方很多。等我拿到俸银再给裴大人补上。”陆曈一本正经回答。

闻言，他笑容淡了些：“你觉得你能回到医官院？”

“当然。”

裴云暎沉默，月痕透过窗照在他脸上，那双漆黑的眸静静注视着她，若霭霭云雾，说不清道不明。

像冷漠这司空见惯的遭遇，似怜悯她早已注定的结局。

过了一会儿，他问：“你没有为以后做打算吗？”

以后？陆曈险些失笑。

或许这位裴大人又在此刻对她动了恻隐之心，所以才会善意地提醒，提醒她莫要不知天高地厚复仇。

可她从一开始进宫起就没想过回头。

陆曈抬头，正视着裴云暎的眼睛：“没有。”

"裴大人，"她说，"朝开暮落的低贱之花，根本就不会有以后。"

自那一夜在南药房门口遇到裴云暎后，陆曈没再见到他了。

采摘了几日红芳絮后，这些草药要单独清洗送去御药院，差事又落在了陆曈与何秀身上。

何秀领着陆曈去库院，大堆红芳絮摞在院落一角，被粗布盖了防止花絮乱飞，即便如此，空气中还是充斥着红芳絮特有的芳香。

阿秀递给陆曈一把杌子，自己在银盆前坐下，红芳絮要一株株挑去碎枝，留下花絮和完整茎叶。

这并不是件容易事，单那些毒香也足以令人头晕。

陆曈看了一眼何秀，何秀正揉着眼睛，纵然戴上面巾，香气仍使得她靠近就晕眩。

陆曈把何秀面前的银盆端到自己跟前，"我来吧。"

何秀一愣，忙将银盆夺回，道："这怎么行，你已经帮了我很多了！"

这几日采摘红芳絮的活，几乎是陆曈独自干了大半。她不受香气影响，面上也没生出红斑，采摘起来很快。何秀心里也很感激。

"我也是拿着俸银，总不能半点事不做。"何秀笑笑，"说来，再过几日就是发俸银的日子。拿了俸银，开春给弟妹做两件新衣裳，小孩儿长得快，去年的衣裳怕是小了。"

陆曈低头捡拾花枝："你有弟弟妹妹？多大了？"

"一个七岁，一个九岁。"说起弟妹，何秀面上的笑容真切许多，"我当年能入医官院，爹娘也奔走不少。南药房虽比不得其他地方，每月俸银还是按时发的。就是不能出皇城，我已经三年没见过家里人了……"她的声音又低落下来。

陆瞳没说话。

顿了顿，何秀又道：“不过陆大夫动作真快，原先我清理这些花枝，一盆也要大半日，你不过半炷香就采摘干净，我瞧着，等送去御药院，今年的一梦丹总该是够得了。”

“一梦丹？”

“是御药院做的丹药，专治入寐困难的。”

何秀道：“丹阳殿的如妃娘娘，每到春日总是易醒难寐，医官院开了许多方子都不见好，还是御药院的人得了方子，用以红芳絮入药，做了一梦丹，如妃娘娘服用后才好转。”

“后来每到三月，御药院都要从南药房拿新鲜红芳絮制药。只是红芳絮本就有毒，制药也不太容易，像咱们前几日采的那些，最后做成药丸也没有几瓶。”

“今年因为有陆医士，采下的红芳絮比往年多了许多，御药院这回总该满意，不会吵着说药材不够了。”

何秀说完，见陆瞳神色有异，不由问道：“怎么了？”

陆瞳沉吟一下，问：“宫中这批红芳絮，只用来作一梦丹吗？”

何秀点头：“是呀，红芳絮毕竟有毒，能入用的药极少，当年为了做此药，御药院的人光是方子都磨了一年。”

陆瞳低头，看向手中花枝。艳红花枝被摘下，一些浮动花絮散落在地，宛如铺了一层血色浅绒。沁人芬芳从花枝上传来，飘进人鼻尖。

何秀吓了一跳，一把夺过陆瞳手中红芳絮，慌道：“虽说陆医士不受花香影响，可也别凑太近了，终归是毒物。”

陆瞳任由她抢走花枝，一时没说话，只侧头看向院中，大片绯色花枝摞在角落，光是看着也觉艳丽夺人。

她看了一会儿，开口道：“阿秀。”

“怎么啦。陆医士？”

“交给我吧。”

陆曈低下头，捡起一根花枝。

“我来整理这些花。”

过了三月，渐渐开始下起春雨。

御药院门口的桃树一夜被雨摧折，花枝散得满地都是。

正对桃树几步远的地方，医正石菖蒲站在台阶上，指挥着医工将医官院送来的红芳絮堆放进库房。

两个医工手没拿稳，一小捆红芳絮从车上滚落下来，惊得石菖蒲忙展袖捂住口鼻，斥道：“小心，这东西有毒！”

医工们忙拿粗布将地上散落红芳絮包裹起来，匆匆进了库房。

石菖蒲回头望望，又拿手在脸旁使劲儿扇了几下，直到再也闻不见那股花香，这才松了口气。

这红芳絮是南药房送来的药材。

御药院隶属入内内侍省，掌按验秘方、秘制药剂，以备陛下和宫廷需用。其中炮制药材所用材料，有一部分来自南药房的药园。

红芳絮就是其中一味。此花花名芳艳，却毒性不浅，单是闻过，也难免沾染毒性。奈何如妃娘娘所需的一梦丹，最主要的一味药材就是红芳絮，故而再如何忌惮，每到年后三月，御药院还是得老老实实从南药房接过这批红芳絮，冒着风险炮制药丸。

这实在不是一件好差事。

红芳絮长在园子里的时候，药性最浓，采摘下后，药性渐渐减淡。每次一瓶一梦丹就要耗费许多红芳絮，如妃娘娘性骄跋扈，总对他们做的一梦丹不甚满意，到最后，遭罪挨骂的还是他们这些御药院的人。

石菖蒲叹了口气，一转身，方才两个医工已从库房里出来。

“医正大人不必忧心，”年轻医工见他愁眉不展，以为他是担心药材不够，“今年送来的红芳絮比去年多，堆满了小间库房，一梦丹的材料是足够的了。”

“哦？”石菖蒲意外，“这么多吗？”

红芳絮因毒性太烈，难以采摘，采摘之人大多会深受花毒之苦。南药房统共也就那几个人，没人愿意冒着性命之忧去采摘毒花。是以虽然每次送来的红芳絮不多，石菖蒲也是睁一只眼闭一只眼。

毕竟如妃娘娘只是夜里几日睡不好觉，那采摘红芳絮的医工失去的可是大好康健的身子啊！

都是做奴才的，何苦互相为难。

石菖蒲是这样想的，却没料到今年送来的红芳絮突然加量了。

另一个医工挠挠头，道：“我听说医官院进了新人，有人分去了南药房。可能添了采花人手，所以药材多了不少。”

“新人？”石菖蒲愣了一下，旋即有些唏嘘。

新进医官使去哪不好，偏去了南药房，还送去采摘红芳絮……也不知是得罪了什么人，这辈子都要赔在里头出不来了。

做奴才就是这点不好，生死性命，全凭头上人拿捏。

他负手朝着库房慢慢走去，叹道：“制药去吧，但愿今年的一梦丹，娘娘能满意。”

第九章

回院

清理干净的红芳絮送去御药院后，南药房暂时不像先前那般忙碌了。

药园里没了那片红艳艳的毒花，医工们都轻松了不少。

屋子里，朱茂靠着黄梨木椅，捧茶瞧着檐下积雨的水洼。

瞧着瞧着，倒是想起另一桩闲事，朱茂问：“对了，那个陆曈最近如何？”

新来的女医官窈窕秀美，素靥如花，他托人去医官院打听陆曈得罪了什么人，但始终没打听出门道。后来他将陆曈打发去药园摘红芳絮，一来想杀杀陆曈的傲气，二来也想借此探探医官院的口风。

不过一连许多日下来，医官院那头也没什么动静，像是彻底忘了陆曈这个人般。朱茂心中便渐渐有了底，看来这个女医官是彻底被医官院抛弃了。

身侧小厮回道：“大人，这些日子陆曈都在药园采摘清洗红芳絮，没什么动静。”

“嗯？”朱茂有些意外，“还挺能沉得住气。”

他暗地里叫梅二娘平日里多为难陆曈，梅二娘的性子朱茂是清楚的，没料到陆曈竟能泰然处之，到现在也没到他面前求饶。

一想到那张花骨朵般脸上露出的冷淡神情，朱茂心中蓦地有些发痒，搁下茶盏起身：“既然如此，本官也去瞧瞧她。”

药园里，陆瞳正与何秀将新鲜草药分别归类。

“陆医士，我第一次知道草药还能这么分，你好厉害！”何秀望着分拣齐整的药材，眼中流过一丝惊叹。

自打陆瞳来了后，她干活轻松了许多，陆瞳分拣药材的手法与他们不同，又快又好。

“我觉得太医局那些学生都不及你手法娴熟。”何秀一面夸赞，一面在心底暗暗替陆瞳惋惜。

如此医道天赋，怎么偏偏进了南药房？

陆瞳手中动作不停，问：“上次你说三年不曾归家。但医官使都有休沐日，就算南药房事务冗杂，每年应当可以出宫几日，为何你们不能？”

闻言，何秀面上笑容黯淡几分：“是朱大人。”

“朱茂？”

何秀点了一下头，声音很低：“朱大人握着南药房所有人名册，想按规矩休沐回家，就得给他交银子。我没那么多银子，也不愿意……所以三年不曾回去。”

陆瞳问：“为何不向医官院院使举告？”

何秀苦笑：“陆医士，举告有用的话，你又怎么会来这里呢？”

陆瞳默然。

南药房说来也隶属医官院名下，朱茂在此作威作福，院使崔岷未必不知晓。

“不提这个，”何秀笑笑，“红芳絮都送去了御药院，接下来就轻松了。也不知宫外今年时兴什么料子，弟妹的春衫，我想叫裁缝做鲜亮一些……”

她正说得高兴，陡然声音一掐。陆瞳回头，就见院落门口，朱茂带着几个人正往这边走来。

何秀拉了一把陆瞳，陆瞳便站起身，与何秀一同向朱茂行礼。

“起来吧。”朱茂笑眯眯应了，看向陆瞳，“你刚到南药房不久，前几日本官事务冗杂，也没空瞧你，今日就是来问问，你来南药房过得可还习惯？”

陆瞳道：“多谢大人关心。一切都好。”

朱茂点了点头，正想再说几句，目光落在陆瞳脸上时，突然顿住了。

因忌惮红芳絮之毒，朱茂没去过药园，些许日子不见，乍然见到一张出水芙蓉的脸，一时有些呆住。

因要分拣药材，陆瞳也与何秀一般，只穿了件褐色麻衣。麻衣宽大，衬得她身姿纤细，眉黛青颦，露出一截雪白皓颈，我见犹怜。

朱茂的目光顿时被吸引住了。

何秀有些不安，朱茂盯着陆瞳的眼神似头饿狼，直勾勾不肯松开，而后突然嗯了一声，开口道：“你脸上怎么没生红斑？你没进红芳园？”

陆瞳抬眼。

她与何秀在红芳园中待了多日，何秀以面巾覆脸，仍免不了增多斑点。陆瞳什么也没遮，暴露于毒花之中，一张脸仍干干净净，什么都没有。

这本是不幸中的万幸，然而在此刻却成了不祥之兆。

不等陆瞳开口，何秀忙道：“回大人，陆医士早年在家时曾中过红芳絮之毒，后以汤药治好，之后便不受红芳絮香毒之扰。”

“我问你了吗？”朱茂冷冷瞪一眼何秀。

何秀不敢说话了。

他又转头盯着陆瞳，语气古怪：“红芳絮珍贵，除了宫中，别处鲜少可寻。何况此毒无解，只要采摘势必吸入花粉，若真有能克毒之方，早已扬名御药院。”言及此处，话锋一转，“我看，你就是偷懒，这些日子根本没去红芳园，不曾接近毒花，所以脸上一丝红斑也没有！”

何秀闻言，忙扑通一声跪下来：“大人明鉴，这些日子都是陆医士与我一同采摘红芳絮，绝无偷懒之举，药园里的人都看着的！”

四周医工不约而同低下头。

朱茂冷哼一声：“陆医士，你怎么说？”

陆瞳平静道：“大人不信，让我亲自去红芳园试一试就知道了。”

“说得容易，”朱茂冷笑，“红芳园中花草都已采摘完毕，采下的红芳絮药性大不如前，未必会生出红斑。你这是打定主意没了证据，本官奈何你不得。”

横竖话都被他说尽了，陆瞳索性开口：“那大人打算如何？”

朱茂一愣。

陆瞳神色冷淡，仿佛麻烦缠身的并非自己，似乎从到南药房起她就如此，远远站在人群之外，像悬空中的淡薄冷月，抓也抓不住。

朱茂的心又泛起痒意，抓心挠肝的，恨不得立刻将这轮诱人冷月吞进腹中。

他拇指迫不及待搓动一下，面上却义正辞严道：“刚进南药房就偷懒，虽不是大罪，但也难逃惩戒。既如此，就罚你在神农祠中对着神农像长跪三日，好好静心悔过。”

话音落地，陆瞳心内一动。

只是罚跪三日？

她以为以朱茂的手段，既故意来寻麻烦，下场应当比这严重多了，没料到仅仅只是罚跪。

何秀还在低声恳求，陆瞳思忖一下，道：“是，大人。”

朱茂从药园回来后，梅二娘跟了过来。

“听说大人将陆曈赶去祠堂罚跪了？”一进屋，梅二娘就将门掩上。

朱茂在软榻上寻了个舒服姿势，顺手将梅二娘搂进怀里亲了一口：“吃味了？”

梅二娘含嗔带怒别过头，只道：“怎么突然想起她来？”

这些日子，朱茂对陆曈不闻不问，每日只让人清点红芳絮，像是忘记了这个人般。谁承想今日会突然对陆曈发难。

“毕竟是南药房的人，当然要提点提点。”朱茂摸着怀中的人的脸，手下肌肤细腻，但他想起方才所见另一张俏脸，再看眼前人，不免觉出几分寡淡苍老。

梅二娘也察觉到他动作迟疑，装作没瞧见，继续问道：“既要提点，怎么只赶去罚跪？大人这是心软了？”

朱茂待下人一向刻薄，既盯上了陆曈，却只罚跪，实在与往日手段大相径庭。

朱茂轻哼一声：“你懂什么。”

打狗也要看主人，陆曈毕竟是新进医官使，他对此女动了心思，可也得瞧瞧医官院的反应。南药房与医官院消息通联，他先前派陆曈去采摘红芳絮，医官院并无动静。如果罚跪的消息传过去，这三日仍与从前一般，那只能说明，陆曈背后确实无甚倚仗。

那也就意味着，三日之后，那个年轻医女将会彻底成为他在南药房的禁脔，任他摆布。

想到此处，朱茂欲心大炽，慢慢笑起来。

春日的药园，天黑得比往日更晚一些。

昏暗祠堂里，陆瞳跪于草垫之上。在她头顶，高大神农塑像手持一株灵草，含笑俯视着她。

弯月透过小窗洒下些银光落在地上，照着空荡堂间，显出几分阴冷。

陆瞳揉了揉发僵的膝盖。

白日朱茂走后，她便被人带进了祠堂静心思过。

祠堂湿冷，到了夜里，塑像在烛影中也变得阴森，年轻姑娘独自一人在此过夜，且不提身子能不能撑得住，难免心中惊悸。

不过，对于常年在乱坟岗走动的陆瞳来说，住在哪里并无区别。

桌前烛火忽地晃了一下，一个声音从身后传来："陆医士！"

陆瞳回身，就见高处小窗上，隔着栅栏露出一张熟悉的脸，正小声地唤她。

是何秀。

陆瞳起身，朝着窗口走去："你怎么来了？"

"我来给你送吃的。"何秀隔着栅栏，递给她一个冷馒头，"你一日没吃饭了，这样下去不行，这里太冷，会生病的。"

陆瞳接过她手里的馒头，知道这是何秀从自己晚饭里省出来的，道了一声"多谢"。

"别谢了，"何秀沮丧，"你替我摘了那么多红芳絮，被关进祠堂我一点忙也帮不上。是我没用……"

"只是罚跪三日，不碍事。"

"这不是小事，梅二娘当年也是……"何秀倏然住了口，没再说下去。

陆瞳却霎时明白过来。

想来那位梅二娘刚进南药房时也是如此，被朱茂寻理由关进祠堂杀杀威风，挫磨她的心气，到最后才让梅二娘心甘情愿对他俯首称臣。

何秀瞧着陆曈，眼底是浓浓悲哀：“陆医士……”

陆曈默了一下，道：“阿秀，你帮我带一样东西给梅二娘。”

何秀愣住：“什么？”

陆曈从怀中掏出一张折好的纸笺，隔着栅栏塞到她手中。

“这是……”

“替我跟梅二娘带句话。”陆曈附耳在何秀耳边，低声几句。

何秀听完，面露惊愕：“陆医士为何要这么做？”

陆曈没说话，低头咬了一口馒头。

馒头又冷又硬，咽下去的时候，嗓子能觉出其中粗粝。南药房的饭食总是如此，银子全进了朱茂腰包，平民医工在此处过得不如朱茂的一条狗。

可人毕竟不是狗。

过了一会儿，她才看向面前人。

“因为我想离开这里。”

宫廷内苑这些琐碎事宜，传到三司时也用不了多少时间。

段小宴得知陆曈被罚跪神农祠时，已是深夜。

卫所里其他人都奉值去了，只有萧逐风在案前翻阅公文。段小宴屋里屋外转了一圈，没见到裴云暎，遂问萧逐风：“云暎哥怎么不在？”

“他出城去了。”萧逐风头也不抬，“怎么？”

踌躇一下，段小宴上前，凑近萧逐风压低声音：“我刚路过翰林医官院，听说了一件事，陆大夫，就是仁心医馆坐馆的那位，先前不是去南药房了嘛，也不知在南药房里犯了什么事，被关进神农祠罚跪。”

萧逐风哦了一声。

段小宴敲敲桌子：“我们不去帮帮她吗？”

萧逐风抬头，面无表情道：“为何要帮？她是你何人？”

段小宴一噎。

要说从前，段小宴还觉得自己与陆曈称得上朋友，后来望春山荷包陷害一事，已证明这友情不过是他一厢情愿。按理说，陆曈进宫如何与他无关，不过，每次听到陆曈被人刁难或是情况不妙时，他又会忍不住为陆曈提心吊胆。思来想去，大概是因为陆曈长得面善，让人很难生出恶感。

“要不叫青枫传信给云暎哥，他对陆大夫的事一向上心……”段小宴剩下的话在萧逐风谴责的目光下渐渐偃旗息鼓，小声道，“这也不行吗？”

“不要做多余的事。”萧逐风警告他，“此事与殿前司无关。”

段小宴不服气，却又不敢反驳。

萧逐风瞥他一眼，冷冷道：“别让她影响裴云暎。”

……

三司既已得到消息，毗邻南药房的医官院亦不可能一无所知。

房间里，崔岷静静坐着。

太医局新的集方正在重新编纂，身为翰林医官院院使，崔岷负责整部医籍编纂整理。除了对旧方改进调整之外，医书里还要编修加入一些新药方。

然而良方难求，一味新的、有效的药方并不是那么容易能做出来。这两年为了编修新医书，崔岷两鬓白了不少，旁人都劝他不必待自己如此苛责，毕竟光是多年前那一本《崔氏药理》，其功德就足以令他享誉百年——

吱呀一声，门开了。

门外悄然进来个人，走到崔岷身前，低声禀道：“院使，今日南药房传言，陆曈犯错，被朱茂关进神农祠罚跪三日。”

崔岷手中狼毫一顿，片刻后，搁下笔，将方才写字的纸提起，放到一边，道：“朱茂还是等不及了。”

陆曈自进了南药房后就没了动静，不过，她的消息总会以各种方式传到崔岷耳中。

陆曈去采摘红芳絮了，陆曈去整理毒草了，陆曈被医工刁难了……

陆曈被罚关神农祠了。

这自然是朱茂故意为之，这种拙劣的试探，崔岷一向都不予回应。

即便他清楚，入神农祠意味着朱茂耐心已告罄，迫不及待想要摧折这朵误入荒原的娇花。

“不必管他。”崔岷道。

心腹抬头，忍不住问：“小的不明白，院使力排众议，特意点了平民出身的陆曈做红榜头名，待她进宫，却要将她送去南药房，纵是考虑到董家，也不至于如此。”

特意让陆曈进宫，就是为了折磨她？那何必如此麻烦？

话毕寂然，迟迟无人开口，正在心腹心中忐忑时，屋中响起崔岷平静的声音。

“你也听过那句话，不是雪中须送炭，聊装风景要诗来。”

心腹蓦地一震：“院使是想……”

“现在还不是时候。”崔岷低头，目光久久落在案牍那叠厚厚的纸卷上。

新医籍还未编纂完，新药方总是不够。能在春试中一口气写出十副新方子的年轻人，才华不可小觑。

可有才之人总是恃才放旷，这样不好。

所以，得让她先受尽折磨，满心绝望，待她求死无门时再伸出援手，届时，就能收获对方的感激、敬畏与死心塌地的信任。

要做雪中送炭之人啊。

可现在的雪还不够冷。

“再等等吧。”崔岷阖上眼，“等她主动相求之日。”

连着下了两天雨，天终是放晴了。

御药院里，石菖蒲把发潮的药材搬到太阳下晾晒，自己坐在院门口的椅子上打盹儿。

御药院的差事比不得医官院忙碌，但也算不得清闲。不过，对于没什么志向只想糊弄着过日子的人来说，这就是一桩美差了。

石菖蒲是二十年前进的御药院，一晃二十年过去，同僚们要么升迁往上爬，要么爬到中途摔死了，唯有他一人稳稳当当，大有不把这医正之位坐到天荒地老不罢休的势头。

上司总是恨铁不成钢地骂他，只要得了贵人看重，好前程有得是。偏他进宫多年，别说贵人青眼，就连夸赞一句都没有，将“平庸”二字做到了极致，

每次上司骂他之时，石菖蒲表面唯唯诺诺，沉痛自责，内心白眼却翻得满天都是。

他们懂什么？这御药院与隔壁医官院，里头的人一个赛一个有病。今日我做六瓶药，明日他就做七瓶；今日他为了给贵人琢磨养生方子点灯熬蜡到子时，明日不到丑时我绝不歇下。

到最后较劲的人身子垮了，年纪轻轻白头发长了一脑门，平白便宜了宫里那些高高在上的贵人，就为了得贵人一句“看重”。

嘁。

石菖蒲嗤之以鼻。

反正俸银虽不够丰厚，但他本身也花不了几个钱。凡事做到中庸，旁人对他无甚期待，也就不用逼着自己上进。

过日子嘛，该糊弄糊弄。

石菖蒲翻了个身，在日头下寻了个舒服姿势，眼睛还没闭上，耳边猛然传来一声："菖蒲！"

他一个激灵站起身："院使大人。"

来人是御药院院使邱合。

邱合已年过花甲，跑起路时胡子眉毛一抖一抖的。石菖蒲都怕他那把老骨头跑着跑着就散了，忙起身迎上："院使大人这是……"

"一梦丹……"老院使扶着他胳膊站定，气喘吁吁开口。

石菖蒲心道，果然，又来了。

每年的一梦丹做好送去如妃娘娘那里，不久后就会得到如妃宫里人一顿臭骂，无非就是药效平平药丸数也不够，御药院一帮废物只知吃饭不知干活迟早全都赶出宫去。

好在这些年里石菖蒲对这些话都听得耳朵起茧，也糊弄出了经验，不等邱合说话，就立刻展袖低眉自己先忏悔一番。

"院使大人说得对，今年一梦丹效果不好，全由我之过。"他错认得格外诚恳，"都是我不好，药理之术平平，辜负如妃娘娘一片信任。但是这原材料红芳絮本就不多，药性又淡得很快，实在很难想出解决之法。院使放心，接下来下官一定努力钻研，争取在明年找出巩固药效的办法，让如妃娘娘解决不寐之症，替贵人分忧。"

邱合："你……"

石菖蒲点头："是是是，是我不好，院使大人该罚俸罚俸，该骂就骂，下官绝无二话。"

邱合："我……"

石菖蒲：“对对对，院使大人成日为我操心，菖蒲深感惭愧，您千万别气坏了身子，御药院上上下下还指望着您呢。”

老院使一跺脚，怒道：“你听我说完行不行！”

石菖蒲立刻闭嘴。

“如妃娘娘宫里刚刚来人，说你今年送去的一梦丹药效颇好，特意下赏。”邱合拍拍他的肩，笑容里满是欣慰，“菖蒲啊，往日我还忧你不够上进，没料到不声不响也在暗自努力。上天不会亏待有准备之人，你的时运到了！”

石菖蒲：“啊？”

老院使过来吩咐了几句，便叫石菖蒲一同去领赏。直到如妃娘娘身边的大宫女离开后，石菖蒲仍觉恍惚不真实。

老天爷，这真是飞来横财，运道砸得人措手不及。

不过，对石菖蒲来说却并非好事，木秀于林风必摧之，他一生也就希望在御药院里糊弄着做一辈子医正，谁知会突然被如妃娘娘看重。瞧瞧，同僚们瞧他的目光立刻不对劲起来，不会真以为他大半夜偷偷起来研制新药吧？

二十年努力功亏一篑，石菖蒲心在滴血。

到底是哪个混蛋要害他！

邱合转过身，和颜悦色道：“不过菖蒲，你究竟是改了哪一道制药的方子，才让今年的一梦丹药效大增。如妃娘娘可不是容易讨好之人啊。”

改方子？

石菖蒲惶然回答：“回院使大人，下官知见浅陋，医学浅薄，怎敢贸然篡改药方。今年一梦丹所用药方，还是如之前一样，制药工艺也并无任何不同。”

这话倒没有说谎，毕竟一个成日能糊弄就糊弄之人，怎么会没事给自己找事？又不是吃饱了撑的。

邱合眉头一皱："果真？"

"千真万确！"

这就奇了，如妃娘娘特意遣人赏赐，一梦丹的功效不可能有假。而御药院中，所有一梦丹都由石菖蒲亲手所制，不曾假手于人。倘若没改方子，制药工艺也同从前一样，为何效用却不同？

老院使沉吟一阵，道："你带我去药房瞧瞧。"

"是。"

药房不远，石菖蒲扶着邱合过去，一进药房，满屋药香扑面而来。

石菖蒲将制药的位置指给邱合看："院使大人，我就在这里制药。制药这几日，这里也没人来过。这是做剩的半瓶废药。"

邱合点了点头，拿起药瓶倒出几粒，放在鼻下轻嗅。

石菖蒲侧头，一眼瞧见地下还散着三两枝用剩的红芳絮，红艳艳的，在昏暗药房中像赤色血线，十分引人注目。

大概是前两日打扫时扫漏了，红芳絮随着被采摘下来，毒性逐渐减淡，至多七日后药效尽无。这散落的几枝都已无用，石菖蒲蹲下身，捡起地上两根残枝，打算扔到竹篓里。

药草没有毒性，自然也失去味道，花枝拂过人面时，没了令人晕头转向的芳香，变得寡淡，偏偏颜色还艳丽似血，简直像是刚摘下来似的。

嗯……刚摘下来？

石菖蒲一愣，陡然反应过来，忙揉了揉眼睛，仔细看向手中。

红花极艳，仅剩的花絮粘在翠绿花枝上，比冬日红梅还招人喜欢。

石菖蒲盯着花枝，神情逐渐异样。

红芳絮的花絮有毒，但随着花絮药性变淡，颜色也会逐渐褪色。然而眼下手中这两枝红芳絮，虽花香已无，颜色却还保持刚摘下不久的模样，不曾有枯萎之态。

这与往日不同。

他蓦然开口："院使大人……"

"怎么？"

"是花……"他转过身，激动开口，"不是药方，是花，是花变了！"

南药房接到御药院消息时，正是午后。

朱茂从睡梦中被人唤醒，鞋还未穿周正，一面系着外袍腰带，一面从屋里匆匆赶出来迎人。

待到了院里，果然见堂厅里坐着两个人。一人头发花白，另一人年轻些，穿着件石色袍子，正四处打量周围。

朱茂疾步进门，对着头发花白的老头拱手行礼："邱院使。"

来人是御药院的院使邱合和石菖蒲。虽南药房隶属医官院，但御药院与医官院也互有往来，医官院院使崔岷对邱合尚有几分客气，更勿提他一个小小医监了。

朱茂一面吩咐下人给二人上茶，一面赔笑道："不知邱院使突然前来，所为何事？"

邱合轻咳一声，石菖蒲便主动开口："今日叨扰，其实是为之前送来御药院的红芳絮……"

红芳絮？

朱茂呆了一下，问："红芳絮怎么了？"

石菖蒲与邱合对视一眼，才转头问朱茂道："朱医监，今年送来的红芳絮与往年不同……不知是不是换了清理药材的人？”

此话一出，朱茂心中咯噔一下。

红芳园向来是交给何秀处理，何秀懦弱，这些年采摘红芳絮也没出什么问题。直到今年……今年采摘红芳絮的人手，多了一个陆瞳。

陆瞳脸上不曾生出毒斑，只是他找碴儿的一个理由。但真要说起来，陆瞳究竟有没有采摘红芳絮，清理药材的时候做了什么，谁也不清楚。

她不会真在红芳絮中动了手脚吧？朱茂心中惊疑不定。

她怎么敢！

思及此，朱茂当机立断，骤然起身：“回院使，今年采摘红芳絮的医工的确增了一人，与往年不同。”一扭头，叫来外头医工：“来人，去把何秀叫来！”

医工很快离去，不多时，领着何秀进了屋。

何秀陡然被叫来，心中惴惴，也不知出了何事。她一进屋，还未看清屋中人，劈头就迎来朱茂一声喝问：“何秀！前日里你说红芳絮采摘清理，全由陆瞳一人完成，可是真的？”

何秀吓了一跳，忙跪下来争辩：“大人，我所言千真万确，陆医士绝没有偷懒。相反，她见我受红芳絮花絮所扰，呼吸不顺，大半红芳絮采摘都由她包揽，还有之后清理药材，也全是陆医士所为。”

她以为朱茂是为陆瞳偷懒一事叫她，因此立刻将功劳全往陆瞳身上揽，谁知朱茂下一句差点让她魂飞魄散。

朱茂道：“如此说来，在红芳絮中动手脚的也就是陆瞳了？”

“动手脚？”何秀茫然，“什么动手脚？”

朱茂转身，对着座中二人躬身低眉，语气是罕见的严肃：“院使大人，您都听见了，红芳絮采摘清理皆出自这二人之手。”顿了一下，他才继续说道：“过去多年由何秀一人完成，不曾出错，今年想着药房增添人手，所以下官特意多派一人前去药园帮忙，未料此女包藏祸心……皆由下官不察之过。”

一番话虽是请罪，却字字句句都是推诿。

常替上峰顶锅的石菖蒲便十分瞧不上他这做派。

朱茂还在说：“陆氏如今还在南药房，若院使大人想要治罪……”

“治罪？谁说要治罪了？”石菖蒲打断他的话。

朱茂的声音戛然而止。

石菖蒲兜着袖子，故意慢吞吞走到何秀身边，低头瞧着何秀，和气道：“你刚刚说，此番红芳絮清理整理，全由陆医士一人所为？”

何秀身子颤了颤。

朱茂的话她渐渐听明白过来，这批送去御药院的红芳絮出了问题。但陆曈究竟做了什么无人知晓。

她有心想替陆曈瞒一瞒，奈何生性胆小，面对面前人犀利的目光，终于还是不敢说谎，老老实实回答：“……确实如此，陆大夫动作麻利，又不受花絮之苦，我见她比我清理得更干净，就没阻拦……这批送去御药院的红芳絮，都是由陆大夫清理的。”

石菖蒲噢了一声，意味深长地点了点头。

朱茂察觉出气氛不对，这与他想的不太一样，不安开口：“石医正，这到底……”

“菖蒲。”一直坐着的邱合终于看不下去，“别逗朱医监了。”

石菖蒲这才回过头，露出个真切笑容：“朱医监，其实我们此番前来不是论罪，而是赏功。这批送来的红芳絮药性强烈，制成的一梦丹颇得如妃娘娘喜爱。院使大人来南药房，就是为了见见那位清理红芳絮的医士。”

“能有如此厉害手法，此人不容小觑。往日都不知南药房是这么个卧虎藏龙之地。”他说得认真，末了，瞧瞧四周，“不知那位陆医士现今何处啊？快请出来见见吧！”

他每说一句，朱茂的神情就僵硬一分，直到石菖蒲问出最后一句，朱茂立在原地，像尊被风侵蚀的石头，脸色十分难看。

半晌无人回答。

就在石菖蒲面露疑惑之时，跪在地上的何秀陡然伏下身去，大声道：“回大人，我知道她在哪。陆医士眼下正在后院的神农祠堂里，跪壁思过呢！”

御药院和医官院都设有神农祠。

每逢过节，医官们常常去神农祠中祭奠，以受药王德泽熏陶。

小院打扫得还算干净，只是背阴不向阳，一进院子，顿觉阴冷森然，连光都暗了几分。

何秀走在最前面，将挂在门外的锁打开。

木门发出一声牙酸动静，缓缓裂开一条细缝，一隙光从门外钻入，照亮昏暗祠堂。

正对众人面前，高大药王像下的草垛上跪着个人。

这人背对着众人，背影尤其单薄，听见动静也不曾动摇一分。

石菖蒲忍不住放轻声音：“陆医士？”

听见动静，那人慢慢地转过身，露出一张秀丽面庞。

石菖蒲大吃一惊，再瞧一边的邱合，亦是目露意外。

这是个年轻女子。

虽然早已知晓陆曈年纪不大，然而在石菖蒲心里，能在春试拔得红榜头筹的平民医工，多少也该行医有些年头。所谓年轻，应当只是相比医官院那些白胡子老头而言，而眼前的少女至多不过十七八岁。

“陆瞳。”朱茂板着一张脸，站在祠堂门槛外，瞪着她，“御药院邱院使有话要问，出来说话。”

陆瞳颔首：“是。”依言起身，甫一起身，猛一个踉跄，何秀赶忙伸手搀扶。

这是跪得太久膝盖发麻了。

石菖蒲看向朱茂的目光就带了几分谴责。

朱茂没注意到石菖蒲的眼神，略带紧张地注视着何秀将陆瞳搀到院子里。

陆瞳一出祠堂，就见院中站着个穿檀色圆领锦衫的老者，须鬓皓然，身材圆润，正站在不远处眯着眼打量她。

朱茂道：“这是御药院的邱院使。”又一指旁边穿石色长衫的中年男子，“这是石医正。”

陆瞳敛衽：“邱院使，石医正。”

邱合捋一把长须，看似昏聩的老眼目光犀利：“听人说，此批送进御药院的红芳絮全由你清洗整理？”

“是。”

“那你说说看，你是如何清理这批红芳絮的？”

陆瞳抬头，院中众人的目光一瞬都落在她身上，或好奇或紧张，唯有何秀满是担忧。

“我是用黑豆汁、紫苏汁、青黛汁、蓝汁、蜈蚣捣汁煮水，浸泡清洗的红芳絮。”

她说罢，众人都愣了一下，邱合更是蹙起了眉。

朱茂轻斥：“胡闹，红芳絮一向以温清水清理，谁让你自作主张了？”

邱合抬手，阻止了朱茂接下来的诘问，看向陆瞳：“你为何要如此处理红芳絮？”

陆曈想了想，低头跪了下来。

她道：“众所周知，红芳絮毒性强烈，但采摘下来，至多七日，毒性淡去大半，对制药者来说是好事，但对保留药性来说恰恰相反。”

“红芳絮花絮花香最毒，其根茎虽无香气，却是药性至烈之处。但只要用黑豆汁、紫苏汁、青黛汁、蓝汁、蜈蚣捣汁煮水，浸泡一天一夜，就能保留住根茎药性。”

“我查过药房供给南药房的药册，发现整个宫中只有做一梦丹时须耗用红芳絮药材。而只要如此处理红芳絮，保留其药性，根除其花香，就能既不影响制药者身体康健，又能使一梦丹发挥出最好效用。”

她一口气说完，伏下身去，声音平静：“下官自作主张，擅自以其他方式清理药材，何医工并不知情，还请院使明鉴，所有后果，下官愿一力承担。”

朱茂张了张嘴。

邱合面上倒是不见半分气怒，只略略沉吟一下便道：“那你又是如何知晓这种处理方式的？”

御药院和医官院存在多年，其中不乏精通医理者，可关于红芳絮的毒性如何处理却一直是难题，否则也不会年年都被如妃骂得狗血淋头了。

陆曈依旧跪着，神色谦恭：“回院使，下官幼时在家乡时曾受此毒草困扰，多亏路过一铃医救治方才好转。下官曾见她如此处理红芳絮，就此记了下来。”

邱合问：“那铃医现在在何处？”

“无根之人，不问来去，下官也并不知晓她现今何处。”

邱合大失所望，俄而又看向陆曈，也不知方才那话是信了还是没有。

他上前，伸手将陆曈扶起，笑着说道：“起来吧，今日老夫前来，不是找你麻烦的。由你处理过的红芳絮，制成一梦丹药性精纯，如妃娘娘特意赏赐，老夫才想到来找你。”

陆曈惊讶：“多谢如妃娘娘抬爱。”

邱合看着她，眼里是欣赏的笑：“我看陆医士与老夫孙女一般年纪，却已精通药理。红芳絮姑且算路过铃医之机，先前城中医行交口称赞的‘春水生’，却是出自你手不假吧？”

陆曈垂首：“让院使见笑。”

邱合见她神色恬然，目光坦荡，越发欣赏，转头对着朱茂玩笑：“朱医监，你这药房里有这么个人才，怎么还藏着掖着不让人知道？要不是菖蒲心细，咱们都不知道红芳絮还有这么一层哪！”

朱茂神色一僵，正要赔笑，忽然听到陆曈惊讶开口：“不知道？”

他心下一凛，还未说话，就见陆曈疑惑看来，语气中尽是不解：“我不是已将方子写给朱大人，怎么朱大人没将方子交给御药院吗？”

朱茂一愣：“你何时……”

“朱大人怀疑我在红芳絮中动手脚，才罚我进祠堂思过。我进祠堂第一日就将红芳絮的方子交与朱大人，朱大人说会交由御药院审断。怎么……”她看看邱合，“院使大人似是不知道？”

此话一出，院中几人顿时朝朱茂看来，其中邱合的目光最为犀利。

朱茂脸色一变，斥道：“胡说八道，你何时给过我方子？！”

他是医官院的医监而不是医工，得了药方，只能交给医官院院使崔岷或御药院院使邱合，绝没有私藏的道理。

医监私藏药方，那可是大罪！

朱茂涨红着脸，竭力辩驳：“大人，此女胡说八道，闭关这三日我都没见过她！”

石菖蒲看了邱合一眼，笑着扯朱茂出去，嘴里道：“朱医监这么大声做什么，又没人说你什么。来来来，咱们外头说，别扰了院使和陆医士说话……”

朱茂奋力回头，还想解释几句，只是他一个痴肥的胖子哪里及得上日日在药库忙活的石菖蒲力气大，须臾就被扯了出去。

院子里重新安静下来。

邱合看着陆曈，并不在意方才一番吵闹，目光仍然温和：“陆医士精通药理，留在南药房还是屈才了。”

陆曈不说话。

“不如，来我们御药院如何？”

话音落地，一边的何秀惊讶抬头。

南药房有进无出，除非是死了，这么些年都没见着有人从南药房出去。这里是被抛弃的人，是得罪了权贵的人，是没有未来的人。

而如今御药院院使亲自邀请，分明是打算重视提拔陆曈，得了上峰另眼相待，陆曈的未来只会一片光明，再不用挤在窄小宿屋，成日与毒花毒草为伴。

没人会拒绝这样的提议。

邱合胸有成竹。

“院使抬爱，下官惶恐。”陆曈道，“但恕下官无法接受……”

邱合一顿，简直不敢相信自己的耳朵：“为何？”

何秀也难以置信。怎么会拒绝呢？

“下官是医官院的人，崔院使亲自点下官来南药房历练。”她抬起头，神情既向往又忐忑，仿佛美梦就在眼前，却又不敢靠近。

“若去御药院，恐怕得崔院使做主才行。”

医官院里，崔岷正坐在桌前翻看医书，身侧下人为他磨着墨。

看着看着，崔岷想起什么，问：“南药房怎么样了？”

下人回答：“不曾传来消息。”

崔岷微微点头，放下手中医书。

今日是陆曈关进神农祠第三日了。

进神农祠罚跪，只是个开始。朱茂的试探在这三日里不曾收到回应，那么很快，他就会对陆曈下手。

一个年轻女子，再如何高傲，一旦落入那样悲惨的境地里，也会很快被摧毁。

越是傲气，被摧毁得就越彻底。

当年的梅二娘正是如此。

但陆曈又比梅二娘运气好一些，因为她有价值，所以他会大发慈悲将她从炼狱中救起，成为让她感激涕零的大恩人。

“这三日里，陆曈可向人求救？”崔岷问。

“回大人，不曾。”

崔岷沉下眼眸。

还是罚得不够狠。未至深渊，人人总觉得凭自己的本事也能爬出去，殊不知在皇城这样的地方，没人拉一把事小，深陷泥沼时被人踩一脚更多。

崔岷摇了摇头，接过墨石，自己捉袖磨起墨来，道：“你去一趟南药房，问朱茂几句陆曈，不要做多余的事。”

下人神情一凛。

这是要火上浇油了。

几乎是明明白白告诉朱茂，医官院于他对陆曈的处置没有半分意见。如此一来，朱茂折磨起陆曈来也就会更肆无忌惮，无所顾忌。

陆曈的好日子要到头了。

“是，大人。”

墨色在砚台里慢慢氤氲出一大片乌色痕迹，崔岷眯眼看着。

他在等。等陆曈堕入深渊，求助无门，再以救星的身份出现在她面前。

到那个时候，他于陆曈便如暗室逢灯，绝渡逢舟，轻而易举就能收获感激涕零。

人性总是如此，锦上添花易，雪中送炭难。这一切也算是他给那位女医官的一个小小教训，告诉她，仅凭一人在皇城单打独斗是不够的。

就如这砚中之墨，白纸黑字，一开始总是泾渭分明，然而只要轻轻一划，墨汁就浸染整个白卷，两相融为一体，再也分不出黑是黑，白是白。

同流合污易，独善其身难。

正看着，外头突然有人进来，是他手下医官，踟蹰站在门口，低着头道：“院使，御药院的邱院使来了，此刻正在门口等候。”

邱合?

崔岷疑惑。

医官院与御药院虽有往来，但他与邱合并不算热络。邱合一年到头来医官院的日子加起来一只手都数得过来，怎么会突然前来?

“所为何事?”

手下犹豫一下才开口：“邱院使说，是为了向您讨一个人。”

“讨人?”崔岷皱起眉，“讨谁?”

半晌无人答话。

迎着崔岷越来越狐疑的目光，医官埋下头，诺诺开口：“是……是南药房的陆医官。”

医官院门口难得热闹起来。

邱合带着一群御药院的人堵在翰林医官院前，引得周围往来宫人远远探看。

翰林医官院和御药院，在先皇在世时尚是一片其乐融融。直到十年前，翰林医官崔岷凭借一本《崔氏药理》名动盛京，继而当上医官院院使后，情况就变了。

本来么，崔岷精通药理是他的事，御药院众人也不是不佩服。坏就坏在崔岷做了院使后，连带着整个翰林医官院都自傲起来，明里暗里都贬低御药院身为钻研药方之所，连个方子都想不出来。院使邱合一大把年纪，还不如一个年轻小辈。

这人背后嚼舌根不慎被邱合听到了，老头子气得差点犯了痰症。

后来梁子就结下了。

御药院和医官院维持着表面和平私下微妙的关系，谁知今日，邱合会带着一群人找上门来。

得了消息的医官们纷纷出来看热闹，林丹青也混在人群里，一眼就瞧见跟在邱合身后的陆瞳，立刻朝她挥手："陆妹妹！"

陆瞳应了，另一头的曹槐见状，脸色顿时不大好看。

又等了半炷香工夫，医官院里有人走了出来。

中年男子一身褐色医官长袍，头戴官帽，文质彬彬，快步上前，冲邱合低头行礼："不知邱院使前来，有失远迎，院使勿怪。"

语气十足恭谨。

陆瞳只看了这人一眼就垂下眼睛。

看来，这位就是抢走了苗良方的医方，将苗良方挤出医官院的那个崔岷了。

也是将她派去南药房的人。

邱合负手点头，不经意受了崔岷的礼，适才亲切开口：“崔院使无须多礼，今日老夫前来，其实只为求一人。”

虽然早已从旁人嘴里知晓邱合来意，真正听到这话时，崔岷仍是心中一沉。他笑着，飞快地看了一眼邱合身侧的陆曈，才道：“邱院使的话，在下不太明白。”

一旁的石菖蒲暗暗翻了个白眼。

邱合笑道：“崔院使有所不知，御药院年年往宫中送去一梦丹，今年一梦丹格外得如妃娘娘喜欢，娘娘特意召人赏赐。后来医官们一盘算，发现是南药房送来的红芳絮材料与往常不同。”

崔岷目光闪了闪。

这事他此刻才知道。

崔岷神色凝重：“红芳絮一贯有毒，自采摘下药性毒性渐浅，邱院使的意思是……”

邱合笑笑，移开几步：“陆医士，还是你自己来说吧。”

陆曈垂首：“是。”

默了默，陆曈开口：“回院使，我是用黑豆汁、紫苏汁、青黛汁、蓝汁、蜈蚣捣汁煮水，浸泡清洗的红芳絮。红芳絮花絮花香最毒，其根茎虽无香气，却也是药性强烈处。但只要如此浸泡，就能保留住根茎药性。如此一来，保留其药性，却根除其花香，就能既不影响制药者身体康健，又能使一梦丹发挥出最好效用。”

她将清理药材的方法娓娓道来，并不藏私，有机灵好学些的医官闻言，赶紧进屋找纸笔誊记下来。

药园中红芳絮的清理一直都是难题，这种处理方法，众人还是头一遭听到。

崔岷目光在陆曈脸上转了一转。

邱合笑道：“崔院使，医官院有此等人才，你却把她打发去南药房干苦力活，岂不是暴殄天物？怎么，你正值壮年，也如我老头子一般老眼昏花？”

这话说得不太好听，崔岷道：“崔某惭愧，不比院使慧眼识珠。”

邱合摆了摆手：“也罢，若不是你将陆医士派去南药房，老夫又怎会知道你们医官院还有这样一位人才。不瞒你说，老夫今日来，就是来问你讨人的。”

他笑着看一眼陆曈，语气慈和却带着咄咄逼人：“崔院使，翰林医官院卧虎藏龙，人才济济，陆医士在这里也只能做做农活。依老夫看，我们御药院更适合她，若陆医士来我们这里，老夫一定让她发挥药理长处，绝不会埋没人才。崔院使，把她让给御药院可好？”

此话一出，医官院众人神情各异。

邱合可是御药院院使，面对崔岷尚且还要摆出长辈的谱，居然为了一个新进医官使亲自前来要人，话里话外都是对陆曈格外看重。

一时间，医官们瞧陆曈的目光又羡又妒。

然而同样的话落在崔岷耳中，却又别有意味。邱合这是在点他，说他妒忌手下才能，故意将陆曈打发去南药房，好让她一辈子出不了头。

拢在袖中的指尖微微握紧，崔岷面上不动声色，只看向陆曈，温声问道：“陆医官想去御药院？”

这是将话踢回陆曈眼前。

陆曈敛衽，谦恭回答：“承蒙两位院使厚爱，下官感激不尽，无论留在御药院还是医官院，都是下官之幸。下官只愿钻研药理，不负圣恩，至于来去，全凭大人们做主。”

她说得诚恳，能感到一道审视目光落在自己身上，似针刺灼人。

陆曈心中冷笑。

崔岷是个聪明人，又惯会爱惜名节，若今日放任自己跟着邱合回去御药院，明日宫中人议起此事，要么说崔岷有眼无珠，将医术奇才拱手让人，不如邱合有眼光；要么则揣测崔岷心胸狭隘，故意冷落有才华的下属，竭力打压。

无论哪一种，都是崔岷不愿听到的。

崔岷不仅不能放她走，甚至还必须重用她，提拔她。也算是搬起石头砸自己的脚。

想将她踩进泥里，又亲手拉她出来？这盘算固然很好，只是……

只是，她不必等人来救，她自己就能出来。

四周静寂无声，无声的对峙在二人身前流淌。

邱合笑着转向崔岷：“崔院使考虑得如何？”

崔岷久久没有开口。

眼前女子一身褐色麻衣，卑弱屈从，然而不知不觉中，低求与被求者的身份早已颠倒。仿佛能透过女子恭顺的外表，窥见她无声翘起的嘴角。

许久，崔岷抬头，露出一个歉疚的笑容，道：“恐怕得让院使失望了。”

他望向陆曈：“陆医官医术过人，医官院正缺这样的人手，人才可贵。所以陆医官，”他垂首，对着陆曈认认真真行了一礼，“先前的事是我失职，还望陆医官宽宏，不要计较。”

堂堂院使，对新进医官使亲自赔礼道歉，此举已是给足了体面。

迎着各色复杂目光，陆曈侧身避过崔岷的礼：“院使抬爱，下官不敢。”

她抬眸，直视着崔岷的眼睛，微笑着开口：“下官愿意留下来。”

南药房的这点热闹，终是散去了。

热闹中的主角陆曈，正一脚跨进南药房大门。

当着御药院和医官院众人，崔岷不能放她走，只能好声好气将她请回医官院。回去之前，陆曈得先去南药房收回包袱。

医工们早已得知消息，围在门口，打量着刚刚回来的同伴。

有平日里不相熟的医工凑上前，讨好地与她打招呼："陆医官这是要回医官院了？"又道："您还不知道吧，白日里药房出了桩大事！"

陆曈脚步一顿。

那医工便拉着她往宿院里走，神神秘秘道："朱医监被带走了。"

朱茂被带走了。

在邱合与陆曈说话的工夫，石菖蒲让御药院的人在朱茂屋中搜出了清理红芳絮的方子，坐实朱茂私藏医方的罪名。

医监私藏药方是大罪，轻则杖笞一百，重则入狱流放。

朱茂是医官院的人，然而崔岷如今要表现自己的度量与赔礼，便要为陆曈撑腰，既要为陆曈撑腰，总要料理个把人给别人看。

罪证罪名都已找好，至于是真是假，反而不再重要——

"要走了？"一道声音打破陆曈思绪，梅二娘站在几步远的地方，冷冷瞧着她。

陆曈松开整理包袱的手。

梅二娘走到陆曈面前。

陆曈还记得初见梅二娘时，她就站在屋子门口，脂粉涂得极白，像戴了张假面具，一双眼郁色沉沉。如今女子眉眼仍然沉郁，但许是因为没有涂抹脂粉，暗黄肤色反而给她增添了一点真实。

梅二娘盯着她看了半晌，倏尔冷笑一声："你真有本事。"

陆曈颔首："多谢你的帮忙。"

被朱茂罚跪神农祠的那天夜里，她让何秀给梅二娘带去了一封信，也带去了一句话。

信中是清理红芳絮的方子，而带去的那句话……

陆曈让何秀问梅二娘一句话：想不想报复？

梅二娘想到何秀在她耳边说出的那句话，僵硬的眸色动了一下。

怎么会不想报复呢？原本是前程大好的女医官，却因得罪了人，被丢进这无人在意的南药房，成为朱茂的禁脔。朱茂拿着一点微不可见的希望，哄骗她甘心沦为玩物，日复一日，年复一年。

梅二娘不是不知道对方在骗自己，隐忍着不揭穿，不过是给自己一个坚持下去的理由。

揭穿了又如何？朱茂得不到半点惩罚，揭穿，只会更加证明自己的可笑与可悲。

直到陆曈送来了那封信，带来了那句话。

原来也不是全无办法。

原来还可以有反击的机会。

私藏药方是大过，尤其是在御药院与医官院本就微妙的关系下，就算为自证清白，医官院也不会将此事轻轻放过——以免落下话柄。

朱茂的下场不会太好。

梅二娘的心中久违地畅快起来，只要想到那张居高临下的脸也会露出惶恐求饶的神色，她就觉得快意至极。

朱茂或许死也没想到，他会在这上头栽跟头。他从未怀疑过梅二娘，是因为觉得在梅二娘眼中，陆曈只是个美貌的、会对她地位造成威胁的医女。他自信她们会为他争风吃醋，为了争夺在南药房的一点小小特权。

他不承想这二人会联手。因为他做“主子”太久，以为“下人”都不敢反抗。

他低估了平民的“恨”。

“我不会感激你。”梅二娘冷漠地看着她，“至多算各取所需。”

“我知道。”

梅二娘哼了一声，不耐烦道：“赶紧收拾你的包袱滚吧，真有本事就别再进来。有些地方，出得去一次，未必出得去第二次。”言罢，不再理会陆曈，转身而去。

陆曈在原地站了半晌，才低下头，慢慢收拾好包袱。

临走时，她又回头看了一眼。

南药房门口，树枝荫密，潮旧堂院依然如从前一般陈腐，然而到底是春日，气候渐暖，沉沉苍色里，不知何时零星开出了几朵小花。

她转身，带着医箱和行囊，头也不回地离开了。

何秀回到宿院时已是夜晚。

因为朱茂的事，她被御药院的人带走询问，整整一日心绪起伏。得知朱茂以后不会再出现在南药房，何秀仍觉像是场梦。

旁边那张床空空如也，被褥也不见了。

何秀愣了愣，问屋里人：“陆医士还没有回来吗？”

白日陆曈跟着邱合走了，有些话她也没时机与陆曈说。

“你还不知道吗？”说话的医工看了她一眼，语气古怪，“陆医士已经回医官院了。”

回医官院？

何秀一愣，顿时惊喜万分：“果真？”

医工见她如此，讽刺地笑了一声：“阿秀你也真是个傻的，前前后后为陆曈奔走，如今人家拍拍屁股转头回医官院做医官去了，你还不是要留在这里？你俩这么要好，她怎么没把你给带走？”

朱茂是走了，可走了一个医监仍会进来新的医监。新医监或许比朱茂好，或许不如朱茂。仍留在南药房的人再看走出去的人，不免带了几分刻薄的妒忌。

何秀小声辩解：“宫中差事安排，岂是陆医士能决定的……”

“可她走时连话都没给你留一句。”那人像是生怕她不够伤心，嘲笑道，“你把人家当朋友，人家可没瞧上你，真是剃头挑子一头热……”

何秀还想说两句，那人却已上榻盖上被子，不再与她说话了。

何秀只好沉默。

身侧陡然少了一个人，便觉空荡荡的。她坐在榻边，呆呆看着那张空榻。

说不羡慕是假的，羡慕之余，又有淡淡的失落。

明明陆曈来了也没多久，明明陆曈待她也不算热络，但不知为何，和陆曈在一起时，她总觉得亲切又安心。或许是因为对方的淡然，令她面对红芳絮时都不如从前畏惧。从看到陆曈第一眼开始，她就觉得陆曈与她们不是一样的人，她于医道一行的耀眼，注定会走向更高处。

只是……

离开时好歹打声招呼呀，至少留下只言片语……

何秀在床沿枯坐了不知多久，才回神上了榻，她伸手想将脚底被褥拉上来，指尖却触到一片硬整。

心中一动，何秀坐起身，从那叠得整齐的被褥中摸出一封信函。

她忙将信函打开。

纸上字迹潦草，仿佛是匆匆写下。

荻芽、芦花、蒌蒿、胡麻油、白扁豆、五倍子……煎汁服下，可解红芳絮之毒。

何秀愣住了。

这竟是一张医方?

这是解红芳絮之毒的医方!

何秀震惊地瞪大眼睛。

医方珍贵，医官们若得一张新医方，能保升官发财。崔岷当年就是凭借一本新医方，一跃成为医官院院使。朱茂不过以医监身份私藏医官医方，便要责连重惩。

而陆瞳这张医方，可解红芳絮之毒，倘若拿到御药院或是医官院，不说升迁，至少能得崔岷看重嘉奖。

这样珍贵的医方，她却偏偏给了她，藏在南药房宿院发了霉的被褥中。

医方下还写着一句话，潦草一行黑字，却让何秀瞬间红了眼眶。

承蒙照顾，药饼谢礼。保重。

红芳园中，以药渣捏成的粗糙药饼，可解之毒微乎其微……何况陆瞳根本就不受红芳絮之毒。

却为此送了谢礼……

何秀紧紧捏着手中信纸，眼泪啪嗒啪嗒掉了下来。

夜色深沉，屋中灯火通明。

崔岷坐在桌后，抬眼看着窗外的天。

这是个冷寂春夜，浓云堆叠，大风吹得窗外树枝乱摇，大雨将要到来。

桌上纸卷被狂风吹得乱卷，有人小心翼翼开口：“大人，明日陆瞳就回医官院了。”

崔岷没作声。

陆曈就要回医官院了。

邱合来医官院一事传得沸沸扬扬，他无法让回来的陆曈坐冷板凳，这会坐实他妒忌下属才能的猜疑。但若要重用陆曈……

他想起白日里陆曈对他露出的那个微笑。

平静的、毫不在意的大度，那是因为成竹在胸而生出的自信。因为自信，所以大度，像极了记忆中另一个人。

崔岷忽地闭上眼。

身侧人见他神情骤然阴晦，还以为他在为陆曈的去留烦心，遂主动上前：“大人，下官有一计。”

“说。”

“陆曈既然自诩医术高明，连御药院院使都欣赏有加。”他弯腰附耳开口，“如此，何不使她……”

声音慢慢低下。

院中大风渐渐肆狂，树枝在窗上投下凌乱黑影，把纸窗拍打得啪啪作响。

良久，崔岷抬眸，面上阴霾散了两分。

他道：“如此，甚好。”

第十章

隐疾

医官院一位新进女医官刚进皇城就被分去南药房，眼看前程止步于此，奈何时有机遇，被御药院院使看重，亲自来医官院要人，最后医官院崔院使三催四请才肯回来。

短短一月，大起大落，此女人生也够传奇了。

这流言传到各院时，连带着那位新进医官使的名字也为人知晓。

一大早，陆瞳刚换完衣裳，就听林丹青进屋道：“如今走到哪都是妹妹你的名字，这去南药房待的日子也算不亏。”

镜前的陆瞳转过身，林丹青便眼睛一亮，惊呼道：“哪里来的仙女！”

麻衣早已脱下，陆瞳换上医官使的水蓝长袍，衣领和袖口处都绣了细致兰花，长发以同色丝带束起。淡雅干净的颜色越发衬得人眉眼盈盈，若溪山秋水，有种明澈之美。

林丹青绕着陆瞳转了两圈，摸着下巴沉思开口：“医官院这丑衣裳被你一穿，怎么像是贵了些钱呢？”又叹气，“果然衣服如何，总归看脸。”

这话其实有些言过，因为林丹青自己生得非但不丑，还十分美丽。那是另一种爽朗利落之美，如盛夏蔷薇，灿然明媚。

她伸手挽起陆瞳手臂：“走吧陆妹妹，崔院使今日要给你分医科，真希望你也分到妇人科。”

二人出了屋，去到医官院院厅。厅中已站了许多医官使，见陆曈出现，纷纷偷眼打量。

从平民医工一跃成为春试红榜第一，刚进医官院就被分到南药房，不到一月又被御药院院使巴巴赶来医官院要人，风口浪尖之人让人想不注意也难。

又等了约一炷香，崔岷出现了。

他今日穿了件灰色长衣，衣袖宽大，缓缓行来时颇有风骨，一眼望去，不像医官，倒像是朝中那些清流文臣。

众医官纷纷同崔岷躬身行礼，崔岷应了，在陆曈身前停步。

“陆医官，”他语调温和，“如今你已回到医官院，翌日起该入各房奉值。”

陆曈静静听着他说。

“以你春试卷面资质，本该入北厅西寿房妇人科奉值……”

林丹青闻言，面上一喜。倘若陆曈入西寿房，她俩就能在一块儿了。

然而崔岷却话锋一转：“……可你的医经药理得邱院使盛赞，安排至北厅未免大材小用。”

他问：“诸司各院有疑症未解，陆医官医术拔萃，身为臣子，理应为陛下分忧，对吗？”

陆曈抬头。

崔岷生得瘦弱，院使官袍穿在他身上倒真有些松柏之姿。他看她的眼神温和如水，然而细细探去，便骤觉一股压抑的阴沉，湿冷得很。

她道：“任凭院使差遣。”

崔岷便笑了，神色越发柔和：“上个月，户部左曹侍郎金大人身子抱恙，曹槐行诊一月有余，暂无起色。既然陆医官回来，如此，便由你与曹槐一同行诊。”

户部？陆瞳心中微讶。

戚玉台正是在户部。

有一瞬间，陆瞳几乎要觉得是上天垂怜她复仇艰难，才将这大好机会如此轻易送到眼前，于是想也没想地道：“好。”

“不行！”

出声的是林丹青。

陆瞳侧首，再看周围人，俱是一副古怪神情。最前方的曹槐错愕之下，竟还露出个笑，只是那笑容怎么看都透着股幸灾乐祸。

林丹青急得声音变了调：“陆医官不能去给金大人行诊！”

陆瞳狐疑：“为何？”

林丹青望着她，脸色渐渐涨红，仿佛难以启齿般，过了一会儿才吞吞吐吐地开口：“……户部的金大人之急症是、是肾囊痈，你是女子，怎么能给他施诊！”

肾囊痈？

陆瞳一瞬恍然大悟。

难怪周围人要露出难以言喻的神情，难怪曹槐的笑容不怀好意……难怪崔岷要百转千回，铺垫良久让她走到此处。

只因肾囊痈是男子隐疾！

这病并不算罕见，然而让一年轻女子去治疗此病，却是不常见的。

崔岷道：“医者无男女，你们在太医局进学时，第一课学的正是如此。”

林丹青皱眉：“可是院使，人言可畏！”

医者是不分男女，可流言分啊！

这世道对女子来说本就艰难，女子行医多受桎梏便罢了，若是年轻些的女子行医，一个不好，便要做好终身不嫁的准备。她们这些女医官使还好些，不过是给各宫娘娘奉值，可那位户部金大人什么毛病盛京官场无人不知，只怕陆曈今日进了户部的门，明日流言就要传得满天飞！

肾囊痈，意味着医官检查身子便要触及对方私密之处。别人就罢了，那位金大人本就是出了名的好色之徒，宫里的雌鸭都要被他摸两把占便宜，何况是陆曈这样一个如花似玉的姑娘？！

林丹青都能想象得出那惨烈画面！

“陆医官，”崔岷不理会林丹青，负手看向陆曈，当着满屋医官使的面温声询问，“你可愿行诊？”

陆曈看向他。

她早听苗良方所言，这位崔院使就是一位不择手段之人，所以才会心安理得将好友祖传之物据为己有，沽名钓誉，欺世盗名。然而他的下作还是超乎了陆曈的想象。

拒绝崔岷，传出去或许得罪那位金大人，也会证明她的医术不过传说厉害，连带御药院的邱合也要备受质疑。

接受行诊……只消看眼下林丹青的模样，就知那位金大人不是什么好相与之人。

白璧最怕蒙瑕，一位女医官，都不消自己做什么，只要对方做出些出格之举，唾沫星子都能将她淹死。外人不会说男子好色，只会谴责女子引祸，到最后，连美丽都是罪由。

崔岷或许不要她身败名裂，但一定想她德行有亏。到最后提起她陆曈，旁人不会说她医术药理如何，想起的都是那些风流韵事、花丛轶闻。

何等歹毒。

“陆医官？”崔岷咄咄逼问。

四周嗡嗡议论声渐起，林丹青紧张地望着她。

陆曈深吸口气，缓缓抬头，正要开口——

“怎么这么热闹？”门外有人说话。

这个声音……

陆曈不由一怔。

人群忽然散开，让出一条路，有人走了进来。

宽敞的药厅四面墙上都挂满写着医经药理的长字画，年轻人腰间银刀在雅致堂厅里突兀多了几分煞气，格格不入，人却极是俊美，绯色公服衬得其他男子黯淡如尘。

“裴殿帅？”崔岷一愣。

裴云暎走进厅堂，偏头打量了一下周围，似乎有些疑惑：“崔大人这是在做什么？”

崔岷拱手行礼：“回殿帅，正在吩咐新进医官使行诊奉值。”

他点头：“原来如此。”

见他身后并无其他人跟随，崔岷沉吟一下，试探问道：“不知殿帅突然前来，所为何事？”

殿前司与医官院井水不犯河水，近来也并无行诊安排。

裴云暎淡笑着开口：“司卫所近来训练过猛，加之春躁，武卫们都叫乏困。我来请位医官同去瞧瞧。”说完，他似才看到一边站着的陆曈，眉一挑：“新进医官？我看她就很合适，就她吧。”

这话说得猝不及防，厅中所有人都愣住了。

陆曈也是一顿。她抬眸看向裴云暎，这人面上笑意如常，仿佛只是随口找了个顺眼的医官使，无辜得紧。

一边的崔岷脸色却难看起来。

裴云暎这话，是要陆曈去司卫所，却也将陆曈从方才窘境里解救出来。如此一来，陆曈既免去与姓金的纠缠，也不必面对众人质疑，让人挑不出一点错处。

偏偏是这个时候……

崔岷眸色阴沉，依稀想起一件事来。

春试红榜过后，他曾托人打听过此女的过去，除了做出“春水生”和“纤纤”两味新药外，此女最出名的，大概还是探出了文郡王妃所中之毒“小儿愁”，连带着宫里那位颜妃也遭了殃。

文郡王妃裴云姝是裴云暎的嫡亲姐姐。若在那时陆曈与裴云暎就已有了私交，此番这位指挥使突如其来的举动，恐怕并不是心血来潮。

他正兀自揣测着，身侧传来裴云暎的声音：“考虑这么久，院使很为难吗？”

崔岷一个激灵回神。

年轻人唇边噙着笑意，禁卫公服穿在他身上，不似寻常禁卫冷沉刻板，反因唇角梨涡显得亲切英朗。

可他的眼神却并不亲切。那双漂亮的黑眸灿若星辰，却似静水深潭，只一眼便让人生出寒意。

崔岷心中一紧，蓦地生出丝畏惧。

他与这位殿前司指挥使相交甚少，此人年轻有为，素日里见了也总是明朗爱笑，仿佛极好亲近。然而年纪轻轻便身居高位，又有谁心思简单？这些年与他作对的，不是出事就是贬职……

他这副温煦皮囊下，仿佛藏着另一副乖戾心肠。总让人有种没来由的直觉，谁要是忤逆了他，下场多半惨烈。

崔岷不愿也不敢与他作对。

收起心中不甘，崔岷拱手道：“殿帅说笑，殿帅府武卫有需，理应奉值。”他转头，叮嘱陆曈：“陆医官，你就去殿帅府，金大人之急症仍由曹槐行诊。”

不管裴云暎是不是特意为陆曈解围，此言都算卖了裴云暎一个面子。

人群中的曹槐闻言，顿时面露失望。林丹青和常进却松了口气。

陆曈站在原地没动。

裴云暎看了她一眼：“陆医官？”

陆曈敛眉：“是。”

崔岷笑了：“好。”

然而下一刻，陆曈抬起头：“不过院使，金大人那头，下官仍想与曹医官一同行诊。”

此话一出，厅中蓦然安静。

众人古怪地看着她。

明明已远离糟心事，不必与金显荣搅和在一处，怎么还自己上赶着往上凑？这人是傻子不成？

林丹青猛地朝陆曈使眼色，陆曈恍若未觉，只对着崔岷静静道：“下官会分配时辰，去殿帅府行诊与为金大人行诊两不耽误，还望院使准允。”

她说得平静，仿佛是真心实意想要谋得此份差事。医官院中的确有新进医官为了在上峰面前挣脸面，抢着多干活……但也要看清抢的差事是什么。

这差事换作别人，可不会如此积极。

裴云暎目光落在她脸上，带了几分安静的审视。

陆曈不言，崔岷视线在他二人身上打了个转，良久，慢慢笑起来。

他赞许道：“陆医官一片仁心，很好。”

“既是陆医官自己所求……”他故意咬重“自己”二字，神色温和欣慰，“允。”

暗流就这么悄无声息地流了过去。医官们各自散去，自己做自己的事。

陆瞳拿着药帖，进了里间药厅。

地上堆满尚未整理的一批新药，靠墙处有一排木柜，里头堆放医官们寻常要用的药物。

陆瞳方走到药柜前，身后木门便发出一声轻响。

她没回头。

来人将门掩上，抬眼打量一下四周，堆积的药材积了灰，被门风带得四处飞舞。裴云暎似乎有些嫌弃，待那灰尘散了些，适才走过来。

陆瞳从药柜里拿出一只细长瓷瓶，转身放到桌上："下食丹。"

裴云暎眉梢一动。

堂厅里的那场"官司"后，他并未马上离开，说殿帅府的司犬近来胃口不佳，请陆瞳为它拿点药。

药厅里存放着医官们素日用的寻常药，能给人吃的下食丹，匀上一瓶给狗吃自然也没什么。只不过这种理由实在写满了敷衍，崔岷没有发作，也只能是因为畏惧对方身份了。

他拿起药瓶，牵了牵唇："你要听崔岷的安排行诊？"

"对。"

"知道金显荣是什么人吗？"

"知道。"其实都不必打听，单看医官院众人今日的神情也能猜得出来。

"知道还敢。"裴云暎点头，冷不丁问，"因为他是户部的人？"

陆瞳不语。

金显荣是户部左曹侍郎，而戚玉台也在户部任职。她只是一介医官，能靠近戚玉台的机会寥寥无几，难得天赐良机，实在不想错过。

因此无论如何，她都要接下这个差事。

裴云暎看她一眼：“太冒险了。”

陆曈抬眸，语气嘲讽：“那裴大人今日为何出头？以裴大人之身份，同我扯上关系可不是件好事。”

裴云暎把玩瓶颈的动作一顿，偏头问：“怎么说？”

“崔岷对我有偏见，裴大人公然出头，难免让人想起裴小姐一事。若崔岷以为你我二人有私交，传出去对大人恐怕不好。”陆曈顿了顿，继续说道：“明哲保身的道理大人一向比我清楚，怎么今日糊涂？”

裴云暎今日会为她解围，不止出乎崔岷的意料，也令陆曈惊讶。

他实在没有必要蹚这趟浑水。他们二人的交情也不至于如此深厚。

闻言，裴云暎反而莫名笑起来：“原来我在你眼中是这种人？”

“当然，我一直很清楚大人与我身份有别。”

他便站直身子，把药瓶攥进掌心，看着陆曈叹气：“不是说了吗？我今日只是过来拿药，恰好遇到陆大夫被人为难，顺手而已。”

陆曈抿了抿唇，对他说的话一个字也不相信，于是平平道：“多谢裴大人。”

这句谢说得勉强，要知道如今她不仅要去给金显荣行诊，还要去殿帅府探病，一个人做两份差……

他真是帮了好大一个倒忙。

“我怎么觉得，你的表情像在骂我。”裴云暎俯低了眉眼，打量她一下，“算我多管闲事。不过，你既然心有成算，我就不插手了，免得坏了陆大夫大计。”

他把药瓶收进怀中，转身提刀往外走，走到门口时，脚步停下，想了想，又转头提醒：“陆大夫。”

陆曈看着他。

“戚玉台和范正廉不一样。”年轻人的脸陷在药房昏暗光线里，不知想到什么，神情显得有些冷淡。

“别轻敌。”

夜阑人静，银烛吐烟。

宿院屋里木窗未关，风把桌上药单吹得满地都是。

陆曈弯腰捡起地上吹落的纸卷，林丹青从门外走了进来。

她蹲下身子帮着收拾，收着收着，长叹一声：“陆妹妹，你怎么会想到去给金显荣行诊？”

林丹青怎么都想不明白，明明裴云暎已经发话，崔岷也点头同意了，偏偏最后关头陆曈主动提出行诊。

难道是自己暗示得不够明显？陆曈对金显荣的无耻还一无所知？

她又叹息一声，素日飞扬的眼眸里满是担忧：“从前你不在宫中，多半也没听过他的事。金显荣是个老色鬼，最爱调戏漂亮姑娘，和他沾上准没好事。此番你去给他行诊，纵然没发生什么，名声也多半有损。”

陆曈把纸卷叠好放在桌上，又拿镇纸压住，免得再度被风吹走，只道：“崔院使有意为之，我能拒绝一次，却不能拒绝第二次。不是金显荣，也会有其他。”

林丹青手上动作停了停。

这话倒是不假。白日里崔岷一番举动，表面无可指摘，然细细一想，骤觉其中深意。刚进医官院就被分到南药房，刚回来就沾上老色鬼……很难说都是偶然。

只是没证据，这猜测便显得如小人之心。

林丹青想了想，从怀中摸出一个纸包，递给陆曈：“这个给你。”

“这是什么？”

“迷药。”

陆瞳愕然抬头：“什么？”

“迷药啊！”林丹青说得理所当然，“明日你给金显荣行诊时，若他敢对你动手动脚，你就给他来一把。这迷药可好使了，闻着就头晕……拿着防身用，别让自己吃亏。”

陆瞳看着自己掌心的药包，一时无言。

“你可别手软。”林丹青见她不动，细心嘱咐，“我听我爹说过，从前医官院有一位女医官就是给金显荣行诊，不知怎的被流言蜚语缠上。后来她离开医官院，又过了半年，成了金显荣府里的小妾。”

“你可是春试红榜第一，要是最后被金显荣缠上，岂不是千古奇冤？”说到此处，林丹青顿了顿，“要不还是去求求崔院使吧？实在不行我回去求求我爹，让他帮你说句好话。院使怎么能让你给金显荣治病呢？”

言罢抬脚要走，被陆瞳一把拉住。

林丹青转头。

“不必了，话已出口，覆水难收。再者，我这样的普通人，想在医官院出人头地，迟早也会有这么一遭。”陆瞳松开手。

没有身份背景的平民医工，不像那些太医局出来的学生，行路总要坎坷些。不必说别人，单看南药房的何秀和梅二娘就能知晓。

林丹青便叹了口气，语气有些惆怅：“平民很难。”

往上爬的每走一步都走得很难。

陆瞳喃喃：“是啊，很难。”

光是接近戚玉台就要费尽周折，几度停滞……

复仇真的很难。

滴滴答答的声音响起，陆曈转头，看向窗外。

下雨了。

“下雨了。”

司卫所里，少年自院外匆匆跑过，一进屋，带进深春雨夜的寒气。

黑犬躲在屋檐下，听见动静，懒洋洋竖起耳朵看了一眼，复又缩回去，静静听着院中雨声。

细雨潇潇，雨幕将天地遮掩，年轻人站在窗前，昏暗灯色里，背影显得冷清孤寂。

段小宴进了屋，抖落身上雨珠，望见窗前人顿时一喜：“哥，你什么时候回来的？”

窗前人转过身来，绯色锦袍在灯色下显出诱人的艳丽，神情却是与平日截然不同的冷淡。

他没理会段小宴，道：“赤箭。”

赤箭出现在门外：“大人。”

沉默了一会儿，裴云暎开口：“为何没告诉我陆曈被关进神农祠一事。”

段小宴一愣，一下子紧张起来。

这是要兴师问罪啊！

少年噤若寒蝉，贴在墙角，尽量将自己当作一尊花瓶或是偶然经过的蚂蚁，试图让屋里人忽略自己存在。

夜雨打湿落花，总把良宵淋出几分萧索。

赤箭动了动唇，没说话。

裴云暎临走时，说过紧盯陆曈那头动静。陆曈被关进神农祠的事赤箭不是不知道，只是萧逐风将消息拦了下来。

赤箭也是赞同的。

那位陆医官身份微妙，行事又太过大胆，在巍巍皇城里，不知哪一日就会东窗事发。与之纠缠并不是一件好事，当尽量远离。

偏偏自家大人对她格外上心。

他顺从了萧逐风，以为主子只是一时兴起，很快就会将此事淡忘，但眼下看来，他们都想错了。

屋中气氛冷凝，一片寂静里，裴云暎忽地笑了下，“你想做萧逐风的人？”

赤箭一凛，蓦地跪下身来，惶恐开口：“属下知罪！”

屋内安静，只有雨水沥沥打窗的细响。

裴云暎垂着眉眼，过了许久才漠然开口：“自己出去领罚。”

只是领罚，不是扫地出门？段小宴那口屏着的气终于松了下来。

这算是手下留情了。

赤箭沉默应了，一声不吭地离开。

段小宴松了口气，陡觉屋中只剩下自己，忙贴着墙高举双手大声辩白：“……我说过的，我提议过要写信告诉你的！他们不允，我做不了主！”

裴云暎看他一眼，摸出个东西扔他怀里。

段小宴低头一看，是只细长的白瓷长颈瓶，不由一愣：“这是什么？”

“下食丹。”

裴云暎道：“消食开胃，自己留着吃吧。”

“你怎么知道我最近吃多了？”段小宴狐疑，不过很快高兴起来。出门还不忘给自己带礼物？那应当没有迁怒自己吧。

他果然还是殿帅府里最受宠的那个！

少年把那只细长药瓶小心揣进怀里，灿烂一笑：“谢谢哥！”

一夜过去，春雨染绿门前池水，满塘漂的都是落花。

陆瞳背着医箱出了门。

昨日崔岷吩咐她今日登门户部左曹侍郎金显荣府上，同曹槐一起施诊。

待走到巷子门口，没见着曹槐影子，反倒是他的药童在柱子下等候，见了陆瞳便解释道：“陆医官，我家少爷临时有事耽误，托我与您说一声，让您先去，他随后就来。”

早不有事晚不有事，偏偏临到头了有事，曹槐分明就是故意的。

陆瞳没说什么，背着医箱自己走了。

小药童立在柱子下，看着陆瞳的背影，眼里闪过一丝同情。

众所周知，金显荣可不是好相与之人，这般年轻美丽的女医官，独自登门无异羊入虎口。都说姑娘家脸皮薄，被嘴上调戏几句，可别一激动之下投了湖才好。

造孽啊。

户部左曹侍郎金显荣府上今日分外安静。

点翠琉璃窗屏上，绘着一大幅美人调香图。屋子里点着馥郁幽香，窗下书案前的椅子上坐着个人。

这人面庞泛黑，发丝枯黄，一只酒糟鼻，两个刺猬眼，还是个断眉，穿件簇新的元色长袍，更衬得微驼的脊背隆起更加明显。

此刻，这人手捧一方莲纹青花碗，里头乌漆麻黑不知道盛的是什么，正要往嘴里送。

下人站在门口，道：“老爷，芳姨娘和文姨娘来了，就在院子外等着。”

砰的一声。

这人搁下碗，语气十足烦躁：“就说我睡着还没醒，不见！”

小厮不敢搭腔，诺诺去了。

屋子里又恢复了安静。

男人望着面前的青花碗，脸色很是难看。

这就是户部左曹侍郎金显荣。

金显荣今年三十五，正值壮年，于仕途上有几分运气，若说除去长得寒碜了些，也实属年轻有为的世间赢家。

然而大约人越没什么越想什么，金显荣自己容貌不济，却极贪图美色，府中纳了八房小妾，个个如花似玉，与他站在一起，犹如话本中的“娇莺栖老树，顽石伴奇花”。

他也甚是狡猾，纳妾全纳些生得貌美却又家中贫寒难以维持温饱的女子，这些年来，府中竟也没闹出什么差错。

只是丑男配美人，或许连老天都看不下去。前些日子，金显荣得了肾囊痈，此病虽不会危及性命，但对男子来说却苦不堪言，尤其对爱色如命的金显荣来说，可不就是要了他的命？

他已近两月没与府中小妾们亲近了，不是不想，而是不能。譬如此刻，两位姨娘都来到他院子门口，他却只能含恨将对方打发回去。

造孽啊！

才想着，方才出去传话的小厮又折返回来：“老爷……”

“又怎么了？”

“……医官院的医官来了。”

见金显荣满脸不悦，小厮又补上一句：“今日换了位新医官。”

闻言，金显荣冷笑：“什么新医官，庸医罢了！”

他自得了肾囊痈，医官院便给他指了好几个医官来看。那些医官领着俸银，瞧着倒是一个比一个正经，只是这么久了，登门的医官换了一个又一个，他这病没有半丝起色，甚至还有越来越严重的趋势。

这帮庸医!

金显荣心中恼怒，语气越发不善："让他滚进来！"

这段日子来的是个叫曹槐的新医官，一个年轻后生懂什么药理，果不其然没什么效果。金显荣憋了几十日，早就想发火了，今日既然对方自己撞上来，他打算狠狠斥骂一番此人，好消心头之怒。

门被人推开，有人从门外走了进来。

"你这庸……"他抬起头的刹那，剩下的话便哽在喉间——

进来的是个女子。

还是个年轻女子。约莫十七八岁，穿件水蓝色圆领绣兰花长袍，屋中大半屏风映着她的脸，把这姑娘衬出一种幽冷的动人。

金显荣看得两眼发直。

他已近两月不曾亲近美人，本就渴心已久，突然见着这么个天仙似的人，一时将病都忘了，一下子从椅子上站起身，往前走了两步："这位是……"

小厮忙道："这位就是新来的陆医官。"

"陆医官……"金显荣觍着脸笑了，他一笑，两道断掉的眉毛一抖一抖的，像是后半截也要从脸上飞下来。

小厮退了出去，临走时还贴心地将门带上。

陆曈把医箱放到桌上，一转身，对上的就是金显荣那张笑眯眯的脸。

她顿了顿，道："烦请金大人坐下来，下官为您诊脉。"

美人发话，自然要给面子。

金显荣道："好好好。"一屁股在椅子上坐下，三两下撩开袖子，把手往陆曈身前一探：“陆医官，请吧。”

陆曈找来垫布，垫在金显荣手下，这才指尖搭脉，开始为金显荣看诊。

金显荣把椅子往陆曈身前凑了凑，两人距离便很近。

凑得近了，便能看得更加清楚，女医官生得着实标致，却又多了一份疏冷，像长在深山野谷里一株花儿似的，挠得人心痒痒。

翰林医官院竟能挑到这么个妙人儿，瞧着比他后院中那些姬妾更多了一分风味。虽然他病还未好，但这么个妙人儿放在院子里，纵然暂时吃不着，看着也赏心悦目呀！

要把她收到自己院中来才行！

刹那间，金显荣下定决心。

他趁陆曈把脉的工夫，另一只手顺势摸上那只为他把脉的玉手，一面脉脉道：“陆医官看着这样年轻，不知芳龄几何？”

他以为这位女医官会露出羞恼的神情，愠怒地收回手——毕竟从前都是这么回事。

然而出乎他的意料，面前的女子动也没动，任他摸着，连神色也不曾起过一丝波澜。

她甚至没搭理他。

金显荣愣了愣。

年轻女子惯来脸皮薄，可她神情如常，仿佛落在自己手背上的不是陌生男人的手，而是食店看门狗的爪子——只有被狗摸了一把，才会如此无动于衷。

呸！他怎么能说自己是狗？

金显荣心中唾骂几句，但因对方的冷漠，使他兴味败了几分，反倒觉出几分索然无味来。

正想着，对方收回把脉的手，金显荣抬眼，就见对方走到桌前，打开医箱。

看着那窈窕背影，金显荣方才淡下去的兴味忽地又上来几分。他故意把手放在鼻尖下，仿佛轻嗅美人指尖余香，轻佻开口：“陆医官，你也知道我得的什么病，在你先前的那位医官，每日要给我上药，你今日要不要给我上药啊？”

说完，故意下流地指了指自己腰间。

要上药，可不就得脱了裤子吗？哪个未出阁的女子听了这话能镇定？

这位女医官看起来冷静高傲，使得他可怜的男子自尊难以发挥，金显荣想，应当是刚刚摸摸小手的动作太含蓄了，他应当更直接些，才能瞧见这位冷漠女医官花容失色的模样。

然而他失望了。

女医官闻言，顺着他手指方向看去，目光仍如方才一般平静。不知是不是金显荣的错觉，她看他的那处，像在看一具死尸身上的器物，或是一块死猪肉，没有半点感情。

甚至有点瘆得慌。

他有些不安，听得对方问：“金大人这病多久了？”

“肾囊痈？从发病至今快两月了。”金显荣答道。

“不是肾囊痈。”

女医官语气冷淡平静，说出的话却如晴天霹雳，砸得他一个措手不及。

“我是问大人，不举多久了？”

不举？什么不举？

谁不举了？！

金显荣脑子一蒙，下意识道：“你胡说什么……”

女医官望着他道：“金大人不知道吗？你这病不是肾囊痈，是不举之症。”

“胡说——”

对方这话实在太惊世骇俗了，惊得他黑黄脸皮泛出些苍白，惊得他两道断眉快要飞到天上去，惊得连声音都变了调。

“休要胡说八道！”

门口小厮听到动静，慌慌张张地跑进来问：“老爷，怎么了？”

金显荣一声咆哮：“滚出去！”又给他吓退，把门关得死紧。

陆曈手扶着医箱，淡淡道：“金大人，难道这些日子你没有觉得阳气虚弱、动力不足、行房不起？”

“……那是因为肾囊痈！”

“阴血亏损可不是肾囊痈的表现，”她又扫了一眼桌上的莲纹青花碗，拿起来放在鼻尖下轻嗅一下，随即摇头，“大人本就阴虚，服用温肾壮阳药，只会更耗阴血，不举之症越严重。”

“你怎么知道这是温肾壮阳药？”话一出口，金显荣陡然反应过来，“不对，你凭什么说本官是不举之症？翰林医官院派了好几个医官来给我治病，都说是肾囊痈，你这小女子，学艺不精也敢大放厥词，信不信本官回头就能让你离开医官院？”

他说着说着，渐渐自信起来。怎么会是不举呢？先前那么多医官可都说的是肾囊痈，这女医官只给他把了脉，甚至都没瞧过他身体……方才她说的那些表症，多半是瞎猫碰上死耗子猜的！

陆曈蹙眉：“之前的医官们都说是肾囊痈？”

“不错！”

女医官沉吟片刻，露出一个恍然的表情：“原来如此。”却没继续往下说了。

对方越是如此，金显荣心中就越是抓心挠肝，忍不住问：“原来如此什么？”

“我想说，金大人的肾囊痈迟迟不好，原来如此。”

“说明白些！”

女医官顿了顿，重新看着他，语气平淡：“大人口口声声说下官学艺不精，一心相信先前几位医官们肾囊痈的说法，敢问大人，这些医官为大人行诊多日，大人可有起色？”

金显荣哑然。

别说起色，事实上，他觉得情况甚至越来越糟了。

“因为大人症结本就不是肾囊痈，用治肾囊痈的法子，当然治不好。”

金显荣咬牙，仍想挣扎一下：“那他们为何骗我？”

陆曈怜悯地望着他，幽黑眼眸在长睫垂映下，若秋水动人，说出的话却比冬日寒雪更冷：“因为他们不敢。”

“大人身居高位，正值壮年，若说出去，折损了大人自尊心不说，日后相见也尴尬。”她平静地说道，“再者，不举之症难治，医官们治不好，索性说成肾囊痈，让大人觉得有希望，也能继续赚诊银。”

这话直白得让人觉得冷酷。

金显荣并不愿意相信，可是……

他先前就找人问过，寻常人得了肾囊痈，不过个把月也就好了。何况这两月以来，他药吃着，方子开着，医官瞧着，却半丝起色都无。

虽然他口口声声骂医官院一群庸医，但好歹是翰林医官，多少有些本事，怎么会被一个小小肾囊痈难住？

但若是不举……

他抬头看向面前人，神色有些不定：“你说那些医官诓骗本官，但你也是医官，怎么敢说实话？”

“我吗？”陆曈想了想，“可能因为我是平民吧。”

“我是平民，在宫中并无背景，来之前也无人告诉我此事。医官们瞒得了一时，瞒不了一世，许是早就决定挑只替罪羊，所以选中了我，来告诉大人真相。”

金显荣愣了愣。

他身在官场，如何不懂这些弯弯绕绕。医官院推举一个平民女医官出来当筏子，说白了就是不想惹祸上身。可他们为了保全自己，居然对他隐瞒病情，也不怕耽误他将来一生……这群无耻之徒！

不举之症……不举之症啊！

他霍然想到自己过世的老爹，也是年过不惑渐渐地不能行房，多遭后院背地耻笑，终日郁郁，没几年积郁成疾早早去了。

可他要等两月后才三十五呢！

金显荣无力瘫倒在椅子上，如被霜打蔫儿的茄子，苍白着脸开口：“如此说来，本官这不……这病真是不举之症？”

不举之症从来难治，下山路向来比上山路易走，这些年他身边认识之人，包括他亲爹，一旦阳虚，就如江河日退千里，再无花红之日。

再说……他自己的身体，自己心里也有数。

“大人病情若不及时诊治，随着时日流逝，器物会逐渐红肿加剧，痛痒难当，直至溃烂，到最后，为了保全性命，须得……”陆曈回过身，目光如冰雪沁骨，缓缓流过他腰间，一字一句地开口，“割除坏死之肉——”

随着她最后一句说完，金显荣只觉下身一凉，顿时从椅子上弹了起来：“这怎么能行？”

他在屋里如无头苍蝇般乱窜：“找人，本官要找最好的医官给本官治！不管付多少银子！”

陆瞳低头收拾医箱，悠悠道：“医官院的医官宁愿说谎也不愿告诉大人真相，说明这病对他们来说很棘手，否则也不会换了这么多人来行诊了。”

金显荣乱嚷的声音一滞，内心一片冰凉：“这么说，本官这病是不能治了？”

他才三十五，难道就要走他父亲的老路?

他还没活够呢!

“能治。”

忽然间，他听到一个仙乐般的声音。

金显荣霍然抬头，就见女医官站在身前，对着他微微一笑：“对他们来说棘手，对我来说还好……不举之症虽然麻烦，但也不是无解。”

“真的？”

“当然，毕竟我可是春试红榜第一。”

犹如从地狱重回人间，一刹间，金显荣看这位年轻的女医官，犹如见那九天之上云端琼楼里的仙女，整个人都发出闪闪金光。

他望着对方，颤声开口：“陆医官，您要是真能治好我，金银财宝，随你挑选。”

“好啊。”女子点了点头，神色温和又从容，仿佛来救苦救难的女菩萨，在暗色里显出异样光彩。

她幽幽道：“不过，大人得照我说的做。”

从金府出来时，金显荣特地让人为陆瞳备了一辆马车，恭恭敬敬地将陆瞳送出门。

陆瞳背着医箱上了马车，马车便往街上驶去。

她今日要赶往两处行诊，除了金显荣这里，还有殿前司。

好在翰林医官院离金府与京营殿帅府都不远，时候也来得及。

马车摇摇晃晃，驶过盛京街巷，陆曈的目光渐渐悠远。

金显荣的确是不举之症，不过倒也没她说得那般严重，不至于到割除死肉的地步，之所以这样说，只是为了恐吓他而已。

当初春试出结果，临出发前，她答应替苗良方报复崔岷，也请苗良方帮了一个忙——请苗良方将自己认识的、熟悉的宫中人的境况和性情甚至医案全部记录下来。

苗良方曾在宫里做医官多年，一度曾为院使，十年过去，一些故人已经不在，但留下来的，熟悉他们的境况总会使人少走弯路。

金显荣……

苗良方与她说过，此人好色不知节制，风流成性，年纪轻轻醉心春方房术，又常服用温肾大补之物，陆曈还记得苗良方说到此人时的不屑："我敢说，若他继续荒唐，不出十五年必然不举成个废人，同他老子一样！"

苗良方说得没错，甚至还没到十五年，金显荣就已不行了。

他格外看重自己的男子自尊，又因为金父的原因，对此事十分惶恐，陆曈只要稍一恐吓，真假参半，便能轻而易举将他拿捏。

只要能拿捏此人，她就有机会接近户部……

接近戚玉台。

嘈杂声不知什么时候停了，帘外传来车夫的声音："小姐，殿帅府到了。"

陆曈挑开车帘，下了马车。

她进了殿帅府大门，往里走去，眼前出现一大片空地，不知是演武场还是什么，角落的兵器架上挂满兵器。再往里是个小院，院子里种满梧桐，正对门前栽着一方紫藤花架，甚是芬芳扑鼻。

她才走到门口，迎面撞上一个年轻禁卫，瞧见她也是一愣：“你……”

陆曈道：“我是医官院的陆曈，奉值来行诊的。”

禁卫挠了挠头，什么都没说，回身大步往里走，边大声唤道：“兄弟们都出来，翰林医官院的医官来行诊啦！”

听见动静，三三两两走出一群人来，待瞧见陆曈，呼啦一下全围上来，热情得叫人招架不住。

“咦，这是新来的医官吗？从前怎么没见过？”

“我姓李，您贵姓啊？”这是个开朗自报家门的。

“姓陆。”

又有人上前，将问话的人挤到一边，笑眯眯道：“原来是陆医官……您这么年轻，怎么就去翰林医官院了……您定亲了吗？”

“滚滚滚，陆医官看看我！”说话人早早挽起袖子，露出壮实有力的小臂，高举着凑到陆曈眼前，“我这几日都不得劲儿，您给我把把脉，我是不是病了？”

禁卫们正值血气方刚的年纪，陡然瞧见这么个漂亮姑娘，个个孔雀般争着上前开屏，将陆曈围在中间嘘寒问暖。她又生得瘦弱单薄，一眼望过去，简直寻不到人在何处。

只听得到叽叽喳喳的吵闹声。

裴云暎一进门就看到的是这幅场景，皱了皱眉，问靠在角落站着喝茶的萧逐风：“在干什么？”

萧逐风朝人群努了努嘴：“你的陆医官来行诊了。”

裴云暎一怔。

“托她的福，我第一次知道，在殿帅府养鸭子是这种感觉。”

裴云暎：“……”

他走到大厅中间，禁卫们献殷勤献得热火朝天，谁也没发现他回来了，一张张笑得傻气的脸，像极了每次栀子问段小宴讨骨头时凑上去舔对方手指的神情。

真是胀眼睛。

裴云暎走上前，刀鞘点了点桌：“安静点。”

再吵下去，旁人还真以为殿帅府改行养鸭子了。

“大人？”

禁卫们瞧见他，忙立起来退到一边，还有人像怕他不明白般主动解释：“大人，医官院新来的陆医官来为我们行诊了。”

他看向桌前人。陆曈坐在大厅里，长木桌宽大，椅子也厚重，她坐在这里，是格格不入的纤巧。

倒把一群禁卫衬得傻里傻气。

裴云暎扶额，叹了口气。

他道：“进来吧，陆医官，我有话对你说。”

陆曈随裴云暎进了里屋。

里屋无人。

这似乎是裴云暎处理公务的屋子，陈设极其简单，窗下摆着一大张紫檀波罗漆心长书桌，两边各一张铺了锦垫的花梨木椅。

桌上一方墨石砚，官窑笔山上挂几只紫毫，还有一只乌黑的狻猊镇纸，与填白釉梅瓶放在一处，梅瓶里空空如也，一枝花也没有，伶仃地立在角落。

陆曈把医箱放到桌上，见长桌上放着白纸，遂走过去在椅子上坐下，伸手取来纸笔。

见她坐在自己位置上，裴云暎顿了顿。

陆瞳没注意到他的神情，只低头提笔写字。

“看过脉了，只是春日气燥血虚，开几副补养方子煎了，每日早晚一碗温养就好。过几日我再来换副方子，大人无须忧心。”

陆瞳说完，并未听到回答，抬头一看，发现裴云暎正抱胸站在不远处打量她。

“怎么？”

“没什么。”他不甚在意地一笑，拉开对面的椅子坐下，望着她若有所思地开口，“看你气色不错，金显荣没为难你？”

原是为了这个。

陆瞳收起笔，将写好的方子提起晾了晾，道：“让裴大人失望了。”

白纸上墨迹未干，字迹潦草狂肆，与鬼画桃符差不离多少。裴云暎扫了一眼，笑着开口：“金显荣好色无德，就算身体不适，也不可能改了性子。”

他盯着陆瞳，神色好奇：“你是怎么说服他的？”

陆瞳把晾好的药方放在一边，抬眸看向裴云暎。

他就坐在对面，从前见他时常在外行走，坐在这屋里时倒显出几分正经模样，那身绯色公服褪去几分艳色，多了一点肃然。

默了默，陆瞳才开口：“因为我答应替他保守秘密。”

“秘密？”裴云暎顺手提起桌上茶壶，斟了盏茶推至陆瞳面前，又给自己倒了一盏，“什么秘密？”

他问得自然，仿佛笃定了自己会说给他听一般。

陆瞳默然。

裴云暎端起茶盏，微微吹散杯面儿上的浮叶，似乎从初见他伊始，无论何种情景，哪怕是负伤有求于人，也一副永远游刃有余的轻松模样。

实在让人看得很不顺眼。

他见陆曈不作声，看了陆曈一眼："不方便说？"

想了想，陆曈道："没什么不方便的。"

指尖轻轻拂过桌上那只狔狻镇纸，镇纸精致，温润黝黑，轻轻翻动下，泛着深邃亮光，像一团小小的凝固的乌云。

"一寸半。"她说。

裴云暎低头饮茶，笑问："什么一寸半？"

陆曈收回手，抬眸，用一种寻常的、仿佛在说今日天气如何的语气平平开口："我告诉他，如果他按我说的做，我就替他保守他身下之物统共一寸半的这桩秘密。"

噗——

裴云暎一口茶呛住了。

咳咳咳——

手上茶水因剧烈咳嗽洒了一些出去，他手忙脚乱擦拭身上茶渍，那张总是处变不惊、游刃有余的笑脸终于有了裂缝，难得生动起来。

陆曈觉得这画面倒是顺眼多了。

裴云暎整理好周遭，适才看向陆曈，不可思议地开口："你在说什么？"

纵是医者不分男女，纵是陆曈从来与羞涩腼腆挂不上边，但他好歹也是个青年男子，而她在屋里同他如此直白说出此事，未免也太惊世骇俗了些。

陆曈觉得他这副模样倒挺有趣，奇道："裴大人也不知道？看来真是秘密了。"

"我当然不知道，"他狼狈地拂一下身上茶渣，"你怎么知道？"

陆曈不作声。

“你……”

“我平日行诊用针，”陆曈打断他的话，敲敲桌上医箱，“多看一根针少看一根针没什么区别，裴大人不必露出那副神情。”

这话说得刻薄至极，如若金显荣本人在此，只怕会被气得一命呜呼。

裴云暎以手抵住前额：“别说了……”

见他如此，陆曈反倒觉得新鲜。

裴云暎静了一会儿，神色有些复杂：“你真的……”

他倒不是对医官行诊有什么偏见，实在是金显荣德行有亏，而陆曈又惯来不是一个逆来顺受之人，若说她被金显荣占了便宜，似乎不大对劲。

“当然是假的。”

裴云暎一怔。

陆曈道：“裴大人也知道，对我来说，男子躯体和死猪肉没什么区别。再者他的病虽麻烦，但并不难治。裴大人也不必过于操心。”说着把镇纸压在方才写好的药方上，“方子在这里，大人照我说的煎药给他们服下，七日后我会再来。”

说到此处，陆曈停了一停，又默默看向裴云暎。

裴云暎注意到她的目光：“怎么？”

陆曈颔首，语调坦然：“金大人之病症，男子上了年纪多有此患。若是裴大人将来也有此麻烦，需要帮助，不妨找下官。以我们二人交情，我也会替裴大人保守秘密的。”

屋中一片死寂。

有一瞬间，陆曈觉得他那张俊美的脸是僵住了，仿佛竭力维持云淡风轻。

良久，裴云暎镇定地开口：“多谢，但我不需要。”

“是吗？”陆瞳便露出一个惋惜的神情，“真是遗憾。”

方说完，门外就传来一个轻快声音：“什么事遗憾啊——”

段小宴从外头探进个头，见是陆瞳也愣了一下：“陆大夫，你怎么在这？”

陆瞳不再多说，背上医箱，只冲他二人淡声道：“我先回去了。”

她背着医箱径自出去了，段小宴看着她背影挠了挠头，道：“奇怪，我怎么觉得陆大夫今日比往日高兴？”

他又转头，似才想起方才看见的一幕，指着陆瞳坐过的那把椅子激动道：“不过哥，你居然让她坐你的椅子哎！你平日不是不让人动你的东西吗？”

半晌无人回答。

段小宴转过脸，见裴云暎坐在桌前，一手扶额，一副头痛模样。

他凑上前：“你们刚刚在说什么，陆大夫遗憾什么？”

裴云暎没有抬头，只将他凑来的脑袋推到一边，冷冷道：“闭嘴。”

从殿帅府出来，陆瞳径自回了医官院。

堂厅里，常进正嘱咐别的医官奉值的事，见陆瞳回来，走到陆瞳面前询问：“陆医官给金侍郎看过诊了？”

陆瞳点头。

他打量一下陆瞳：“没出什么事吧？”

陆瞳道：“没有。”

常进松了口气。

他是个老好人，春试时，陆瞳的考卷是他第一个批出来的完美答卷，对陆瞳总是存了几分特别关注。他都已做好陆瞳哭哭啼啼回来的准备，谁知陆曈举止如常，神色与寻常没半分不同，实属意外。

常进道：“陆医官，曹槐突感风寒，卧床不起，告了假，恐怕不能与你一同去金府了。”他觑着陆曈脸色，“我会禀院使另指派一名医官同你一起……”

不等他说完，陆曈就打断他的话：“不用了。”

常进一顿。

“我今日瞧过金大人的病情，并不严重，一人足矣，多一人反而麻烦。不必为了我一人耽误大家时日。”

常进想好的说辞霎时全堵在喉间：“……是吗？”

就算不是金显荣，寻常行诊，多一人分担也是好的，陆曈却就这么拒绝了他一片好意？

陆曈冲他点了点头，又背着医箱进院里去了。

常进站在原地，看着她的背影喃喃开口：“不愧是春试红榜第一，这验状科答得完美的……果然不是普通人。”

他忽而又想起告假的那位，脸色黑了下来。

“早不风寒晚不风寒，偏偏这时候卧床。”

拂袖而去。

阿嚏——

曹府里，躺在床上的曹槐忽而打了个喷嚏。

小厮见状，忧心忡忡：“少爷不会真着凉了吧？”

“去去去，”曹槐面色不耐，“少来晦气。”

今日一早，他没与陆曈一同去行诊，回到医官院后就同崔岷告了假。春日气候变化，医官院感上风寒之人不少，于是顺顺利利回了府。

曹槐就是故意的。

春试那日，陆曈当着同窗令他下不了台，他耿耿于怀了好久。后来陆曈去南药房时，他暗暗幸灾乐祸，谁知对方不知走了什么运道，竟被御药院院使邱合看中，兜兜转转又回到了医官院。

崔岷不知是故意还是怎的，竟点他与陆曈一同去给金显荣行诊。要知道他去给金显荣行诊的这一月，每日都被金显荣挑刺。对方肾囊痈格外难治，眼见没有起色，金显荣耐心一日日殆尽，没想到这时候来了个冤大头，他恰好将这烫手山芋甩出去。

所以他毫不犹豫告了假。这算是既摆脱了难缠的差事，也给陆曈添了堵，一举两得。

曹槐靠着床头哼笑一声，眼中满是不屑。

陆曈装出一副清高模样又如何，总归是个平民，说不准给金显荣治上几日，就成了金显荣又一房小妾。

这样想着，心情也好了许多，曹槐双手枕在脑后，看着头顶帐子，仿佛已看见陆曈跟在金显荣身后卑躬屈膝的模样，满意喟叹一声。

小厮见状，小心翼翼开口："少爷这回打算休养多久？"

"风寒嘛，可不得多养几日。"曹槐一笑，"再等等吧。"

只是去给金显荣行诊一趟，就引出各处思量，不过陆曈并不在意。

夜里医官院人都睡了，陆曈和林丹青走在药库长廊下。

金显荣的病症并非一朝一夕能治好，陆曈打算做味新药。

林丹青本以为今日陆曈去金府多半不太愉快，未料回来后见陆曈神色如常，又追问几句，这才放心。陆曈说要去药库拿材料，林丹青便自告奋勇与她一同前去。

"姓金的多半是肾囊痈后吃了苦头，才不那么嚣张了。"林丹青与她咬耳朵，"恐怕是老天爷都看不过眼，才叫他得了这个病。说实话，要不是你是去给他治病的医官，我真巴不得他是得了不举，一辈子不能祸害人才好。”

她言辞无忌，陆曈笑笑，低头从药柜里挑拣自己要用的药草。

林丹青帮着她一起捡，问：“不过陆妹妹，你今日还去了殿帅府，怎么样？”

陆曈：“什么怎么样？”

“那里的禁卫怎么样啊！”林丹青道，“听说京营殿帅府的禁卫都要经过重重选拔，不止看武功，还要看个头长相的。说是全盛京最英俊的男子都在京营殿帅府了，你今日去可看清楚，是不是全都是美男子，英武吗？”

陆曈合上药屉：“你想去，我同常医正说一声，让你替我的差事。”

她一心想着户部的戚玉台，两头跑是浪费精力，倒不如将此事让给林丹青，成人之美。

林丹青一愣：“你也太大方了。”想了想，又摇头，“我家一位老祖宗说过，女子多瞧瞧英俊男子也是另一种保养之道，使人心胸开阔，顺气愉悦。你那头看了金显荣那张脸，另一头瞧瞧殿帅府的美男子，也算养伤。”

“陆妹妹，身为朋友，我是绝对不会抢你药方的！”

陆曈：“……”

世上之事，果然甲之蜜糖乙之砒霜。

她们又说了几句话，需要的药材已全部捡进竹篮，打算回宿院，才走到药库院门口，忽听前方有脚步声传来。

紧接着，一个童音兀地响起：“什么人？”

二人循声望去，就见石阶远处，槐花树下灯笼光洒下的晕黄地里，不知何时多了两条漆黑长影。

一条短些，拖在一个青衣小药童的身后。至于另一条……

是个身姿清瘦的青年男子，眉眼清雅，穿一身淡青织锦长袍，乌发以青竹簪绾成发髻，似云中孤鹤，又如夜色中一株萧萧青竹，自有一股清远雅正之气。

林丹青似乎与这人认识，趁着灯笼光看清了这人的脸，忙开口道：“纪医官。”

纪医官？陆曈没说话，跟着低头行礼。

青年目光掠过陆曈手中竹篮：“这么晚了，怎么还捡药材？”

林丹青笑道：“陆医官的病人病情有些棘手，打算研制新方，看能不能做点新药出来。”

医官们从来求稳，所谓新药极少有人尝试。叫“纪医官”的男子闻言，神色意外，看向陆曈。

这一看就顿住了。

女子站在院中石阶下，夜风吹动她水蓝色的裙角，那蓝色也是淡淡的一抹，如衣裙主人敛着的眉目般安静。

他突然蹙了蹙眉。

陆曈感觉到一道审视的目光落在她脸上，紧接着，对方清冷的声音传来。

“我们是不是曾经见过？”

陆曈忽地一怔。

有什么东西从心底渐渐浮起，像藏在漆黑水底的一颗并不算美丽的暗石，猝不及防下重见天日。

她抿唇不语。

男子又往前走近了一步。

陆曈微微攥紧指尖。

对方蹙着眉仔细盯着她的脸，像是要将她五官看个清楚分明。

一边的小药童不知想到什么，眼睛一亮，出声提醒：“公子，先前在雀儿街，那天下雨，您被人弄脏了衣服……当时弄湿您衣服的，就是这位医官嘛！”

此话一出，两人皆是一愣。

眼前人衣领的花纹也像是被夜色氤氲得模糊，模糊着模糊着，便成了雀儿街那场凄凄的秋雨。

那时贡举案刚过没多久，刘鲲死了，王春芳疯了，两个儿子关在囚笼里，她看过刘家的下场，却在转身时被戚家马车所惊，伞尖不小心戳到了身侧过路人。

陆瞳还记得对方一身雪白衣袍站在细雨中，远得像是水墨画上一个不真切的淡影，他从她身边走过，在人群中渐渐瞧不见，如一场雨后潮湿的幻觉。

如今幻觉变成了真实，在夜色里凝固成更沉寂的影。

一时间，谁都没有说话。

林丹青察觉出古怪的氛围，忍不住扯了下陆瞳袖角，冲男子露出个笑，道：“纪医官，天色不早，没什么事的话，我们就先走了。”

对方没说什么，对她二人淡淡点了点头，才带着药童往石阶上走去。

待他走后，林丹青松了口气。

陆瞳问：“刚才那人是谁？”

“纪珣。”

“纪珣？”

林丹青诧然：“你没听过纪珣的名字吗？不应该啊。翰林医官院那帮老头子成日把他的名字挂在嘴边，什么‘未及冠就已医术超群’‘纵然他家里人不是学士，寻常人家也定能青囊致富’……这些话在太医院进学时，听得我耳朵都起茧了，”又叹口气，“好好一个翩翩公子，愣是让我看见他的脸就觉得厌烦。”

陆曈问：“他家里是学士？”

“可不是嘛，他父亲纪大人乃观文殿学士，他祖父乃翰林学士，家兄是敷文阁直学士，一家子文官，可是这位天才医官呢，偏偏醉心医术，不去从仕，反来祸害我们。”

“陆妹妹你不知道，从前不曾春试时，每年校验，我都是太医局第一，今年春试你出现了，我成了第二，咱俩也算这医官院杏林双骄吧。可人家呢，还未及冠就能被太后娘娘宣入宫中奉值，在医官院挂了个虚职。”

“你我是答题的，他却是出题的。今年春试那些看着就令人发指的题目，可都是出自这位纪医官之手。”

林丹青一口气说完一长串，也不觉累：“我听说他前些日子出门去了，没想到这么早就回来了。这下可好，时不时出点难题来考人，咱们的好日子怕也快到头了！”

她自惆怅着，陆曈却回过头，往石阶那处看去。夜色里已瞧不见两人影子，只有摇曳的槐树花枝随风微颤。

夜风脉脉吹着，一朵槐花便被风打落，摇摇晃晃打着旋儿飘至人前，又被青靴踩过。

行走的步子突然一滞。

“不对。”

走在前面的小药童一愣，下意识看向身侧人：“公子，哪里不对？”

“地点不对。”

青年停下脚步，蹙眉道：“我第一次见她的地方，不是雀儿街。”